KB147014

카페 가기 좋은 날

이 도서의 국립중앙도서관 출판예정도서목록(CIP)은 서지정보유통지원시스템 홈페이지(http://seoji.nl.go.kr)와 국가자료공동목록시스템(http://www.nl.go.kr/kolisnet)에서 이용하실 수 있습니다.(CIP제어번호: CIP2014036406)

카페 가기 좋은 날

초판 1쇄 발행일 2014년 12월 24일

지 은 이 최은희
펴 낸 이 이정원

출판책임 박성규
기획실장 선우미정
책임편집 김상진
편　　집 유예림 · 구소연
디 자 인 김세린 · 김지연
마 케 팅 석철호 · 나다연
경영지원 김은주 · 이순복
제　　작 송세언
관　　리 구법모 · 엄철용

펴 낸 곳 도서출판 들녘
등록일자 1987년 12월 12일
등록번호 10-156
주　　소 경기도 파주시 회동길 198번지
전　　화 마케팅 031-955-7374　편집 031-955-6221
팩시밀리 031-955-7393
홈페이지 www.ddd21.co.kr

ISBN 978-89-7527-023-9(03810)

값은 뒤표지에 있습니다. 잘못된 책은 구입하신 곳에서 바꿔드립니다.

카페 가기 좋은 날

최은희 지음

들녘

당신에게
커피 초대장을 보냅니다

당신 조금 지쳐 보이네요, 커피 한 잔 함께해요.

오늘은 당신이 행복해 보여서 참 좋아요, 커피 한 잔 하실래요?

바보 같은 바리스타는 커피 하자는 이야기밖에 할 수 없습니다. 잘 할 줄 알고, 해드릴 수 있는 게 커피밖에 없어서 죄송합니다. 그런데 저에게 커피가 그런 존재입니다. 단순히 잠을 깨우거나 목마를 때 목을 축이는 음료가 아니라 기쁠 때는 기쁨이 배가 되고 힘들 때는 힘듦을 반으로 줄여주는, 행복과 위안을 조용히 안겨주는 친구.

커피를 마시자고 하는 건 제가 가진 게 아까워서 조금만 마음을 주겠다는 것이 아니라 당신에게 제가 드릴 수 있는 가장 큰 것을 드린다는 뜻입니다.

오늘 저희 카페를 찾은 것이 우연 같으세요? 아무리 집에서 먼 곳이고, 처음 오셨다고 하더라도 당신은 무언가 강한 힘에 이끌려 이곳에 들어오게 된 것입니다. 그것이 커피를 볶은 진한 냄새일 수도 있고, 핸드드립 내린 향일 수도 있습니다. 혹은 유리창 밖으로 보이는 사람들의 행복한 표정, 바리스타의 커피 내리는 손놀림…… 당신이 쉴 수 있는 무언가가 분명 있었을 것입니다.

그러니까 이곳에서 당신은 맛있는 커피 한 잔을 마실 권리가 있고, 의무도 있는 것입니다. 그냥 "아메리카노 한 잔요"라고 하지 말고 진하게 드실 건지 연하게 드실 건지 말씀해주세요. 당신의 이야기를 많이 들려주실수록 맛있는 커피를 마실 가능성이 점점 높아집니다.

저희 카페뿐 아니라 어디를 가셔도 마찬가지입니다. 프랜차이즈 커피전문점에 가시면 바리스타와 이야기할 수 있는 기회가 많지 않지만 개인이 운영하는 카페에 가면 바리스타와 눈 맞춤 하시고 이런 커피가 마시고 싶다고 이야기해주세요.

이 세상 어디에도 모든 사람이 만족할 수 있는 커피는 없습니다. 그리고 바리스타는 도사가 아니어서 눈빛만 보고 좋아하는 커피를 알아맞힐 수 있는 경지에도 오를 수 없습니다. 그렇지만 당신에게 맞춤 커피를 드리고 싶은 마음이 간절하니 바리스타가 맛있는 커피를 만들 수 있도록 도와주세요.

에티오피아 예가체프를 좋아하시는 분도 있고, 인도네시아 만델링을 좋아하시는 분도 있습니다. 커피보다 캐러멜을 좋아하시는 분도 계시고, 우유 맛으로 카페라떼를 드시는 분도 계십니다. 세상에는 커피 원두 종류도 많고, 메뉴도 많습니다.

커피를 알든 모르든 그것이 중요하지 않습니다. 당신의 입에서 부드럽게 넘어가고, 머리가 맛있다는 신호를 보내면 맛있는 커피입니다. 하지만 그 모든 것이 바리스타의 책임만은 아닙니다. 당신의 기분에 따라, 당신의 컨디션에 따라 커피의 맛 자체가 달라질 수 있습니다. 이 책을 통해 커피가 단순한 음료가 아니라 사랑과도 닮았고, 당신이 걸어가야 할 길의 진실한 친구도 될 수 있다는 것을 전해드리고 싶습니다.

그래서 제 머릿속으로 그림을 그렸습니다. 당신이 오시길 기다렸다가 문 앞에서 맞이해 당신을 바 앞자리로 모셔놓고 커피에 담긴 수많은 이야기들을 들려드리고 싶습니다. 카페에서 다른 사람들은 어떤 이야기를 담고 가는지도 살짝 보여드리고도 싶습니다. 당신께만 통하는 커피 맞춤 처방전도 써드리는 꿈을 그대로 글로 옮겨 봤습니다.

이 책을 읽는 동안 당신은 그동안 알고 싶던 이야기를 접하면서, 한편으로 커피가 얼마나 당신 곁에 가까이 있는지 알게 되실 거예요.

당신께도 저처럼 내 마음도 몰라줘서 섭섭하고 외로울 때, 좋은 일이 있어 자축하고 싶을 때 커피가 커다란 힘이 되어줄 거란 약속을 드릴 수 있어요.

맛있는 커피를 마시고 나서 바리스타에게 고맙다는 인사를 하고 싶으면 카페를 나서기 전 따뜻한 미소를 건네주세요. 그리고 커피를 다 비운 빈 잔을 남겨주시면 그것으로 충분합니다. 당신의 그 모습을 보기 위해 오늘도 열심히 커피 콩을 볶고, 커피를 내리며 당신을 기다리는 바리스타가 동네마다 있다는 것도 기억해주세요.

크리스마스와 당신을 기다리며

최은희 올림

차례

4부 바리스타가 당신께 드립니다

MERRY-GO-ROUND
ROOM
Fairmont Hotel

TRUBROWN
makes
gay dogs
gayer!

WHIPPING CREAM

CORAL
ISLAND
The sunniest smile
on the Golden Mile

Paderbörner
DOPPELBOCK
das Bier,
bei dem sogar der Schaum schmeckt

THINK

Weller-Bräu
Gegr. 1701
Schwabach

Boddingtons
Boddingtons
naturally

FINE FARE LIMITED · WELWYN GARDEN CITY · HERTFORDSHIRE · INGREDIENTS · CHEESE · NON FATTY MILK SOLIDS · BUTTER · EMULSIFYING SALTS
FINE FARE
cheese spread
6 PORTIONS
3 OZ NET

LEA & PERRINS
TOMATO
JUICE COCKTAIL
AND ALL FRUIT JUICES

1부
커피, 드시러 오셨어요?

with coffee

당신이 카페에 들어오며 커피 향 좋다고 하는데 얼마나 행복한지, 당신에게 커피를 대접하게 되어 정말 행운입니다. 어떤 커피를 드릴까 고민해봅니다.

커피도 제각각 '한 성격' 하거든요. 사람마다 성격이 제각각이듯 커피 원두마다 특성이 달라요. 내성적인 사람과 외향적인 사람이 있듯 화사하고 발랄한 신맛의 커피가 있는가 하면 무던하고 밋밋한 커피도 있고, 깊고 풍부한 향을 자랑하는 커피도 있어요.

우리나라 사람들을 지역별로 나눠 보면 서울 사람은 깐깐하고, 경상도 사람들은 화끈하고, 전라도 사람들은 가족에게 최선을 다하며, 충청도 사람은 느리다는 특징이 있습니다. 이건 순전히 제가 주워들은 기준에 따라 나눈 것입니다.(물론 편견일 수도 있고, 완전히 잘못 알고 있는 것일 수 있지요.) 커피 또한 재배되는 지역에 따라 원두 나름의 성격을 알 수 있답니다.

아프리카 커피는 신맛이 강한 것이 많고, 중남미 계열은 초콜릿 맛, 아시아 계열 커피는 쓴맛이나 기름기가 느껴지는 것이 많아요.

아마 그 나라의 기후, 토양, 높이 등이 비슷해서 그런 영향을 받는 것 같습니다.

그런데 가끔은 놀라울 때가 있어요. 에티오피아 커피라 할지라도 예가체프, 시다모, 하라, 코케, 코체르 등 지방에 따라 맛이 정말 다르거든요. 대한민국에 살아도 서울 사람, 경기도 사람이 다르듯, 아니 형제라 하더라도 성격이 다르듯 예가체프나 시다모는 신맛이 더 강하고, 화사한 과일 향이 있는 반면 하라와 코케는 중성적이면서 약간 중남미 계열 커피의 맛까지 느껴진답니다.

또 사람이 자라온 환경과 부모의 가정교육이나 어떤 선생님을 만나느냐에 따라 성품이 형성되는 데 영향을 받듯이 관리 잘 받은 커피는 품질이 더 우수하기도 하고, 로스터가 커피를 어떻게 볶느냐에 따라 신맛이 약해지기도 하고 쓴맛이 도드라지기도 합니다. 선천적으로 타고난 기질 만큼이나 후천적인 노력도 중요하단 것을 커피를 통해 깨닫습니다.

또 재미있는 생각을 하게 되는 건 제 친구들 덕분이기도 합니다. 저에게는 규현이, 지연이, 승희라는 친구가 있는데…… 규현이란 친구는 어릴 때 '톰보이' 같은 성격으로 리더십도 있고, 성격도 시원시원해서 매 학기 반장을 하는 모범생 스타일이고, 지연이는 '천상 여자'라고 불릴 만큼 가정적이고 부드러운 매력으로 인기가 많았고, 승희는 진취적으로 어려운 일이 있어도 '캔디'처럼 웃으면서 헤쳐 나가는 멋진 친구거든요.

커피도 이름 따라 가는 것 같아요. 에티오피아 예가체프라고 발음해 보세요. 부드럽고 고상하고 화사한 느낌 안 드세요? 시다모는 한국 느낌

코케
하라
예가체프
코체르
시다모

으로 신 느낌이 강하죠. 진짜 아무 상관없을 텐데 '시어서 시다모인가?' 싶을 만큼 신맛이 강하답니다. 브라질, 과테말라를 불러보면 조금은 무겁고 무던한 느낌, 저만 드는 건 아니겠죠? 어감이 꼭 들어맞는 건 아니겠지만 조금은 참고하셔도 좋을 것 같아요.

그렇다고 이름만 보고 살 수는 없지요. 우리의 몸 상태는 건강진단서를 보면 알 수 있는데, 커피는 원두 봉투를 보면 상태를 알 수 있어요.

포장지에 쓰인 재배지역을 살펴보는 방법을 볼까요? 콜롬비아는 메델린Medellin이나 아르메니아Armenia 지역에서 생산된 것을 최고로 꼽습니다. 브라질은 산토스Santos라는 산지 이름이 국내에 널리 알려져 있고, 과테말라는 안티구아Antigua산을 최고로 칩니다.

커피를 주문하거나 살 때 포장지 표면을 잘 살펴보세요. 특히 대형마트나 백화점 등에서 살 때 꼼꼼히 챙기세요. 콜롬비아는 크기가 큰 최상등급을 수프레모Supremo, 그다음 등급을 엑셀소Excelso라고 부릅니다. 브라질은 'No2.'라고 표기된 상품이 최상등급이에요. 물론 'No1.'도 있기는 하지만 결코 보기 쉽지 않을 거예요. 과테말라 커피는 SHBStricktly Hard Bean를 고르면 후회하지 않아요. 풍미가 뛰어난 원두의 밀도는 고산 지역일수록 높으니까요.

이름값 못하는 사람이 있듯 이름값 못하는 커피가 있다고 생각할 수 있지만, 그래도 커피 이름을 믿고 구입하는 것이 가장 안전한 선택 방법입니다.

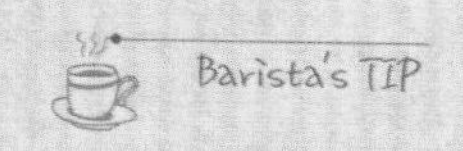

커피 원두봉투 읽는 법

원두를 사 오면 봉투를 보지도 않고 열었다 닫았다 하는 보관용기처럼 생각하는 분들이 많은데, 그러면 커피 원두와 친해질 수 없어요. 원두를 담은 봉투에는 우리의 주민등록증처럼 많은 정보를 담고 있거든요. 원산지도 나와 있고, 등급도 나와 있고, 로스팅한 날짜도 알 수 있으니까 꼭 확인해 보세요. 재배지의 고도에 따라 같은 품종의 커피라도 맛이 달라지고, 결점두의 수가 적어야 제맛이 살아납니다. 생산국가, 재배지역, 농장이 어디냐에 따라 원두의 특징이 달라집니다.

1. 원산지 표시

● 국가만 표기되어 있는 봉투가 있기도 하고, 지역 환경이 표기된 봉투가 있기도 합니다. 먼저 지역 환경이 표기된 커피봉투로 에티오피아 예가체프 커피를 예로 들 수 있습니다. 이 커피는 지역 환경에 따른 특징을 알 수 있습니다. 같은 지역인데도 농장 단위로 구분이 되고(에스테이트 커피), 각 농장들의 재배방식이 다르기 때문에 그 특징은 더욱 뚜렷해집니다. 자신의 농장 이름을 걸고 출시되는 커피이니만큼 품질을 관리하고 유지하는

데 노력을 기울이게 되기도 하죠. 즉 커피에 대한 구체적인 정보들의 표기가 많을수록 특징에 대한 신뢰도가 높아지는 셈입니다.

- 케냐AA는 특별한 지역명이 따로 붙지 않습니다. 주요 생산지역들이 존재하지만, 지역별로 그 특징을 구분 짓지 않기 때문입니다.
- 브라질의 산토스, 예멘의 모카는 수출되는 항구 이름을 뜻하기도 합니다.

한때 '된장녀'의 대표적인 특징이 유명 외국 프랜차이즈카페 테이크아웃 잔을 들고 다니는 것이었지요? 한 잔에 5천 원 넘는 프라푸치노 그란데 사이즈 커피가 참 비싸면서도 선망의 대상이기도 한 시절이 있었습니다.

그런데 지금 그 몇 배 되는 커피가 있다는 것 아시죠?

세계 3대 커피로 불리는 '자메이카 블루마운틴', '예멘 모카', '하와이안 코나'가 있고, '똥 커피'로 알려진 사향고양이의 배설물에서 수확한 커피 루왁, 코끼리똥 커피 등도 한 잔에 3만 원에서 5만 원에 팔리고 있어요.

기대가 크면 실망이 큰 법일까요? 자메이카 블루마운틴이 3대 커피라는 것을 배우고, 그 90%가 일본으로 들어간다는 이야기를 듣고 일본으로 여행을 갔을 때 도쿄의 유명한 커피 장인께 부탁해서 블루마운틴

핸드드립 커피를 마셔보았습니다. 굉장히 부드럽고 깔끔한 맛은 느껴지기는 한데, 솔직히 '이게 왜 3대 커피일까?' 싶을 정도로밖에 마음에 와닿지 않았어요.

커피 루왁도 삼청동과 5성급 호텔에서 두 번이나 마셔봤지만 신맛과 단맛, 쓴맛이 조화롭게 느껴질 정도일 뿐 느낌이 오지 않았어요.

'비싼 커피라고 해도 커피는 커피구나'라고 생각을 정리하던 중 파나마 게이샤라는 커피를 만났습니다.

그 전까지 화사하고 과일 향 나는 커피를 꼽으라면 에티오피아 시다모를 꼽았습니다. 시다모를 처음 맛보았을 때 어린 시절 먹던 자두맛 사탕 느낌을 받았거든요. 커피에서 꽃 향과 과일 향을 맡을 수 있다는 것도 신기했습니다.

그런데 파나마 게이샤를 맛보았을 때는 말문이 턱 막혔습니다. '이게 과연 커피일까?' 싶을 정도였어요. 화려하고 품위 있는 여인이 찻잔 안에 있는 듯했습니다.

만화 『신의 물방울』처럼 표현하자면 에티오피아 시다모는 어느 남자가 우연히 길거리에서 어린 시절 소꿉장난을 하던 여자친구와 마주쳤는데, 어느새 여인으로 성숙한 옛 친구를 보며 놀란 그 남자의 마음을 닮았다고 할 수 있죠. 파나마 게이샤는 꿈에 그리던 여인이 온갖 아름다운 꽃들이 피어난 공원에서 뒤돌아서 남자를 쳐다보며 환하게 웃으며 손짓하는 느낌이랄까요?

그 느낌을 잊을 수 없어 한때 파나마 게이샤를 찾으려고 발길 닿는 로스터리 카페에 들어가 파나마 게이샤 있냐고 묻기도 했습니다. 그렇게 애타게 찾던 파나마 게이샤를 카페쇼에서 만났을 때 보물을 발견한 느낌이 들었지만 100g에 5만 원이라는 가격에 망설이는데, 세상에서 제일 예쁜 우리 아가씨가 선물로 사주었답니다.

명품 백 하나를 가진 것보다 더 기쁜 마음에 손에서 놓지도 못하고 서둘러 집으로 돌아왔습니다. 집 안으로 오자마자 가족들 앞에 턱 꺼내놓고 시음회를 벌였습니다. 그런데 머릿속에 박힌 아름다운 여인의 뒷모습과 화사한 웃음은 희미하게 사라지고 옛사랑의 그림자만 남은 느낌이었습니다. 약한 여운과 씁쓸한 뒷맛에 황당했습니다. 가족들의 얼굴에는 '이거 맛보려고 5만 원 투자한 거야?' 하는 표정이 가득하고……. 고개를 푹 숙이고 한참을 반성했습니다.

그때는 몰랐던 거죠.

파나마 게이샤라고 다 똑같은 게 아니란 걸 말입니다.

그해 작황 상태도 다르고, '한 어미의 자식도 아롱이다롱이'란 속담이 있듯이 파나마 게이샤라는 품종이 같아도 성격이 다를 수밖에 없고 등급도 다를 것입니다. 뿐만 아니라 로스터에 따라 다르고, 바리스타에 따라 다른데 그때 마신 그 맛을 마냥 찾으려고 했으니 참 속상합니다.

우리 카페의 'VVIP' 소희 씨가 원두 봉투 하나를 들고 왔습니다.

"사장님, 이거 루왁이에요. 인도네시아 여행 가셨던 아버지 친구분이 선물로 사오셨는데 맛이 쓰기만 해요."

그 귀한 루왁을 드립으로 내려 함께 마시는 영광을 얻었습니다. 그런데 선물용 커피라 분쇄한 상태로 오랫동안 있다 보니 향도 날아가고, 실온에서 보관한 탓에 산패가 많이 되어 잡맛도 많이 생기고 말았습니다. 그러다 보니 씁쓸하고 떫은 커피가 되어버렸습니다.

커피 중에도 분명 귀하고 맛있는 명품 커피가 있습니다. 하지만 명품이라고 내 입맛과 취향에 다 맞는 것은 아닙니다. 내 입맛에 한 번 맞았던 커피라도 다음에 똑같은 맛을 느낄 수 있을 거라고 크게 기대하지 마세요.

또 명품 가방 다루듯 커피를 너무 아끼지 마세요. 커피는 로스팅 한 지 3일~2주가 가장 맛있어요. 유통기한은 보통 1년이지만 구입하고 빨리 마시는 게 가장 좋아요.

진짜 명품 커피는 값비싼 원두커피가 아니라 신선한 원두를 마실 때마다 바로바로 분쇄해서 그 원두를 읽어가며 추출해서 편안하게 마실 수 있는 커피가 아닐까요? 그러한 분위기를 만드는 것이 나만의 명품 커피를 만나는 방법이 아닐까 싶습니다. 좋은 사람 중에는 명망 있는 가문에서 귀한 대접 받고 자란 왕자님과 공주님만이 아니라 평범한 집안에서 행복하게 살고 있는 당신 같은 사람도 있듯 커피 또한 타이틀이 화려하다고 좋은 커피인 것은 아닙니다. 커피 이름과 브랜드를 너무 쉽게 믿지 마세요.

저한테는 한 가지 바람이 있습니다. 세계 3대 커피 중 하와이에는 코나라는 커피가 있습니다. 신맛과 단맛이 예술적인 조화를 자랑하는 커피입니다. 우리나라에서도 제주도에서 커피농장을 하시는 분들이 있습니다. 아직 생산량이 미미하고 그 맛을 못 봐서 어떻다고 말할 수 없지만, 제주도가 하와이와 같은 섬이고 여러 열대 과일이 잘 자라는 만큼 제주 커피와 코리아 커피가 세계의 명품 커피가 될 수 있으면 참 좋겠습니다.

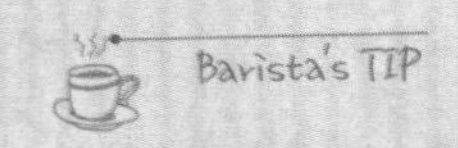

코피 루왁, 사향고양이의 눈물

루왁은 '말레이사향고양이'를 부르는 인도네시아어예요. 사향고양이가 돌아다니면서 맛있는 커피체리를 먹고 소화기관을 거쳐 배설을 하면 외피와 과육이 제거된 원두만 남게 됩니다. 이 원두를 모아서 만드는 커피가 '코피 루왁'입니다.

코피 루왁은 야생 사향고양이의 배설물을 채취해야 해서 극소량만 생산되어 마니아 사이에서만 유통되었습니다. 헌데 영화 「버킷리스트」에 등장해서 더 많은 사랑을 받고 있다고 해요.

그런데 사향고양이를 우리에 가둬 커피체리를 먹여 인공적으로 루왁 커피를 만들어 파는 것이 문제가 되고 있습니다. 자유롭게 돌아다니며 자기가 먹고 싶은 커피체리를 먹는 것이 아니라 갇힌 채로 먹을 것을 강요받고 나무를 올라타고 돌아다니는 습성까지 억압받고 있습니다. 게다가 환경까지 위생적이지 않아 건강까지 위협받고 있다니 제대로 된 코피 루왁을 맛볼 수 있는 건지……. 그렇게 만들어진 커피를 먹으면 사향고양이의 스트레스까지 전해질 것 같아 마음이 아픕니다.

당신에게 커피는 악마의 유혹입니까, 천사의 속삭임입니까? 커피 때문에 잠을 자주 설치거나, 위염 증세가 더 심각해진 경험을 한 분은 '악마의 유혹'이란 생각이 들 수도 있을 겁니다. 하지만 저에게 커피는 천사의 속삭임에 가깝습니다. 비몽사몽 정신 못 차릴 때 마시는 아이스 아메리카노 한 잔에 머리가 개운해지고, 피곤할 때 마시는 에스프레소 한 잔은 피로회복제이고, 몸도 마음도 꿀꿀해져서 감성적인 기분에 푹 젖어 있을 때 핸드드립 커피는 누군가에게 토닥토닥 위로받는 것보다 훨씬 따뜻한 힘을 지녔습니다. 잠을 설친다면 저녁에 마시지 않으면 되고, 위가 아프면 잠시 끊으면 되니까 무조건 커피가 악마의 유혹이라 불리는 것은 커피 입장에서 억울할 수 있을 거란 생각이 드네요.

그렇다면 누가, 왜 커피에게 악마의 유혹이란 오명을 붙여놓은 것일까요? 그 이름은 종교의 갈등에서 비롯됐습니다. 1683년, 이슬람교를 믿는 오스만제국의 군인들이 종교전쟁을 일으켜 신성로마제국의 수도였던 오스트리아 빈으로 쳐들어 왔습니다. 프란체스코 수도회 산하 카푸친Capuchin 분파 소속 마르코 다비아노Daviano 수도사는 기독교 정신을 강조하며 열정적인 설교와 연설로 기독교연합군의 사기를 드높여 적군을 물리치는 데 큰 공로를 세웠습니다. 오스만 군대가 남기고 간 군수품에는 500포대의 커피원두가 포함되어 있었다고 합니다. 기독교연합군은 커피원두로 끓인 검은 물에 우유를 첨가해 마시게 됐고, 이 음료는 카푸친 사제들의 갈색 덧옷과 비슷해서 시민들이 다비아노를 기억하는 의미에서 카푸치노Cappuccino라 불렀다고 합니다.

이슬람교를 믿는 오스만제국의 군인들이 전했다고 하여 유럽의 기독교인들은 커피를 '악마의 유혹'으로 불렀던 것입니다. 기독교인들 입장에서 이슬람교도는 악마였던 셈이죠. 커피를 부정적으로 바라보는 입장에서는 악마가 전해준 사실부터 불쾌할 뿐 아니라 한번 맛보면 절대로 헤어날 수 없는 강한 중독 증세까지 보이니 더욱 기가 찰 노릇이었습니다. 커피의 수요가 점점 넓게 퍼져나가면서 더 이상 두 손 놓고 이런 현상을 지켜볼 수 없었습니다. 급기야 기독교인 대다수가 커피를 추방해야 한다고 들고 일어났습니다. 이런 갈등의 골은 깊게 패이고, 점점 문제가 심각해져 교황청까지 그 이야기가 들어갔습니다. 교황 클레멘트 8세가 직접 이 문제를 해결하려고 나섰습니다. 그는 커피를 마시곤 맛과 향에 사로잡혀 금지가 아닌, '진정한 기독교의 음료'라며 누구나 죄책감 없이 마실 수 있도록 세례까지 내렸다고 합니다. 이러한 역사적인 이야기를 듣노라면 기호음료에 지나지 않는 커피가 지닌 영향력이 참으로 어마어마한 것 같습니다.

커피는 영국으로까지 흘러들었습니다. 그런데 여자들이 커피하우스에서 커피 파는 것을 반대하는 기현상이 벌어졌답니다. 당시 커피하우스는 예술가, 정치인들이 모이는 장소가 되었고, 근대시민사회가 요구하는 공론을 짊어질 수 있는 토론능력을 갖춘 사람들을 환영하는 곳이기도 했습니다. 당연히 사회적으로 차별을 받고 있는 여성들에게도 소중한 곳이었지요. 그런데 왜 여성들이 커피하우스를 거부했을까요?

남성들만 커피하우스에 입장할 수 있다는 것이 가장 큰 문제였습니다. 여성들은 커피가 불길한 이교도의 것으로 힘세고 기세 좋던 영국인을 왜소하게 만들었고, 여성만의 특권이라 할 수 있는 수다를 남성들도 할 수 있게 되면서 남정네들이 형편없는 존재로 전락해버렸다고 여겼습니다.

게다가 생업에도 타격을 받았다고 합니다. 남자들이 커피하우스만 들어서면 서너 시간은 기본이고, 지인이라도 만나면 언제 일어날지 모르게 되었습니다. 심지어 집에 들어오지 않는 일도 벌어졌다고 합니다. 커피 값도 비싸서 매일 쓸데없는 지출이 나가니 여성들의 반발은 거세질 수밖에 없었습니다. 그러던 와중에 티하우스가 문을 열었습니다. 티하우스는 커피하우스와 달리 여성을 우대하면서 우아한 분위기를 연출했습니다. 때문에 영국에서 커피 하우스의 몰락은 어쩌면 당연했습니다.

처음 유럽에 전파될 때는 기독교와 다투고, 영국에서는 여성과 전쟁을 벌여야 했던 커피. 프랑스에서는 기득권을 지키려는 와인의 공격을 견뎌내야 했습니다. 커피의 확산으로 위협을 느낀 와인 생산자들은 '커피는 프랑스의 적'이라 외치며 동포들의 애국심을 자극했습니다. 일부 의사들도 와인의 편에 서서 커피가 염소와 기타 동물들에게나 적합한 열매로, 피를 태우고 비장脾臟을 해치며 발기부전과 마비 및 손 떨림 증세를 유발한다고 주장했습니다. 물론 의사들의 주장은 사실이 아닌 것으로 밝혀졌고, 와인 생산자들의 애국적 호소도 별 효과를 거두지 못했습니다.

영국과 달리 프랑스에서는 커피하우스가 귀부인들에게도 호의적이었습니다. 진한 커피 맛에 얼굴을 찡그리는 여성들을 위해 설탕을 내놓기도 했습니다. 뿐만 아니라 정치인과 문화예술가들의 모임 장소로 쓰임새를 넓혀가며 공연도 보여주고, 음식도 제공하는 등 발전해나갔습니다.

디드로, 볼테르는 엄청나게 커피를 마셔댔고, 청년 장교 시절의 나폴레옹도 카페의 단골손님이었다고 합니다.

악마라는 오명과 치열하게 싸우고, 건강에 관한 살벌한 누명도 쓰고, 가정파탄범으로도 몰렸던 커피, 참 가엾게 느껴집니다.

커피의 역사를 보며 자신만 올바르고 꿋꿋하게 제자리를 지키면 언젠가는 다 알아줄 날이 올 거라고 이야기한다면 과장하는 것일까요?

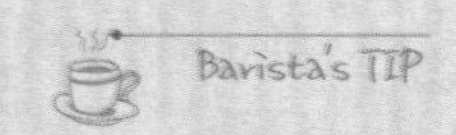

영국인의 입맛을 사로잡은 화이트 아메리카노

영국 카페에 가서 아메리카노를 주문하면 블랙이냐, 화이트냐 하는 질문을 받기도 합니다. 에스프레소에 물을 탄 것이 블랙 아메리카노이고, 특별한 시럽이나 소스가 아닌 그 안에 소량의 우유를 부어주면 화이트 아메리카노가 됩니다. 카페라떼는 우유로 만들어지는 반면, 화이트 아메리카노는 우유가 30cc 정도로 조금 들어 있습니다.

저희 카페에도 단골손님 중 화이트 아메리카노를 드시는 분이 있습니다. 카페라떼는 너무 진해서 싫고, 화이트 아메리카노가 딱 좋다고 하세요. 저는 싱거워서 끌리지 않는데, 커피에 대한 취향은 열 사람 모두 다를 수 있으니 한 번 마셔보고 판단해보라고 말씀드리고 싶네요. 부드러운 영국식 아메리카노를 즐겨보는 것도 나만의 커피를 찾는 좋은 방법이 될 겁니다!

카페에는 연인들이 많이 옵니다. 함께 오기도 하고 손님 한 분이 누군가를 기다리기도 합니다. 기다리는 쪽은 노트북을 놓고 무언가를 하면서도 계속 휴대폰을 체크하고 문밖을 바라보며 불안해합니다. 그러다 보면 연인이 나타납니다. 그때 안도하는 얼굴에 퍼지는 환한 미소가 참 좋습니다. 기다리던 누군가를 만난다는 건 설렘 그 자체겠지요. 사랑은 기다림이 아닐까 생각해보기도 합니다.

'기다림' 하면 제 머릿속에서 자연스럽게 떠오르는 손님 두 분이 계십니다. 한 분은 카페에 오기 전에 헤어샵에서 머리를 자른 듯 새파란 구레나룻 자국이 선명한 얼굴에 캐주얼 정장을 차려 입은 남자분이고, 또 다른 한 분은 빈자리를 놔두고 바 옆 다른 이들의 시선이 가장 미치지 않는 구석 좁은 자리에 앉아 있던 남자분입니다. 그 둘의 공통점은 모두 꽃과 함께였다는 것입니다.

캐주얼 정장으로 차려입은 남자분은 오자마자 이따가 여자친구 오면 같이 주문하겠다며 조금은 떨리는 목소리로 미소를 지으며 자리에 앉았습니다.

다른 손님들도 그 손님의 행동 하나하나에 신경 쓰며 여자분을 기다렸습니다. 이유는 그 남자분이 들고 있는 꽃다발이 너무도 고왔기 때문입니다.

빨간 장미꽃 여러 송이에 흰 칼라꽃 한 송이가 포인트로 들어간 꽃다발인데 전문 플라워샵에서 구입한 듯 풍성하고 화려했습니다. '나도 저런 꽃 선물 받고 싶다'는 생각이 들 정도였어요.

그때가 오후 1시 40분쯤이었습니다. 2시에 약속해서 미리 온 모양입니다. 저도 자꾸 시계를 보게 됩니다. 이제 올 때가 됐지 싶어 시계를 살펴보니 1시 45분……. 5분밖에 지나지 않았습니다.

그 남자분은 프러포즈라도 하려는지 긴장한 듯 화장실도 두 번이나 다녀오고, 꽃도 한 번 더 만져보고 가방도 열었다 닫았다 하고, 휴대폰도 들었다 놨다…… 이 공간이 모두 긴장감과 떨림으로 가득 차고 있었습니다.

2시가 되었습니다. 그녀는 여전히 나타나지 않았습니다. 남자분은 휴대폰만 여러 번 바라볼 뿐 전화하지 않습니다. 커피집에서 커피 향보다 꽃 향이 진하게 가득 채워집니다.

장미가 스무 송이 넘는 걸 보니 어쩌면 그녀의 나이만큼 샀는지도 모르겠습니다.

10분이 지나도, 20분이 지나도 그녀는 나타나지 않습니다.

그는 이제 걱정을 하기 시작하는 눈치입니다. 전화를 걸어봅니다.

그녀가 받지 않습니다. 문자를 남기는 모양입니다.

40분이 지났습니다. 그는 한 시간을 기다렸습니다.

문을 한 번 보고, 전화 한 번 보고…… 주변의 시선이 부담스러운지 커피를 주문합니다.

"일이 늦어진다네요. 제가 먼저 마셔야 할 것 같아서……."

아메리카노를 주문하며 그가 변명을 합니다. 묻지도 않았는데. 저는 그분에게 "네에" 호응해주며 음료를 준비합니다. 커피를 만들며 아메리카노가 식기 전에 그녀가 나타나기를 마음속으로 빕니다.

음료를 건네고 남자분이 아메리카노를 다 마실 때까지 문은 열 번 정도 열렸습니다. 하지만 기다리는 사람은 보이지 않습니다.

두 시간이 지나도 그녀는 나타나지 않습니다. 결국 그는 꽃을 들고 나갔습니다.

그도 멀어지고 꽃향기도 멀어졌습니다. 가끔은 그와 얼굴도 모르는 그녀가 제 머릿속에 떠오릅니다. 두 사람의 뒷이야기가 무척이나 궁금해집니다.

두 번째 손님은 구석진 자리에 앉아 빨간 색종이를 가득 꺼내 손으로 종이꽃을 일일이 접었습니다. 한 번도 안 해본 건지 핸드폰으로 인터넷을 뒤져 종이꽃 접는 법을 찾고 열심히 읽습니다. 이해가 안 되는지 갸우뚱거리며 한참이 걸려 겨우 한 송이를 만듭니다. 다행히 조금씩 빠르게, 하지만 정성스러운 손길은 유지하며 한 송이 한 송이 접어나갑니다. 다 접은 꽃은 구겨지지 않게 선물상자에 한 송이씩 차곡차곡 담으며 손 글씨로 카드까지 공들여 씁니다. 이번에도 선물의 주인공이 무척이나 궁금했지만 그녀를 볼 수 없었습니다. 다른 곳에서 만나기로 했는지 그는 준비를 마치고 서둘러 선물상자를 챙겨 나갔습니다.

어디에도 없는 빨강 종이 장미꽃을 받을 그녀는 누구일까요? 그녀는 행복할까요? 만약 그녀가 그 선물을 받고 행복하지 않았다면 저는 그녀에게 말해주고 싶습니다. 그가 당신을 위해 한 땀 한 땀 마음을 바느질하는 마음으로 그 꽃송이를 접었다고, 그 꽃송이를 접을 줄 몰라 인터넷으로 얼마나 열심히 공부하며 시선 한 번 돌리지 않고 당신만 생각하며 선물을 준비했는지 모른다고 이야기를 해주고 싶습니다.

그 남자 손님이 다시 저희 카페에 들른다고 해도 전 기억할 수 없습니다. 그분은 저에게 얼굴도 보여주지 않고 열심히 손을 움직여 선물을 만드는 데 열중하고 있었으니까요.

저야말로 꽃 선물 받는 것을 좋아합니다. 특히 빨간 장미와 노란 장미를 좋아하는데, 그 꽃들을 선물 받으면 마냥 행복합니다. 빨강 장미는 '불타는 사랑', '사랑의 비밀', '아름다움'이라는 여러 꽃말을 갖고 있네요. 그런 꽃들을 좋아해서 그런지, 장미꽃 같은 사랑을 했는지 모르겠지만 요즘 저는 장미보다는 커피꽃다발을 선물 받고 싶습니다.

카페를 해서 그런 것도 아니고, 구하기 어려워서가 아닙니다.

꽃말이 마음속 깊이 와닿네요.

'네 아픔까지 사랑해.'

많은 사람들이 '나한테 잘해줘서, 행복하게 해주고, 가진 것이 많아서'와 같이 상대방의 좋은 점 때문에 사랑에 빠지는 일이 많습니다.

하지만 그(혹은 그녀)에게서 좋은 점이 없다면 어떨까요? 그(혹은 그녀)가

가진 것이 없고, 힘들어하고, 지쳐 있다면 사랑할 수 있나요?

나의 사랑을 끊임없이 밝게 빛나게 하고 싶다면 누군가에게 받기를 기대하기보다 내가 가진 것을 끊임없이 줄 수 있어야 한다는 것을 조금씩 깨닫고 있습니다.

많은 사람들이 커피는 알면서, 커피꽃은 모릅니다. 커피도 새하얗고 풍성한 꽃을 피우는데 말입니다. 이처럼 예쁜 꽃이 진 자리에 커피체리가 열리고, 차츰 열매가 익어갑니다.

잘 익기를 기다려 사람들이 열매를 따다가 말리고 볶아서 마십니다.

정말 아낌없이 주는 나무, 커피입니다. '너의 아픔까지 사랑해'라는 꽃말을 지녔기에 우리는 그 열매를 먹고 위안을 받게 되는 건 아닐까요?

오늘따라 커피가 진심으로 고맙습니다. 저 또한 커피를 좋아하는 사람으로 그 꽃말처럼 아픔까지 사랑하는 말없이 주는 사람이고 싶습니다.

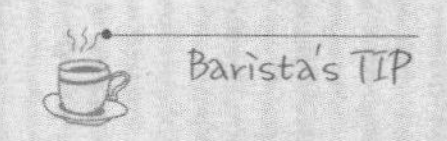

사람의 미각을 깨운 순간, 커피의 운명이 달라지다

커피나무의 수명은 20~30년이라고 합니다. 생각보다 수명이 짧지요? 열매를 수확하는 목적으로 키우기 때문입니다. 열매가 열리면 자연스럽게 사람 손이 계속 닿게 되어 나무도 스트레스를 받을 수밖에 없을 테죠. 커피나무는 그대로 놔두면 100년 이상 거뜬하게 살 수 있다고 합니다. 최초의 아라비카종이 에티오피아에서 여전히 살아남아 있는 걸 보면 우리가 나무에게 참 몹쓸 짓을 하고 있다는 생각도 듭니다.

커피나무의 키는 3m가 적당하다고 해요. 3m란 길이는 사람의 입장에서 손이 닿는 공간을 고려한 것이겠죠. 2년이 지나면 하얀 꽃이 일주일 동안 피고, 아카시아와 재스민 향이 난다고 합니다. 3년이 지나면 그 꽃이 떨어진 자리에 열매가 맺기 시작한다고 합니다.

첫 번째 맺은 열매는 다 솎아서 버리는 게 좋답니다. 생리장애 때문에 방치하면 쭉정이만 생긴다고 합니다. 수확을 하기 위해서는 첫해 열매는 그대로 솎아내고 이듬해부터 따야 제 맛을 볼 수 있습니다.

나무가 늙으면 축축 처져 수확도 어렵고, 맛도 없어져 밑동을 베어냅니다. 2년 정도 지나면 어린 가지에서 다시 커피체리를 얻을 수 있어요.

나무 입장에서 보면 사람 손은 약손이 아니라 '독손'일 것 같습니다. 맛있는 커피를 포기할 수 없는 저는 나무에게 미안한 마음 가득 전하며 고맙다는 마음을 잊지 않겠다고 약속합니다.

종류도 가격도 천차만별, 블루마운틴의 비밀

커피 가운데 가장 흔하게 듣고 보는 게 블루마운틴 커피입니다. 마트에도 브랜드별로 깔려 있고, 귀에 많이 들어본 커피라 그렇게 비싸다는 생각이 안 들었는데 어느 카페에서는 한 잔에 몇 만 원이 훌쩍 넘기도 합니다. 가격 차이가 왜 이렇게 큰 건지, 뭐가 잘못된 것인지 참 궁금했습니다.

진짜 '자메이카 블루마운틴Jamaican Blue Mountain'은 자메이카의 블루 산맥에서 재배되는 커피의 명칭이에요. 블루 산맥의 최고봉은 블루마운틴봉으로 해발 2256m나 됩니다. 고지대에서 재배되는 블루마운틴은 향미가 부드럽고, 쓴맛이 덜한 것으로 유명합니다. 초콜릿 향도 느껴진다고 하네요. 제가 일본에서 장인의 블루마운틴에서 느꼈던 부드럽고 약한 맛은 잘못된 것은 아니었습니다.

자메이카 블루마운틴, 커피자메이카 블루마운틴은 국제적으로 공인을 받는 원두인데, 자메이카의 커피산업위원회에서 인증을 한 커피에만 '자메이카 블루마운틴'이라는 라벨을 붙일 수 있대요.

자메이카의 블루 산맥은 여느 커피 재배지와 대체 뭐가 다르기에 이토록 좋은 커피를 만들어낼 수 있는 걸까요? 산맥의 높이가 최고 2256m에 이르는 이 지역은 시원하고 안개가 많이 끼며 강우량이 많으면서도, 토양의 질이 좋으면서도 배수가 잘된다고 합니다. 이러한 기후와 토질의 배합은 커피 생산에 이상적인 조건을 갖췄습니다. 한 마디로 하늘의 축복을 타고 난 거죠.

블루마운틴의 가격은 왜 카페마다 천차만별일까요? 카페에서 블루마운틴을 저렴하게 팔 수 있는 이유는 무엇일까요? 블루마운틴 커피 개량종일 가능성이 많습니다. 경주 김씨라고 해서 경주에만 살지는 않습니다. 서울, 부산 같은 대도시에서도 살지요. 블루마운틴도 마찬가지예요. 자메이카가 아닌 하와이 마우이 섬에서도 마우이 블루마운틴 원두를 생산하고 파푸아뉴기니에서도 개량종을 생산하거든요.

하지만 경주에 사는 김씨 아저씨와 서울에 사는 김씨 아저씨 성격이 다르듯 맛은 비슷할 수 있지만 토질과 기후 등 많은 변수가 있어서 맛이 같을 수 없어요. 물론 무엇이 맛있는 원두인지는 사람마다 입맛이 다를 수 있으니까 다양하게 즐겨보는 것도 커피를 즐길 수 있는 방법입니다.

블루마운틴의 가격을 내릴 수 있는 또 다른 방법은 블렌딩에 있습니다. 순수 블루마운틴만으로 커피를 만드는 것이 아니라 다른 원두를 섞어서 커피를 내립니다. 가격 때문이 아니라 블루마운틴의 부드러운

BLUE MOUNTAIN
COFFEE
PRODUCT OF JAMAICA

맛을 조금 더 풍부하게 하기 위해 다른 원두를 섞기도 합니다.

제 눈길을 끄는 '블루마운틴 스타일'이 있습니다. '블루마운틴' 뒤에 붙은 '스타일'에는 블루마운틴 원두는 들어가지 않았지만 부드러운 맛을 살리고 쓴맛을 덜하게 만들어 고급스러운 느낌을 살려보고 싶은 카페 운영자들의 의도가 보입니다. 그러니까 강남 스타일이 강남 사람을 말하지 않는 것처럼 블루마운틴 스타일은 블루마운틴을 의미하지 않습니다!

다시 말해 우리나라의 마트나 카페에서 '블루마운틴' 커피를 저렴하게 팔고 있다면 그건 결단코 자메이카 블루마운틴이 아닙니다.

'자메이카 블루마운틴'은 일반 커피에 비해 원두의 가격이 7~10배 정도 비쌉니다. 일본으로 90% 이상 수입되기 때문에 국내시장에 들어오려면 일본을 거칠 수밖에 없습니다. 때문에 동네 슈퍼마켓이나 마트에서 일반 커피와 비슷한 가격으로 판매될 수 없습니다.

카페를 운영하는 저도 자메이카 블루마운틴 생두를 구하는 데 2개월 이상 대기해야 했고, 일반 커피의 8배나 높은 가격을 지불해야 했습니다. 상황이 이렇다 보니 블루마운틴은 바라보는 제 눈이 달라졌습니다. 메뉴판에 '자메이카 블루마운틴'이 들어 있고 언제든지 주문해서 마실 수 있는 커피전문점이 있다면 그곳은 수익과 상관없이 카페 운영자가 자신의 능력을 총동원하여 고객을 대접하는 곳이거나 가짜를 만들어 속여 파는 양심 없는 곳입니다.

그 맛은 어떻게 구별하냐고요? 자메이카에 가서 진품을 마셔보지 않는 한 잘 모를 것 같습니다. 계속 꾸준히 로스팅해봐야 로스팅 포인트를 정확히 알 텐데 적은 양을 구해서 4~5회 볶아보려니 조금 다르지만, 특별하게 다르지는 않은 원두가 되어버렸어요.

물론 그래도 원두가 좋으니 튀는 맛 없이 부드럽고 여운도 깊고 쌉싸름한 맛도 있고 좋긴 좋네요.

만약 어느 카페에 갔는데 메뉴에서 저렴한 블루마운틴을 보았다면 찜찜한 마음으로 진짜일까, 가짜일까 의심하지 말고 다른 커피를 드셔보세요. 즐겁고 편안한 시간을 즐기려고 카페에 들어가서 마음에 의심과 불안을 품는 건 정신건강에 좋지 않으니까요.

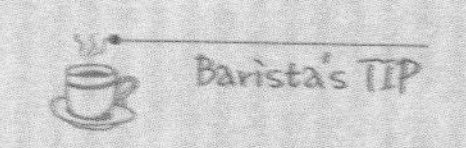

블루마운틴이라고
똑같은 블루마운틴이 아닙니다!

- **블루마운틴 No.1:** 커피콩의 96%는 망 크기가 17/20을 유지해야 합니다. 콩의 2% 이상 중요 흠결이 있어서는 안 됩니다.
- **블루마운틴 No. 2:** 커피콩의 96%는 망 크기가 16/17을 유지해야 합니다. 콩의 2% 이상 중요 흠결이 있어서는 안 됩니다.
- **블루마운틴 No. 3:** 커피콩의 96%는 망 크기가 15/16을 유지해야 합니다. 콩의 2% 이상 중요 흠집이 있어서는 안 됩니다.
- **블루마운틴 피베리:** 커피콩의 96%는 피베리여야 합니다. 콩의 2% 이상 중요 흠결이 있어서는 안 됩니다.
- **블루마운틴 트리아즈:** 위에서 언급한 모든 분류의 망 크기를 포함하고 있어야 합니다. 콩의 4% 이상 중요 흠결이 있어서는 안 됩니다.

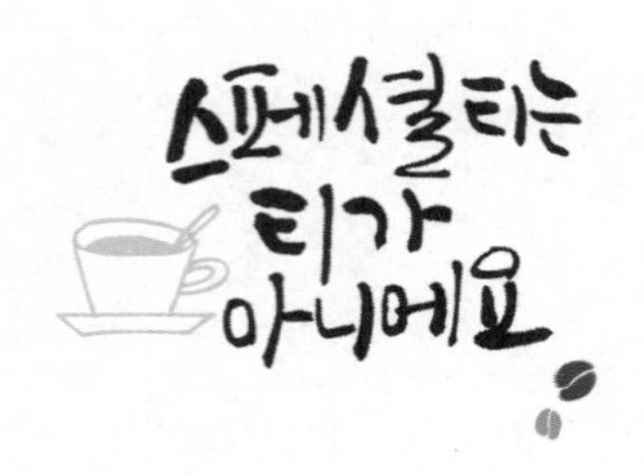

저희 카페 정문 앞에 있는 팻말에 '스페셜티 원두 판매합니다'라는 문구를 적어놓았습니다. 그랬더니 이전보다 커피 마니아분들이 많이 찾아오고, 자연스럽게 "커피가 비싸다"는 말도 줄어들어 적어두길 잘했다 싶었습니다. 헌데 가끔 몇몇 분들 때문에 어려움을 겪기도 합니다.

"얼마나 좋은 차이기에 스페셜티라고 불러? 유기농인가?"

"스페셜티 한번 마셔봅시다. 얼마나 향긋한 차야?"

"죄송합니다. 스페셜티는 티가 아니라 커피 원두의 등급을 말합니다"라고 말씀드리면 "그럼 아래 설명을 써놓든가 하지?" 하며 화를 내시기도 합니다. 사실은 요즘 이렇게 소개하는 카페가 많아 팻말을 놓아둔 건데, 그렇다고 치우기도 그렇고 당황스럽습니다.

커피가 널리 알려지고, 고급 커피를 드시는 분들이 많아지면서 아라비카고급 커피의 품종라는 말도 흔하게 쓰이고 있습니다. 스페셜티도 다 알고 있을 거라 생각했던 제가 착각한 것이지요.

예전에 주민센터에 가서 부동산에 대해 문의를 한 적이 있습니다. 직원분이 자꾸 "물건"이라는 말을 써서 도대체 어떤 물건을 말씀하시는 거냐고 물었던 적이 있습니다. 그분은 우리 아파트를 "물건"이라고 표현했는데, 그 분야에서 통용되는 상용어가 저한테는 외계어처럼 낯설게 느껴졌습니다. 스페셜티라는 말도 커피업계에 종사하거나 커피를 좋아하는 분들은 잘 알고 있을지 모르겠지만, 다른 분은 착각할 수 있다는 것을 미처 고려하지 못했습니다.

그런 죄송한 마음을 담아 스페셜티를 소개하자면 커피 원두는 품질에 따라 커머셜, 프리미엄, 스페셜티 등급으로 나뉩니다. 스페셜티 커피는 1974년 미국의 유명 차·커피 전문잡지인 〈티 앤드 커피 트레이드 저널〉에서 처음 사용한 말로 무역항에서 품질이 좋은 커피와 나쁜 커피가 뒤섞이는 걸 방지하는 차원에서 커피의 등급을 매기기 시작한 게 그 시초라네요. 이후 미국스페셜티커피협회SCAA가 기준을 세웠는데 100점 만점에 80점 이상을 획득한 커피에 스페셜티 커피 자격을 줍니다. 커핑이란 테스트를 거쳐야 하는데, 원두의 맛과 향으로 등급을 매깁니다. 원두를 갈았을 때 향이 좋아야 하고, 물을 부었을 때와 물에 젖어 있을 때는 물론 물에 넣어 저은 뒤에도 맛과 향이 좋아야 합니다. 이 중에서도 최상급은 컵오브엑설런스COE 커피로 또 다시 나뉩니다.

스페셜티와 프리미엄으로도 나뉩니다. 스페셜티는 해마다 기후와 환경에 영향을 받아 바뀔 수 있지만, 프리미엄은 하와이안 코나나 자메이카 블루마운틴처럼 품종 자체가 보장됩니다.

스페셜티로 생두를 쓰면 모든 커피가 맛있을까요? 직접 깊은 산에 올라 산나물을 캐어 와 바로 볶아 먹으면 별다른 양념을 안 써도 재료 본래의 맛을 느낄 수 있습니다. 하지만 제대지 볶지 않거나 양념을 짜게 하면 맛없는 산나물이 됩니다. 스페셜티라고 별다른 건 없습니다.

아무리 등급이 좋은 생두라도 로스터가 그 특성을 생각하지 않고 볶는다면 맛이 덜하게 됩니다. 원두의 신선도 또한 커피의 품질에 영향을 끼칩니다. 커피 본연의 풍미를 느끼려면 갓 볶은 원두를 갈아야 합니다. 외국계 대형 프랜차이즈 커피전문점은 외국에서 볶은 원두를 오랜 운송 기간을 걸쳐 들여옵니다. 때문에 커피 본래의 맛과 향은 손실될 수밖에 없습니다.

로스터 다음으로 스페셜티를 스페셜티답게 대접하는 사람은 바리스타입니다. 스페셜티는 산지의 특성과 로스팅 포인트를 제대로 읽고 맛과 향을 살려 에스프레소로 추출하거나 드립을 해야 합니다. 때문에 로스터도, 바리스타도 모두 공부를 게을리할 수 없습니다.

그럼 스페셜티는 얼마나 비쌀까요? 얼마나 비싼지는 정해진 것이 없습니다. 부르는 게 값이라고 하고, 치르는 게 값이라고도 합니다. 즉 농장주와 바이어가 만나 합의하에 가격을 정하는 거이죠.

그렇다고 무작정 가격이 높이 책정되지는 않겠지요. 커머셜 커피에는 '뉴욕C'라고 불리는 가격이 있어요. 이것은 마치 주식시장처럼 시시각각 거래가 이루어지는데 전 세계 커피 시장의 가격을 결정하는 중요한 기준이 됩니다. 상업적으로 거래되는 대규모 커피 가격이 뉴욕C를 기준으로 결정되고, 스페셜티는 여기에 더하거나 빼서 가격을 결정하게 됩니다.

비싼 가격에도 스페셜티를 감사한 마음으로 받아들여야 하는 이유

는 농장주의 노력과 투자 때문입니다. 맛있고 좋은 햅쌀을 수확하기 위해 우리나라 농부님들이 땀을 쏟듯이 커피 산지에서도 농장주들이 그에 못지않은 노력을 하고 있거든요. 먼저 나무가 영양분을 섭취할 수 있도록 토질을 관리해줘야 합니다. 부족한 토질에는 유기농 비료를 만들어 일일이 뿌려주어 땅의 기운을 북돋워줍니다. 커피나무에 충분한 영양분을 공급해야 건강한 커피체리를 얻을 수 있습니다. 덜 익거나 안 좋은 커피체리는 아낌없이 버려야 하기 때문에 이런 수고를 가격에 반영할 수밖에 없는 것입니다.

무조건 커피의 질에 따라 가격이 정해지기에 커머셜 커피처럼 공급량에 따라 가격이 크게 오르내리지 않습니다. 양이 아무리 많아도 커피의 품질이 우수하면 높은 가격을 받을 수 있고, 품질이 떨어지면 양이 적더라도 낮은 가격을 받게 됩니다.

좋은 등급의 커피를 구할 수 있게끔 수확하기까지 온갖 수고를 다한 커피농장의 모든 농부님들께 감사합니다. 이렇게 귀한 커피를 머나먼 한국에서 많은 손님들과 나눠 마실 수 있어서 참 행복합니다.

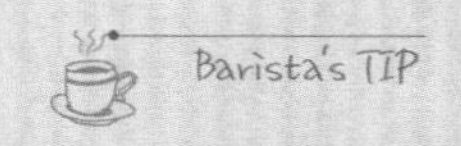

스페셜티의 자격

- 단위 무게(300g)당 결점두 수가 적어야 합니다.
- 고유의 향미와 개성이 뛰어나야 합니다.
- 재배 지역의 고도, 기후, 품질의 기준을 유지해야 하고, 생두는 숙련된 기술자가 재배해야 하고, 특징적인 고유의 향미가 있어야 한다.
- 높은 고도에서 재배된 커피일수록 등급이 높습니다. 아라비카종이라면 스페셜티로 인정할 수 있습니다.
- 제대로 경작되어 올바르게 수확, 가공되고 선별되어서 유통되는 등 체계적으로 관리되어야 합니다.
- 고유의 향미, 개성이 최대한 발현되도록 로스팅되어야 하고 원두가 신선도를 유지할 수 있도록 관리 및 보관과정을 준수해야 합니다.
- 제대로 숙련된 바리스타가 각종 추출 기구를 올바르게 사용해 추출해야 합니다.
- 생두의 원활한 공급이 보장되어야 하고, 항상 균일한 맛과 향을 유지할 수 있어야 합니다.

어제도 새벽 2시에 퇴근했습니다. 커피 볶는 일, 로스팅을 마감 후에 하느라 일주일에 한두 번은 스무 시간 이상 근무하게 되네요. 물론 손님이 뜸한 시간에 해도 되지만, 불편한 점이 많아요. 직원 없이 부부가 로스팅과 바리스타를 맡다 보니 콩을 볶다가 손님 접대를 해야 하는 상황이 벌어지기도 합니다. 그럴 때는 양쪽 다 집중할 수 없어 난감합니다. 또 환기를 해야 로스팅 할 때 연기가 빠져나가는데 여름이나 겨울에는 손님이 계신데, 함부로 문을 열 수도 없습니다. 소음도 있어서 손님들이 대화를 나누거나 공부 하는 데 방해가 되기도 합니다. 그래서 영업을 마치고 밤늦게, 아무에게도 방해되지 않고 미안해하지 않아도 되는 분위기에서 편안하게 로스팅을 합니다.

역시 카페 사장은 백조가 틀림없습니다. 밖에서 보기에는 하루 종일 우아한 음악 들으면서 좋아하는 커피 내리고, 취하지 않은 착한 손님들과 대화 나누면서 시간 날 때 책도 보고, 인터넷 검색도 하고 매우 편안해 보이겠죠. 그런데 자세히 보면 백조가 물 밑에서 쉴 새 없이 발을 움직이는 것처럼 아침부터 늦은 밤까지 청소와 설거지는 기본이고 재고 파악하고, 경쟁 업체에 대해 분석합니다. 그러는 와중에도 손님들 눈치 보기에도 바쁩니다. 컴퓨터를 붙들고 있으면 조금이라도 저렴한 인터넷 쇼핑몰에서 물건을 구입하려는 것이고, 계절별로 메뉴를 개발해야 해서 시장 조사를 하고 있는 거예요. 아침에 커피를 마시고 있다면 머신을 점검하고 원두 상태를 파악하는 것이고, 주문한 에스프레소를 내리고 마시고 있다면 제대로 커피가 나왔는지 맛을 보는 것입니다. 로스팅한 원두가 그라인더에 담기면 커피 맛이 변했나 마셔봐야 하기에 생각보다 많은 양의 커피를 마시게 됩니다. 커피 맛이 조금 다르게 느껴지거나 머신 상태가 불안정한 날은 더 많은 양을 마시게 되어 심장이 벌렁거리고, 식은땀이 날 때도 있습니다.

하루 동안 커피집 1인 사장 쫓아다니다 보면 카페 하고 싶은 생각이 반의 반으로 줄어들 겁니다. 여러 업무 중에서 가장 치열하고 힘든 일이 로스팅이에요. 물론 원두를 받아쓰면 이 과정을 생략할 수 있겠지만, '우리 카페'만의 특별한 커피를 대접하기 위해서는 직접 해야 합니다. 저 또한 로스팅은 직접 합니다. 그러다 보니 로스팅 하는 시간은 우리 부부가 가장 날카롭게 발톱을 세우는 시간이기도 하지요. 작업과정을 모르는 분들은 로스터를 전자동으로 세팅해놓으면 전기밥솥으로 밥 짓듯이 척척 만들어지는 거 아니냐고 물어보시는데, 모든 공정 하나하나가 수작업입니다.

물론 세팅 맞추는 기계도 있지만 저희 카페 로스터는 저희와 함께 손발 맞춰 세팅해 나갑니다. 그렇기에 사람의 컨디션도 중요하고, 기분도 타는 것 같아요. 오늘 맛있게 되었다고 내일 똑같은 원두로 볶이라는 법도 없습니다. 또한 프로와 초보의 차이는 얼마나 일정한 맛을 내느냐입니다. 생산지에 따라 원두 볶는 포인트가 달라져야 하고, 기온과 습도에 따라 맛이 달라집니다. 햅쌀과 묵은쌀의 밥맛이 다르듯 신선한 생두와 묵은 생두가 다르고, 에티오피아 예가체프 한 가지를 볶는 것과 브라질과 콜롬비아, 케냐를 블렌딩해서 볶는 것이 각기 다르기에 정신 바짝 차려야 해요. 10초라는 짧은 시간에 커피의 맛이 극명하게 뒤바뀔 수 있습니다. 로스팅 할 때는 잠시도 한눈 팔 수 없습니다.

저희 카페에 단골인 현욱 씨가 로스팅 작업을 보고 싶다고 부탁하기에 새벽 2시까지 카페에 함께 있었습니다. 호텔조리학과를 졸업한 현욱 씨는 나중에 카페나 한번 해볼까 하는 생각도 있었던 것 같아요. 세 시간 남짓 기계에 붙어 30초마다 온도를 체크하고 기록해야 하는데, 곁에서 말을 걸면 예민해질 수밖에 없죠. 원두 상태에 맞춰 온도를 조절해야 하는데, 타이밍을 조금이라도 놓치면 부부 사이더라도 서로 정신 똑바로 차리라는 날선 말도 오가게 됩니다. 이 모든 걸 본 현욱 씨는 안절부절못하고 이리저리 눈치 보면서 어쩔 줄 모르더라고요. 그러더니 로스팅 작업은 다시는 보고 싶지 않다며, 로스터리 카페 하고 싶은 생각이 없어졌다고 딱 잘라 말합니다.

현욱 씨 눈에는 우리 부부가 농담도 주고받고, 장난도 잘 쳐서 로스팅 할 때도 다를 것 없을 거라고 생각했겠죠. 나중에 현욱 씨가 말하길 생존 경쟁에 뛰어든 맹수마냥 눈빛부터 달라지는 게 보이더래요.

생존 경쟁 맞습니다. 생두를 볶는다는 건 단순히 볶아서 양념으로 쓰는 것이 아니라 우리 카페의 커피 맛을 좌지우지하는 가장 중요한 일입니다. 또한 여느 카페와 다른 개성을 차별화하는 일이기도 합니다. 그런 만큼 로스팅 하겠다고 마음먹으면 가장 먼저 둘이 머리를 맞대고 어떤 생두를 어떻게 볶을 것인지 신중하게 회의를 합니다.

에티오피아 예가체프를 볶는다고 하면 핸드드립용인지, 더치용인지, 아메리카노에 블렌딩용인지 결정합니다. 그 용도에 따라 볶는 시간이 달라집니다. 뿐만 아니라 오늘 날씨와 습도도 확인해야 합니다. 로스팅 일지를 보고 예전 자료를 통해 오늘은 얼마나 볶을지 마지막으로 결정합니다.

로스팅 일지에는 생두 이름과 구입처, 상태는 물론 그날의 기온과 습도, 구체적인 날씨도 적어놓습니다. 투입 온도와 30초에 한 번씩 온도 변화를 기록합니다. 생두를 로스터에 넣으면 갑자기 온도가 떨어지는데 몇 도까지 떨어지는지도 적고, 1차팝팝콘처럼 가스를 배출하며 부풀어오르며 터지는 소리과 2차팝 이후 배출하는 온도도 적고, 맛이 어떠한지도 남겨놓습니다. 그래야 다음에 실수를 예방하고, 비슷한 맛을 낼 수 있습니다. 로스팅 일지는 저희 카페의 '재산목록 1호'이기도 하지요.

어떻게 볶을지 계획을 세우고 나면 생두를 꺼내 핸드픽을 합니다. 결점두를 골라내는 작업인데, 생각보다 굉장히 중요한 일이에요.

'콩 한 알 벌레 먹었다고 뭐 맛이 얼마나 달라지겠어?', '생두 수입업체에서 어련히 알아서 보내줬으려고' 하고 생각할 수 있지만, 반드시 확인해야 합니다. 꼼꼼히 살펴보면 벌레 먹은 것뿐 아니라 너무 작은 것, 깨진 것, 발효된 것, 덜 익은 것 등이 보입니다. 가끔 이물질도 보이고요.

이물질은 돌, 나뭇가지, 털 등 다양해서 꼼꼼하게 살펴봐야 합니다. 물론 등급 높은 생두를 사면 나쁜 콩이 덜 나오기는 합니다. 그렇더라도 이 과정을 넘어갈 수는 없습니다.

나쁜 콩을 걸러내고 나서 로스터를 예열합니다. 로스터 전체가 충분히 가열되도록 천천히 온도를 올려야 기계에 무리가 가지 않습니다.

이제 진짜 전쟁이 시작됩니다. 군대에서는 '5분 대기조'가 있지만, 로스팅 작업에는 30초 대기조가 있습니다. 30초씩 시간을 재야 하고, 그때마다 온도를 체크합니다. 이상이 생기면 배기량과 온도에 변화를 줘야 합니다. 짧은 순간 다른 것을 쳐다볼 여유도, 생각할 겨를도 없습니다.

로스터에 넣으면 생두는 연두색에서 노란색으로, 열을 받으며 점점 갈색 빛을 띠고, 나중에는 검정색으로 변합니다. 생두를 절대 태우면 안 됩니다.

원두 색깔에 따라 라이트, 시나몬, 미디엄, 하이, 시티, 풀시티, 프렌치, 이탈리안 로스팅으로 나뉩니다. 가장 어둡고 강한 로스팅이 이탈리안이에요. 시티와 풀시티로 로스팅 하면 무난하게 마실 수 있습니다. 이탈리안 로스팅은 요즘 대부분 카페에서 하지 않습니다.

여름에는 가뜩이나 날씨도 무덥고 갑갑한데 커피 맛까지 무거우면 몸과 마음이 처질 수 있어 1단계 정도 덜 볶습니다. 화창한 날은 과일향이 나는 시다모나 엘살바도르를 볶아 추천하기도 하고, 비가 오는 날은 탄자니아 피베리나 콜롬비아 수프리모를 권하기도 합니다. 손님들에게 커피를 추천할 수 있을 만큼 날씨에 따라 로스팅도 계획을 세워야 합니다.

초긴장 상태는 콩 볶는 과정에서 끝나지 않습니다. 콩을 볶고 나서 식히는 과정도 중요합니다. 최대한 빨리 식히는 것이 관건입니다. 원하는 로스팅 포인트를 찾아 볶았는데, 천천히 식히면 뜨거운 열 때문에 볶는 효과가 지속될 수 있습니다. 그렇게 되면 바리스타가 생각했던 맛을 잃을 수 있습니다. 그렇다고 에어컨 바람으로 식히면 안 됩니다. 에어컨에서 쏟아져나오는 바람은 수분이 있어서 원두에 물기가 묻을 수 있거든요.

커피란 아이는 돌쟁이 같아요. 막 걷기 시작해서 조금만 신경을 안 쓰면 사고가 터지거든요. 다 볶고 식혀놓은 콩으로 바로 커피를 만들면 신선하고 맛있을 것 같지요? 물론 테스트를 위해 마시기는 하지만, 2~3일이 지나야 원두의 맛이 가장 맛있습니다. 가스를 배출하고 안정된 맛을 찾거든요. 신선한 커피를 맛보고 싶다면 오늘 볶은 커피 말고 2~3일 지난 커피를 찾으세요.

혹시 로스팅 하는 시간에 카페에 들어갔다면 커피를 위해 조금만 기다려주세요. 당신이 찾은 그곳은 맛있는 커피를 위해 커피가 내는 향과 소리를 조용히 귀 기울이고 있는 중입니다.

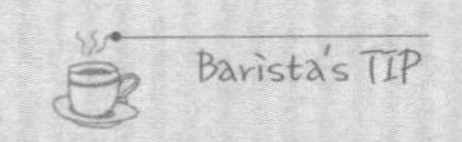

로스팅 단계별 이름

• 생두

쥐도 맛없어서 안 먹는다는 생두는 풋내 이외에는 맛과 향을 느낄 수 없지만, 신맛이 강한 시다모 같은 생두는 신 내음을 강하게 느낄 수 있습니다.

• 라이트 로스팅

꽃 향기가 살짝 느껴집니다. 이 단계의 원두로 커피를 추출하면 커피 본래의 쓴맛과 단맛, 깊은 맛을 느끼기 어렵습니다. 색깔은 황색을 띱니다.

• 시나몬 로스팅

신맛이 잘 살아나는 단계로, 신맛을 즐기는 바리스타는 테스트용으로 배출하기도 합니다. 하지만 단맛, 쓴맛이 느껴지지 않아 판매용 제품으로 만들기는 어렵습니다.

• 미디엄 로스팅

아메리칸 로스트(American roast)라고도 합니다. 시나몬 로스팅에 비해 향이 풍부하고 신맛과 더불어 쓴맛도 조금씩 나타납니다. 원두는 담갈색을 띱니다.

하이 로스팅

신맛이 엷어지면서 단맛이 나기 시작합니다. 가장 일반적인 로스팅 단계로 우리가 흔히 접하게 되는 갈색의 원두가 만들어집니다. 부드러우면서도 신맛과 단맛이 우러나오는 레귤러커피로 즐기기에 좋습니다. 최근에는 핸드드립용으로 하이로스팅이 유행하고 있습니다.

시티 로스팅

저먼 로스트(German roast)라고도 부릅니다. 뉴욕 시티에서 따왔다고 합니다. 뉴욕 사람들이 가장 좋아하는 단계랍니다. 로스터들이 많이 하고 있는 로스팅입니다. 균형 잡힌 맛과 강한 느낌의 향미를 느낄 수 있습니다. 맛과 향이 대체로 표준이며, 원두는 진갈색을 띱니다.

풀시티 로스팅

신맛보다 쓴맛과 진한 맛이 살아나면서 커피 고유의 맛이 강조되는 단계입니다. 아이스커피에 적합하며, 에스프레소 커피의 표준으로 많이 채택됩니다. 크림이나 우유를 가미하여 마시는 유러피안 스타일의 커피에 어울립니다. 원두는 암갈색을 띱니다.

프렌치 로스팅

쓴맛이 더욱 진해지면서 진한 커피 맛과 중후한 뒷맛이 강조됩니다. 표면에 기름기가 돌기 시작하는 단계로 원두는 검은 흑갈색을 띱니다. 유러피언 스타일로 카페오레나 비엔나커피에 어울립니다.

이탈리안 로스팅

이름은 이탈리안 로스팅이나 요즘 본토에서도 이 로스팅을 거의 하지 않습니다. 쓴맛과 진한 맛이 정점에 달합니다. 생두의 종류에 따라 타는 냄새가 날 수 있습니다. 로스팅 타임이 매우 짧습니다.

로스팅보다 우리 부부의 애간장을 녹여냈던 건 블렌딩입니다. 로스팅이 생두와 끊임없이 속닥속닥 대화를 나누는 가벼운 데이트라면 블렌딩은 커피와 궁합을 맞추는 진중한 만남이라고 할 수 있어요. 커피집의 이름표처럼 한 가지 원두에 하나 이상의 원두를 더해 한 잔의 커피를 만들어 손님들께 "우리 집 커피입니다!"라고 선보이는 것이니 어려운 게 당연하겠지요.

그래도 로스팅보다 좋은 점은 맛있는 블렌딩 커피를 찾는 것이 어렵긴 한데, 한 번 개발해놓으면 그 맛을 매일 바꿀 필요가 없기에 늘 고민할 필요가 없다는 것이겠지요. 이렇듯 아무 원두나 다 섞는다고 블렌딩이 되는 것은 아니에요. 맛있는 배합을 찾는 게 쉬운 일이 아닙니다. 저희도 아메리카노 원두 블렌딩 때문에 수없이 고민을 했습니다.

커피라면 다 좋아하는 여자와 커피라면 다 똑같은 남자가 머리를 맞대고 앉아 블렌딩을 하겠다고 하니 참 답답할 노릇이었습니다. 처음에는 제가 좋아하는 원두를 섞으면 맛있는 아메리카노가 될 거라고 생각해서 에티오피아 예가체프 G1 등급, 케냐AA, 과테말라 안티구아로 베이스를 잡아봤더니 예상했던 맛과 달리 너무 가볍더라고요. 브라질과 콜롬비아 원두를 좋아하지 않아도 베이스로 많이 쓰는 이유를 알 것 같았습니다. 부정적으로 생각했던 로부스타종이 에스프레소의 깊고 진한 맛을 잡아주는 역할을 하더라고요. 여섯 가지 이상 여러 원두를 넣는다고 깊고 풍부한 맛이 나오는 것도 아니고, 두 가지만 넣는다고 평범한 맛이 나오지 않습니다. 원두를 두 종류를 넣든 여섯 종류를 넣든 개성 있는 맛을 찾으면 됩니다. 헌데 그 맛을 찾는 것이 보물 찾는 것보다 더 어렵더라고요.

제 이상형을 찾는 것도 힘든데 많은 사람들에게 매력적으로 다가갈 커피를 블렌딩 하는 일이 어디 쉬운 일이겠어요? 부끄러운 고백을 하자면 커피업계에서 20년 넘게 경력을 쌓아온 김상현 선생님이 도와주지 않았다면 아마 우리 부부는 지금도 하우스 블렌딩을 찾아 삐질삐질 땀을 흘리고 있었을 겁니다. 김 선생님께 하나하나 배우고 익히며 저희 카페의 블렌딩을 완성했습니다. 저희만의 블렌딩을 찾은 그날은 신대륙을 발견한 콜롬부스의 기분이 이렇지 않았을까 싶을 만큼 기뻤습니다.

선생님과 책을 통해 얻은 블렌딩에 대한 몇 가지 팁을 간략하게 이야기해볼까요? 먼저 어떤 맛을 원하지는 결정해야 합니다. 달콤한 신맛을 원한다고 해서 에티오피아 예가체프, 시다모, 하라 등만 넣으면 너무 가볍고 심심한 커피가 될 수 있습니다. 여러 가지 원두를 넣는다고 원두

가 지닌 고유한 맛이 모두 살아나지 않습니다. 음식에도 궁합이 있듯이 원두를 블렌딩 할 때도 서로 어울리는 맛이 따로 있습니다.

"여기 카페 아메리카노에는 어떤 원두가 들어가요?"라고 물으신다면 답해드릴 수는 있어요. 다행히 제가 다른 카페의 바리스타와 똑같이 블렌딩을 한다고 해도 똑같은 커피 맛을 느끼진 못할 거예요. 로스팅을 어느 단계까지 할 것인지, 로스터의 상태, 날씨와 기온, 습도 등 변수가 워낙 다양하기 때문입니다.

아메리카노 이외에 카페라테 원두도 블렌딩을 합니다. 아메리카노와 카페라떼는 블렌딩은 물론, 로스팅 포인트도 다릅니다. 아메리카노는 물과 섞이게 될 것을 생각해서 원두 본연의 맛과 향을 살리는 것에 중점을 둡니다. 카페라떼를 아메리카노처럼 블렌딩 하면 우유나 시럽과 섞였을 때 커피 맛이 느껴지지 않을 수 있습니다.

"어제 마신 아메리카노와 똑같이 해주세요"라고 부탁하신다면 그렇게 맞춰드리기 어려울 것 같습니다. 어제와 똑같이 신선한 원두를 써서 로스팅, 블렌딩을 똑같이 한다고 해도 기온이 다르고, 분위기가 다릅니다. 당신의 마음이 어제와 다를 수도 있습니다. 어제의 당신처럼 평온하고 행복을 느끼며 음미한다면 당신 앞에 있는 아메리카노는 세상에서 가장 맛있는 커피가 될 것입니다. 설탕을 넣지 않아도 세상에서 가장 고소하고 달콤한 향을 가득 풍기는 커피로 당신의 마음속에 기억될 거예요.

당신이 어느 카페에 가서 커피를 드신다면 원두를 이것저것 넣어서 이렇게 블렌딩 해야 맛있다는 고정관념도, 이 카페는 얼마나 맛있는지 확인해볼까 평가하려는 마음도 내려놓으세요.

지금 당신이 들어온 카페에 커피는 어떤 맛이 깃들어 있는지, 신맛과 단맛, 쓴맛은 어떻게 조화를 이루는지, 당신의 입맛에는 어떠한지 바리스타와 함께 호흡하며 커피와 카페 분위기를 충분히 느끼고 즐겨보세요.

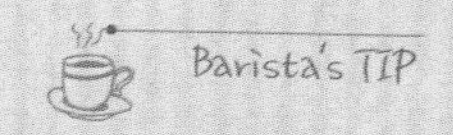

맛있는 아메리카노 만들기:
물부터 부을까, 에스프레소부터 부을까?

깊고 풍부한 크레마를 유지하기 위해서 물을 먼저 붓고, 에스프레소를 살살 부어줍니다. 크레마는 커피 위에 뜬 금빛 막을 의미합니다. 크레마가 있어야 커피가 식는 것을 막고, 부드러운 쓴맛과 단맛을 느낄 수 있습니다.

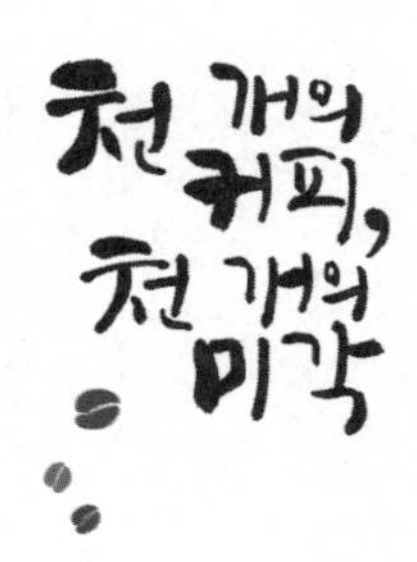

여러 해 전, TV 햄버거 광고에서 나온 "니들이 게 맛을 알아?"란 유행어가 생각납니다. 어디 모르는 게 게 맛뿐이겠습니까? 커피 장사를 하고 있는 저도 커피 맛을 안다고 말하기 어려운 일이 종종 벌어지는 데 말이죠.

가장 기억에 남는 사건은 생각지도 않게 벌어졌습니다. 여러분에게 먼저 배경을 설명드려야겠네요. 저는 카페를 열면서 참으로 값진 선물을 받았습니다. 가족들과 함께할 시간을 많이 빼앗기고 멀리 이사 와서 친구들과 자주 못 보지만, 허전함을 채워주는 누군가가 생겼습니다.

우리 카페에서 대각선으로 마주 보는 이탈리안 레스토랑의 민희, 소희 사장과 '희자매'라 불릴 만큼 친하게 지내고 있고, 손님과 주인으로 만나 서로의 안부를 걱정하며 마음까지 챙겨주는 혜미와 그녀의 애인 동욱도 있습니다. 이들과 저희 부부는 "언니", "오빠"라 부르며 새로운 이웃사촌 족보를 만들었습니다.

서로 이웃해 있다는 것도 계기가 되었겠지만, 커피를 좋아한다는 공통점이 있어서 더욱 서로에게 돈독해질 수 있었습니다. 소희 사장은 이탈리안 레스토랑 CEO답게 미각이 발달하고 표현력이 좋아서 신맛과 단맛과 쓴맛, 숨어 있는 짠맛이 무엇인지 조금은 알 것 같다며 커피 맛을 함께 공부하는 사이가 되었고, 건축디자인을 전공한 민희 사장은 우리 카페의 인테리어에 대해 조언을 해주며 친해졌습니다. 민희 사장은 인테리어를 새로 꾸미는 공사를 하는 동안 정신이 번쩍 들 정도로 핫 아메리카노 4샷을 주문해서 절 깜짝 놀라게 하더니 차츰 커피에 새롭게 눈을 떠서는 커피노트를 마련하고 핸드드립 느낌을 적어나가기 시작했습니다.

어린이집 선생님인 혜미는 여름 내내 아이스카페라떼만 마시더니 언제부터인가 더치의 세계에 눈을 떴습니다. 가을이 되자 핸드드립에 눈을 돌렸는데, 차츰차츰 커피에 빠져드는 모습이 보입니다. 직장이 신촌에 있다 보니 여기저기 맛있는 카페의 정보도 알려주며 저희 카페가 발전하는 데 도움을 줍니다. 뿐만 아니라 혜미는 저희 모임에서 맛있는 간식 담당자이기도 합니다. 여자친구를 따라 카페를 찾는 듬직한 경찰, 동욱이도 제법 커피 맛을 알아가는 것을 보면 놀라우면서 행복합니다.

어느 날, 네 사람이 저녁 늦게 퇴근을 하고 약속이나 한 듯 저희 카페에 모였습니다. 처음에는 네 사람 모두 더치커피를 마시고 싶다고 하더니 누가 먼저 제안을 한 건지 '블라인드 테스트'를 해보자고 합니다. 이름을 모른 채 맛을 보고 어떤 커피인지 맞혀보자는 겁니다.

모두 저희 카페에서 더치커피를 꽤 마셔본 친구들이기에 다들 맞출 수 있다고 자신하더군요. 넷 사이에 은근히 자존심이 흐르는 듯해서 저 또한 흥미롭게 지켜보게 되었습니다.

저희 카페의 더치커피는 모두 단종으로 내립니다. 보통 네 종을 준비하는데, 그날은 두 종밖에 없었습니다. 저는 친구들에게 세 가지를 준비하겠다 하고 케냐AA, 에티오피아 시다모, 그리고 케냐와 시다모를 5:5로 블렌딩 했습니다.

초등학생 시절로 돌아가 쪽지시험이라도 보듯 메모지를 한 장씩 나눠주고 1, 2, 3번에 답을 써보라고 했습니다. 세 개의 정답을 모두 맞힌 사람에게는 다음 날 커피를 쏘겠다는 상품까지 내걸었습니다.

가장 비싼 커피라봐야 몇 천원에 불과해서 아주 작은 상품이었지만 이들은 명예가 걸린 듯 굉장히 심각하고 진지하게 여러 번 나눠 마셔가며 모든 감각을 동원해 기억을 되살리려 했습니다.

이 사람들이 모여서 이렇게 조용했던 적이 있었나 싶을 만큼 블라인드 테스트는 진지했습니다. 평소 네 사람이 굉장히 좋아하는 케냐와 신맛이 가장 도드라진 시다모가 테스트 대상이어서 쉽게 맞힐 것 같았습니다. 해서 3번에 케냐와 시다모를 블렌딩 한 커피를 함정으로 만들었는데, 잔 세 개가 바닥을 드러낼 때까지도 모두들 답을 적지 못했습니다.

혜미가 "언니, 나 2번은 알 것 같아요" 하더니 케냐라는 겁니다.

'허걱, 혜미야! 안 돼!'

소희 사장은 "1번은 콜롬비아 아니면 케냐 같은데……."

'우등생 소희 사장까지 왜 이러세요? 콜롬비아는 우리 카페에서 더치로 안 내리는 걸 몇 번이나 얘기했는데……'

민희 사장은 갸우뚱갸우뚱. 동욱이는 결국 포기했습니다.

시간은 자꾸 흘렀습니다. 더치커피에 담긴 얼음이 녹을수록 맛은 변해갔고, 그녀들의 추적은 저 멀리 인도네시아 만델링을 지나 코스타리카를 향해가고 있습니다.

긴장감이 점점 극으로 치달을 것 같고, 자신감을 잃어가는 사람들의 표정을 보아하니 안 되겠다 싶은 마음에 처음 입과 코로 느꼈던 맛을 잘 떠올려보라는 힌트를 주고, 마지막으로 30초의 시간을 주었습니다.

드디어 답안지가 모두 제 손 안에 들어왔습니다. 누가 어떤 답을 써놓았는지 저도 궁금하고 긴장이 되었습니다. 다행히 100점에 가까운 답안지가 나왔습니다.

미각이 발달한 소희 사장은 1, 2번은 맞혔는데, 3번은 블랙워터라고 써놓았습니다. 민희 사장도 1, 2번은 제대로 써놓았는데, 3번은 콜롬비아로 적어놨네요. 문제는 우리 혜미 양. 3번은 블렌딩이라고 써놓았는데, 1, 2번을 서로 반대로 써놓았습니다.

사실 더치커피로 블라인드 테스트 하는 것은 어렵습니다. 향은 다르지만, 맛은 차이가 크지 않거든요. 3일 지난 더치커피와 10일 지난 더치커피는 익는 정도에 따라 맛이 다른데, 쉽게 파악하기가 어렵습니다.

핸드드립과 달리 싱글 오리진 에스프레소도 압축하여 추출하기에 그 맛을 쉽게 구분하기가 어렵습니다. 커피 맛에 배신당한 느낌이 들 만합니다. 그날 원두의 컨디션도 다르고, 로스팅 포인트도 다르고, 추출 속도도 커피의 맛에 영향을 끼칩니다. 때문에 당신이 기억한 커피 맛이 매일 똑같을 수 없습니다.

다음 날, 소희 사장에게는 저희 카페에서 제일 비싼 케냐AA 핸드드립 커피를 상품으로 내려주었습니다. '멘붕'에 빠진 혜미 양은 커피의 맛을 함께 공부하기로 했습니다.

"난 이러이러한 맛이 있는 무슨 커피를 좋아합니다"라고 말할 수 있습니까?

당신이 좋아하는 커피의 맛이 늘 똑같을 거라 기대하지 마세요. 당신이 커피 맛을 잘 안다고 자신하지 마세요. 왜 이 카페에서는 이 맛이 안 나지 하고 실망하지도 마세요.

커피는 기본적인 맛이 크게 바뀌지 않지만, 팔색조 같은 다양한 맛으로 당신의 입과 머리를 놀라게 하는 몇 안 되는 정말 어려운 친구입니다.

혜미야, 실망하지 마. 솔직히 나도 다른 카페에서 더치커피로 블라인드테스트 하면 맞힐 자신 없어.

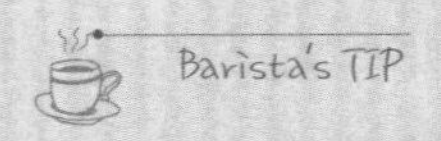

커피감별사(커퍼·cupper)

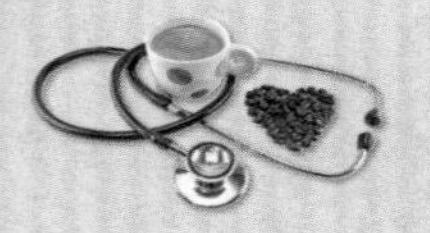

맛있는 커피를 만들려면 로스팅과 블렌딩을 잘하는 바리스타만 필요한 것이 아닙니다. 커피 원재료인 생두를 감별할 수 있는 사람 또한 있어야 합니다. 즉 커퍼가 필요합니다. 커퍼는 커피 원재료인 생두의 품질을 평가하고 커피의 맛과 향을 등급으로 나누는 역할을 합니다. 커퍼는 매해 가장 가치 있는 커피를 골라내는 일을 해요. 커피 원산지의 기후와 재배방식을 이해하고, 경사도, 배수 등 여러 복합적인 요소들이 커피 맛에 어떠한 영향을 끼치는지 파악하고 커피의 향과 맛, 본질에 대해 감별합니다. 이러한 평가과정을 '커핑(cupping)'이라고 합니다.

커핑은 커피의 본질적인 맛을 테스트하는 것으로, 냄새 맡기(Sniffing)에서 시작합니다. 생두의 향기를 맡는 '스니핑(sniffing)'과 들여마시는 '슬러핑(slurping)'이 커핑의 기본입니다.

맛있는 커피를 위해 세 친구를 준비하세요

5년 전 가을, 커피를 배워보겠다고 무작정 유명 카페의 핸드드립 과정을 등록해버렸습니다. 집에서 핸드드립 커피라도 제대로 마시고 싶은데 어떻게 내려야 하는지 모르고 답답한 마음이 컸습니다. 만약 저희 집 근처에 핸드드립 커피전문점이 있었다면 배울 생각까지 안 했을지 모릅니다. 당시 제가 사는 아파트에서 아메리카노를 사려면 아파트 정문 건너편까지 가야 했습니다. 아파트가 대단지이다 보니 10분 이상 걸어야 했는데, 그 카페의 커피 맛이 입맛에 맞지 않더라고요. 내 손으로 직접 커피를 내려 먹겠다는 강한 의지로 학원을 찾았습니다. 학원에서 처음 강의를 듣고 보니 뭐든 다 잘해낼 수 있을 것 같은 자신감에 휩싸여 핸드드립 용품들을 싹 구입하려고 나섰습니다. 직접 눈으로 확인도 하고 조금이라도 싸게 구입하겠다고 집에서 두 시간이나 걸려서 오프라인 매장을 찾아갔습니다. 드리퍼, 포트 그리고 원두까지 양팔 가득 들고 택시

비로 거금 3만 원까지 써가며 집으로 돌아왔습니다. 물론 지하철을 탈 수도 있었는데 소중한 유리 제품들이 깨질까봐, 동 제품들이 부딪혀서 흠집이라도 날까봐 조마조마해서 탈 수가 없더라고요. 저는 벌써 핸드드립의 장인이라도 된 양 뿌듯했습니다.

물줄기 내는 데 가장 좋다고 소문난 주둥이가 긴 동 포트도 사고, 열을 오래 머금을 수 있는 동 드리퍼도 큰마음 먹고 구입했습니다. 이것들로 커피를 만들면 얼마나 맛있을까? 도구가 좋으면 커피도 남다를 것 같아 신이 나서 학원에서 배운 대로 내려봤습니다.

분명 뜸들이기 할 때 선생님은 커피가루를 골고루 적셔주기만 할 뿐 드리퍼 아래로 내려오지 않게 했는데, 저는 물을 붓자마자 아래로 뚝뚝 떨어지기 시작합니다. "물이 떨어지면 바로 추출 시작"이라는 말이 생각이 납니다. 커피가루만 적신다고 나름 가늘게 내린다고 했는데, 금세 150ml이 다 채워졌습니다. 왠지 불안한 마음으로 맛을 봤는데, 커피 맛이 왜 이렇게 허전할까요?

분명 제가 좋아하는 에티오피아 예가체프인데, 싱그러운 향기도 군고구마 향도 어디로 날아가버리고 떫은 열매를 물에 탄 맛밖에 느껴지지 않습니다.

원두도 로스팅 한 지 얼마 안 되는 신선한 걸 구입했고, 도구도 고급 사양으로 구입했고, 핸드밀 분쇄도도 매장에서 맞춰준 대로 썼는데, 왜 맛이 나지 않는 걸까? 돌이켜보면 선무당이 장구 탓하는 꼴이었습니다.

얼마 지나지 않아 제가 얼마나 미숙한 홈 카페 바리스타였는지 깨달았습니다. 하지만 확실히 몸으로 배운 것이 있습니다. 아무리 신선한 원두와 좋은 도구가 있어도 바리스타의 역량이 부족하면 맛있는 커피를

만들 수 없다는 것입니다.

저는 커피의 베스트 프렌드로 바리스타를 꼽고 싶습니다. 커피의 좋은 친구 바리스타는 먼저 원두와 대화할 수 있는 공부를 해야 할 것 같아요. 에티오피아 원두와 브라질 원두는 특성이 매우 다릅니다. 특성이 다른데 똑같이 로스팅을 할 수 없고, 로스팅이 다른데 똑같은 핸드드립을 할 수 없습니다. 또 로스팅 된 날짜도 다르고, 로스팅 하는 날의 온도와 습도가 다릅니다. 마시는 사람이 연하게 마시고 싶은지, 진하고 마시고 싶은지에 따라서도 맛이 달라집니다.

커피의 두 번째 친구는 물입니다. 경수와 연수라는 말은 초등학생 때부터 많이 들었는데, 그 의미를 잘 모르지요? 경수는 센 물로 빗물이나 지하수이고, 연수는 수돗물과 정수기 물을 뜻합니다. 경수에는 칼슘, 마그네슘염류가 많이 들어 있어 커피의 맛뿐 아니라 커피를 만드는 기기에도 영향을 줍니다. 가장 맛있는 커피는 커피 외의 다른 맛을 느낄 수 없어야 하기 때문에 연수를 씁니다. 하지만 수돗물은 소독약을 써서 영향을 받습니다. 때문에 정수기를 통해 걸러진 물을 써야 합니다.

커피의 세 번째 친구는 커피 잔이에요. 커피를 맛있게 즐길 수 있으려면 커피 잔의 보온력이 좋아야 하고, 높은 열에도 잘 깨지 않을 만큼 내구성이 튼튼해야 합니다. 또 손에 쥐는 그립감도 중요합니다. 오래 잡고 있지 않더라도 편안하게 잡을 수 있어야 하는데, 잔의 높이보다 손잡이가 높은 것이 손에 잡기 편합니다. 잔이 입에 닿는 감촉과 입술로 무는 느낌도 중요합니다. 가격 차이가 아니라 내가 잡기 편안하고, 마시기 좋으며, 커피의 향과 온기를 오래 머금을 수 있는 잔을 선택해야 합니다.

물론 커피 마시는 분위기도 중요합니다. 언제 누구와 마시느냐에 따라 커피의 맛이 달라집니다. 하지만 앞서 이야기한 세 가지는 바리스타의 역량에 따라 커피 맛이 좌우될 수 있습니다.

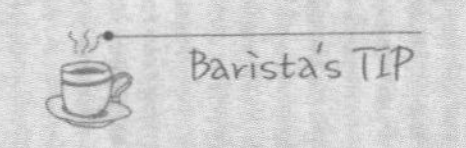

어느 커피를 어느 잔에 먹을까?

에스프레소 잔(데미타세)

에스프레소용 데미타세는 80ml의 이탈리아 공식 표준규격의 에스프레소 커피 잔입니다. 잔의 안쪽은 부드럽게 곡선으로 처리되어 있으며 커피를 추출할 때 밖으로 튀는 현상을 줄여줍니다. 입술에 닿는 부분은 매끄럽고 말끔하게 처리되어 촉감이 좋습니다.

더블에소 잔

130ml의 더블에소 잔은 이탈리아에서는 '도표잔'이라 불립니다. 동그란 유선형으로 앙증맞아 보이죠. 잔 속이 깊어 커피를 담거나 추출할 때 흐르거나 넘치지 않습니다.

카푸치노 잔

이탈리아 공식 표준규격은 150~180ml으로 카푸치노 커피를 즐길 수 있는 잔입니다. 잔의 지름이 카페라떼 잔보다는 작지만 꽤 넓어 우유거품을 충분히 담을 수 있습니다.

카페라떼 잔

200ml 이상의 카페라떼 커피를 즐길 수 있는 잔입니다. 유럽의 카페에서는 카페라떼가 유리잔에 담겨 나오기도 합니다. 지름이 넓어서 라떼아트를 하는 데도 좋습니다.

핸드드립 잔

핸드드립 잔은 카푸치노 잔보다 약간 큽니다. 용량이 250ml 정도이며 카푸치노 잔과 거의 비슷합니다.

영원불멸한 커피는 없지만, 영원불멸한 '커피 맛'은 있습니다

과학적인 관점에서 볼 때 사랑의 유통기한은 3년이라고 하는데, 모든 사람에게 그럴 것 같지는 않습니다. 누구에게는 6개월이고, 누구에게는 평생일 수도 있습니다. 로미로와 줄리엣이 일주일을 사귀었기 때문에 목숨까지 바칠 수 있었던 거지 한 달만 더 사귀었으면 죽지 않았을지도 모른다는 우스갯소리도 있지요. 어쨌든 사랑도, 사람도 언젠가 변하겠지요. 하지만 부정적으로 바뀌는 것만은 아닙니다. 사람의 심성이 착하게 바뀔 수도 있고, 사랑은 점점 깊어져 마지막 순간 사랑하는 사람에게 진정 고맙고, 여전히 사랑하노라 고백하며 눈을 감을 수도 있습니다. 하지만 남겨진 커피의 끝은 늘 '배드 엔딩'입니다.

값싼 커피든 블루마운틴이든 코피 루왁이든 신선도가 떨어지고, 고유의 맛도 사라져버리게 됩니다. 시간을 거스를 수 있는 커피는 없습니다.

그렇다고 오해하지 마세요. 지금 갓 볶은 커피가 가장 신선하긴 하지만, 원두까지 맛있다는 걸 뜻하지는 않습니다. 커피 원두의 맛이 변하는 과정을 보면 사람에 비해 주기가 짧지만 성장과정은 닮았습니다. 처음 로스팅을 하고 나면 갓난아기처럼 보입니다. 제 몸을 가누지 못하듯 원두는 고르지 못한 상태에서 이산화탄소를 뿜어냅니다. 이산화탄소는 3일 정도 지나면 완전히 빠져나갑니다. 그때부터 가장 아름다운 커피향을 느낄 수 있습니다. 원두는 찬란한 청년기를 거쳐 2주 정도 되면 다 큰 성인이 된 것처럼 보이다가 급속도로 향과 맛이 소멸됩니다. 그 모습을 보면 커피가 늙는다는 생각이 듭니다.

무엇이 커피를 급격하게 늙게 하는 걸까요? 첫 번째로 산소를 꼽을 수 있습니다. '산소 같은 여자'는 인간에게 아름다움의 극찬처럼 들릴 수 있지만, '산소 같은 커피'는 무덤이란 뜻과 같습니다. 원두가 산소를 받아들이면 산화되어 맛과 향을 떨어뜨리기 때문입니다.

두 번째 커피의 노화 요인은 햇빛입니다. 자외선이 향과 맛의 변화를 더욱 빠르게 촉진합니다.

세 번째, 높은 온도에도 나쁜 영향을 받게 됩니다. 때문에 커피는 밀봉해서 어둡고 서늘한 곳에 보관해야 합니다.

간혹 냉장고에 커피를 보관하는 분들을 보게 됩니다. 커피는 냄새를 흡수하는 성질이 있습니다. 때문에 냉장고에서 보관한 커피로 만들다 보면 김치는 물론 온갖 반찬 냄새까지 섞여들 수 있습니다.

밀봉해서 냉동고에 넣는 분들도 많지요. 하지만 냉동고에는 수분이 많습니다. 습기를 먹지 않으려면 밀폐에 더욱 유의해야 합니다. 또한 냉동에서 보관한 원두는 꺼내서 바로 사용하면 안 됩니다. 실온과 어느 정도 온도가 맞을 때까지 기다렸다가 커피를 내려 마셔야 합니다. 실온에 꺼내놓고 나면 냉동 보관한 의미가 없어지기 때문에 한 번 내려 마실 만큼의 양을 나눠서 밀폐해야 합니다. 겉면에는 로스팅 한 날짜와 보관 날짜를 적어서 오래된 원두부터 꺼내 먹어야 합니다.

이런 보관방법이 번거롭고, 맛의 변화에 신경이 쓰인다면 딱 2주 정도 먹을 만큼만 구입한 다음 밀폐해서 서늘하고 어두운 곳에 보관해주세요.

커피의 보관기술도 발달해서 밸브 포장은 커피에서 배출되는 탄산가스를 배출하고, 안으로 침투하려는 산소를 막아줍니다. 더 나아가 산소를 막기 위해 포장 봉투에 질소를 넣는 방법도 있습니다. 하지만 모두 임시방편일 뿐 커피의 산화를 영원히 막을 수 있는 방법은 아직까지 없습니다.

분쇄된 원두는 밀도가 떨어져 산소와 접촉할 면적이 넓어지게 됩니다. 그라인더를 구입해서 그때그때 갈아 먹는 것이 가장 맛있는 원두커피를 즐기는 방법입니다.

생두를 구입하면 볶지 않았으니까 산화가 일어나지 않겠지 하고 생각하시는 분 있으신가요? 생두는 쌀과 비교할 수 있습니다. 햅쌀과 묵은 쌀이 맛에서 차이가 나듯 생두도 올해 수확한 생두가 제일 맛있습니다. 3년이 지난 생두는 구입하지 않는 게 좋습니다. 그럼 생두는 어떻게 보관해야 할까요? 어둡고 서늘해야 하지만, 춥지 않고 건조한 곳에 보관하는 것이 좋습니다. 통풍이 잘되도록 보관한 포대를 자주 뒤집어주고, 음식 냄새가 배지 않도록 생두를 담은 포대는 독립된 곳에 단독으로 보관해야 합니다.

커피가 이렇게 잠깐 머물렀다가 간다고 생각하니 조금 쓸쓸해지네

요. 원두는 영원불멸할 수 없습니다. 하지만 커피의 맛은 가장 맛있고 아름다운 추억으로 남아 죽을 때까지 우리의 마음속에서 남아 있을 수 있습니다. 지금 제가 내린 커피가 당신에게 행복한 추억으로 남아 오랫동안 당신의 마음속에 기억되었으면 얼마나 좋을까 꿈꿔봅니다.

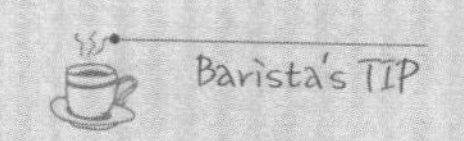

신선한 원두 찾는 법

- 로스팅 한 날짜를 확인합니다.
- 커피 본연의 풍부한 향기가 느껴지는지 맡아봅니다.
- 오일로는 신선도를 확인하기 어려우니 주의합니다(신선한 원두를 풀 시티 이상으로 강하게 볶으면 커피오일이 나올 수 있습니다).
- 추출해봅니다. 핸드드립을 하다 보면 드리퍼에 담긴 커피가루가 빵처럼 부풀어오르는 것(일명 '커피빵')을 볼 수 있습니다. '커피빵'은 신선하다는 것을 알리는 신호입니다. 원두가 신선한데도 커피빵이 생기지 않을 수도 있습니다. 물줄기의 굵기, 원두의 양 등에 따라 커피빵이 생기기도 하고, 생기지 않기도 합니다.
- 가장 확실한 것은 맛입니다. 커피에서 풍부한 맛이 느껴지면 신선한 원두로 내린 것이지만, 약품이나 찌든 담배 냄새가 나면 신선하지 않은 원두로 만든 것입니다.

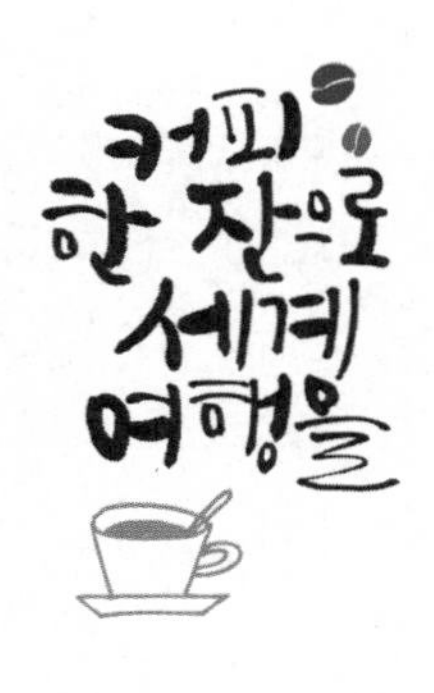

손님들이 들어와 지난여름 휴가 때 추억을 하나씩 꺼내놓으며 하하호호 시간이 가는 줄 모르고 즐거이 이야기를 나눕니다. 아, 부럽다! 카페 주인으로 살기 전에는 사람 만나는 일이 많았고, 취재하기 위해 지방으로 쏘다니고, 외국을 들락날락 하기도 했습니다. 자리를 잡고 앉아 글을 쓸 때에도 머릿속으로 시공을 초월하여 정신없이 돌아다녔습니다. 역마살도 보통 역마살 아닌가 싶으면서도, 고되거나 힘들지 않았습니다. 그러한 생활을 한 까닭인지 가끔 카페 안이 갑갑할 때가 있습니다. 물론 저 자신이 굉장히 좋아하고 바랐던 공간이어서 처음에는 감사하고 행복하기만 했는데, 사람이란 참 간사한 구석이 있는 건지, 그 하루가 차곡차곡 쌓이다 보니 '아침 9시 30분에서 밤 11시 넘어서까지 잠자는 시간 빼고 30평 정도의 공간이 내 활동영역의 전부구나' 하는 생각이 들면서 넓은 감옥에 갇혀 있는 기분이 들기도 합니다.

밖으로 나고 싶은데, 저 대신 이곳을 지켜줄 사람이 없으니 더욱 마음이 답답했습니다. 사실 누가 절 이곳으로 밀어넣은 것도 아니고, 꼭 하고 싶다고 몇 년을 고집 부려가며 카페를 차린 터라 속 시원하게 힘들다는 소리 한 번 입 밖으로 꺼내놓을 수도 없었습니다.

지금까지 이 기회를 얻기 위해 나 자신이 얼마나 노력을 했는지를 되돌아보고, 나처럼 기회를 얻지 못해서 힘들어하는 사람도 있는데 운 좋고 행복한 내가 이래서는 안 되는 거라고 스스로를 다독이며 천천히 일으켰습니다. 힘들다는 생각을 버릴 수 없으면 다른 생각을 꾹꾹 눌러 담아보기로 했습니다. 사랑을 잃어버리고 마음이 허한 사람에게 새로운 사랑이 특효약이 될 수 있듯 제 머릿속에 있는 생각도 새로운 생각이 특효약이 아닐까 싶었습니다. 제 전략은 주효했습니다. 새로운 생각을 통해 저는 용감하게도 생각의 감옥에서 탈출할 수 있었으니까요.

활동영역을 카페 밖으로 넓히고 싶은 생각은 실현할 수 없으니 대신 새로운 꿈을 꾸는 거죠. 하루에 한 가지 커피로 세계여행을 떠나는 거예요. 새로운 커피를 만들어보았습니다. 직접 갈 수는 없지만 인터넷을 통해 지금 미국에서 핫한 메뉴도 만들어 마셔보고, 일본소설을 읽으며 핸드드립 커피도 마셔보고, 자메이카 블루마운틴과 파푸아뉴기니 블루마운틴을 조금씩 사다가 로스팅 해서 비교해보며 마셔보기도 합니다. 이브릭으로 터키 커피를 마시며 마음속으로는 바다가 보이는 이스탄불의 어느 카페에 가 있기도 합니다. 그곳에서 집시 같은 신비한 기운이 맴도는 점쟁이 할머니를 우연히 만나 커피점을 보는 꿈을 꿉니다.

내가 차린 카페가 감옥처럼 느껴지는 건 너무 익숙해져버린 탓도 있습니다. 메뉴도 몸에 익히고, 단골손님도 늘면서 가족처럼, 친구처럼 느

끼게 되니 공간에 대한 신비로움이 사라지고 지루함이 다가온 거죠.

익숙한 카페를 낯선 공간으로 만들어 신선한 분위기를 연출하는 건 참 중요한 일인 것 같습니다. 부부나 연인 사이에도 가끔은 긴장감이 필요하고, 아기자기한 이벤트로 서로에게 새로운 느낌을 주듯 제가 머무르는 공간 또한 언제나 새롭다는 느낌을 받을 수 있도록 만들어야 한다는 걸 깨달았습니다.

머릿속에 새로운 커피 지도를 펼쳐놓았습니다. 전 매일 세계여행을 떠나는 여행객이고, 우리 카페를 찾아오는 손님들은 여행지에서 우연히 만나는 반가운 동네 사람인 거죠. 머나먼 외국에 혼자 뚝 떨어져 있을 때 만나는 낯익은 친구가 얼마나 반갑겠어요. 그 마음으로 매일매일 손님을 만납니다. 이 여행지를 떠나면 다시 못 볼 사이처럼.

전 너무 일찍 게을러졌어요. 너무 빨리 거만해졌고요. 아직 배워야 할 것도, 해봐야 할 것도 많고 가야 할 길도 멀었는데, 여행지 입구에 서서 너무 지쳤다고 응석을 부린 꼴이라니……. 한심하긴 하지만 어쩌겠어요? 이것도 제 모습이고 제가 감싸 안고 가야 할 숙제인 것을. 그래도 이렇게 빨리 반성하고 제자리로 돌아온 저 자신에게 감사하며 오늘도 커피 한 잔과 함께 세계여행을 떠나봅니다.

새로운 메뉴를 만들어 마시지 않더라도 에티오피아산, 브라질산 원두커피를 마시며 에티오피아 농장 그림을 본다든가, 브라질 작가가 쓴 소설을 읽어도 좋습니다. 커피 한 잔으로도 비행기를 타고 그 나라로 휙 날아가 특별한 여행자가 될 수 있어요.

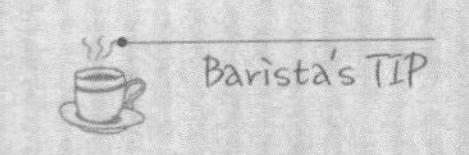

세계의 커피, 세계의 카페

● 터키: 신비로운 나라

터키는 커피점으로 유명합니다. 커피를 마시고 잔에 남은 침전물의 모양, 형태를 보고 커피를 마신 사람의 과거, 현재, 미래를 점치는 거래요. 마시자마자 점을 치는 건 아니고, 바닥에 남은 찌꺼기를 약간 흔들고 잔을 잔받침 위에 거꾸로 올린 다음 전체를 거꾸로 뒤집어 테이블에 내려놓습니다. 완전히 식으면 접시를 열고 잔에 굳어 있는 커피의 침전물을 보며 점을 칩니다. 매번 모양이 다른 것이 참 신기합니다. 가끔 새 같아 보이기도 하고, 숲처럼 보이기도 합니다. 하지만 저는 항상 좋은 쪽으로 해석한답니다.

● 이탈리아: 카페 플로리안에서 커피를 마시면 무슨 일이 있을까?

1720년 산 마르코 광장에 문을 연 '카페 플로리안(Florian)'은 현존하는 카페 중 가장 오래된 카페로도 유명하고, '세계에서 가장 아름다운 카페'로 손꼽힙니다.

플로리안은 바이런, 괴테, 루소, 가리발디, 쇼팽, 나폴레옹 등 당대의 명사들이 즐겨 찾을 만큼 유명했습니다. 이곳은 여성의 출입을 최초로 허용한 카페인데, 그 덕이라고 해야 할지, 탓이라고 해야 할지 바람둥이의 대명사 카사노바도 플로리안을 즐겨 찾았습니다. 호사가는 카사노바가 '작업'을 걸기 위해 이곳을 들락거렸다고 수군댄다고 합니다. 오늘 저는 카사노바를 기다리며 설탕 한 스푼 넣은 에스프레소를 마시는 여인으로 변신해봅니다.

● 프랑스: 카페오레로 모닝 커피를!

드립커피에 우유를 넣은 카페오레로 유명한 프랑스, 이 커피는 내과 의사가 속쓰림을 방지하기 위해 만들었다는 것 아세요? 카페오레는 카페라떼와 조금 다릅니다. 카페라떼에 에스프레소와 우유가 들어가는 반면, 카페오레는 프렌치프레스 등의 도구로 내린 드립 커피와 우유가 들어갑니다.

● 미국: 아메리카노를 찾지 마세요

아메리카노란 말은 '미국의'라는 뜻입니다. 이탈리아 사람들이 에스프레소에 물을 넣어 마시는 미국인들을 보고 이름 붙인 것입니다. 미국에서 비슷한 커피를 마시려면 '롱샷', '블랙' 커피를 드시면 됩니다.

미국에는 재미있는 커피가 있습니다. '레드아이'라는 커피인데 '드립커피+에스프레소'로 만드는 것입니다. 미국인들은 신나게 놀고 다음 날 피로를 풀기 위해 이 커피를 마신다고 합니다. 왜 레드아이냐고요? 신나게 놀고 벌겋게 핏발 선 눈 때문이라고 합니다.

● 일본: 50년 넘은 카페가 수두룩!

우리와 이웃한 일본은 커피 역사가 오래되었습니다. 50년 넘은 카페가 수두룩한데, 참 부럽습니다. 대를 이은 장인정신도 대단하고요. 핸드드립은 원래 유럽에서 비롯되었는데 칼리타, 고노, 하리오 등 일본 회사에서 핸드드립 커피 도구를 만들어내 세계로 수출하고 있습니다. 이 사실 또한 놀랍네요. 베 보자기를 이용한 '코리아노 커피'를 만들면 어떨까요?

TRUBROWN
makes
gay dogs
gayer!

WHIPPING CREAM

STELLA ARTOIS
HET bier
la grande
bière!
Stella
Artois

CERVEZA
VICTORIA
LA CERVEZA
NACIONAL
NICARAGUA

DLG
Paderborner
DOPPELBOCK
das Bier,
bei dem sogar der Schaum schmeckt

BURTON BRIDGE BREWERY
The Brewers on the Bridge

A
Girl's
Survival
Guide
24 tips for sparkling
success from
Babycham

GORDON
HIGHLAND
SCOTCH ALE

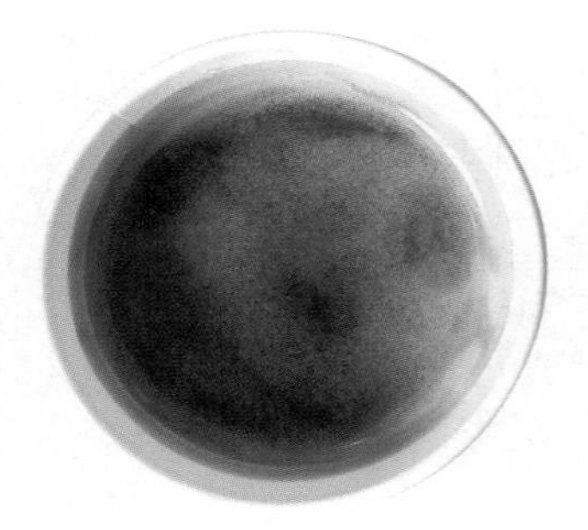

LEA & PERRINS
TOMATO
JUICE COCKTAIL
AND ALL FRUIT JUICES

어떤 커피를 찾으세요?

2부

이 카페에서 제일 맛있는 커피는 뭐예요?

저희 카페에 처음 오신 손님 한 분이 한참 동안 메뉴판을 들여다보다가 도저히 안 되겠는지 'SOS'를 구하는 눈빛으로 물어봅니다.

"여기서 뭐가 제일 잘나가요?"

"뭐가 제일 맛있어요?"

"사장님이 추천해주세요, 저 뭐 마실까요?"

이때가 제일 난감합니다. 전 당신이 무엇을 좋아하는지 모르고, 제가 좋아하는 것을 말한다고 꼭 당신이 좋아하란 법은 없습니다. 내 취향은 전혀 고려되지 않은 선물을 이성친구에게 받는 것과 마찬가지일 거예요. 나는 노란색 가방을 갖고 싶었는데 핑크색 스카프를 선물 받은 것처럼 기분이 찜찜할 수도 있어요. 예전에 커피 학원 다닐 때 선생님께서 학생들에게 물어보셨어요.

"어떤 커피가 가장 맛있습니까?"

"비오는 날이요."

"아침에 눈뜨자마자요."

"밤샐 때요."

"좋은 음악이 나올 때요."

"기분 좋을 때요."

모두 다른 답이 나왔습니다. 하지만 아메리카노나 카페라테 등 특정 커피를 말한 사람도 없었고, 어떤 원두와 어떤 원두를 섞어서 어떻게 내려서 먹는 커피가 제일 맛있다고 말한 사람도 없었습니다. 그때도 그랬지만, 지금 누군가가 저에게 어떤 커피가 가장 맛있느냐고 묻는다면 저는 사랑하는 남편과 눈 맞추며 나눠 마시는 하루의 첫 커피라고 답할 수 있습니다. 가장 맑은 마음으로 하루의 감사와 사랑과 존경과 건강을 기도하는 마음이 그 안에 가득 담겨 있으니까요.

커피 하나도 이렇게 기분에 따라 다른데, 수십 가지 메뉴 중 뭐가 제일 맛있냐고 물으시면 정말 뭐라고 답해야 할지 말문이 막혀버립니다. 그래서 방법을 찾은 것이 '의사처럼 물어보기 작전'입니다.

커피 드시고 싶으신가요?

지금 기분이 어때요?

단맛을 좋아하세요? 신맛을 좋아하세요?

어디 불편하신 데가 있으신가요?

자주 오시는 손님 중 한 분은 레몬에이드를 먹을까, 밀크티를 마실까 고민한다고 하시네요. 제가 기분이 어떠냐고 물었더니 매우 좋다고 하십니다. 제가 레몬에이드로 기분을 더 만끽해도 좋고, 밀크티로 차분하고 평온하게 해도 좋을 것 같다고 했습니다. 손님은 날아가버릴 것 같

은 기분을 느끼고 싶다며 레몬에이드를 선택했습니다.

바리스타에게 당신에 대해 이야기를 많이 들려주세요. 신맛을 좋아하는지, 커피를 원하는지, 잠은 잘 자는지, 식사를 하고 온 것인지…… 이야기를 나누면서 당신을 찾아낼 것입니다. 카페에서 잘나가는 음료가 핸드드립 중 케냐이건 아메리카노건 바닐라라떼건 중요하지 않아요. 당신 몸과 마음에서 원하는 음료가 가장 맛있는 음료예요. 그 음료를 찾는 탐정놀이를 시작해보자고요.

그래서 오늘도 저는 탐정이 되어 물어봅니다.

오늘 기분이 어떠세요?

어떤 맛을 좋아하세요?

어디 불편하신 데는 없어요?

마음을 들여다보며 성실히 답해나갈수록 당신은 가장 맛있는 음료를 찾을 확률이 높아집니다. 카페에 가서 주문하는 데 고민된다면 바리스타와 함께 탐정놀이를 해보세요.

"여기서 뭐가 제일 맛있어요?"라고 묻지 말고 "저 오늘 기분은 어떻고 몸 상태는 이런데 무엇을 마실지 함께 찾아주세요"라고 말해보세요.

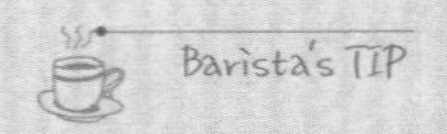

원두커피는 쓰지 않습니다!

- **콜롬비아 커피:** 부드러운 맛으로 유명한 콜롬비아 원두커피는 '마일드 커피'의 대명사입니다. 진한 향기와 중량감 있는 맛, 균형 잡힌 산도를 자랑합니다. 달콤함 초콜릿과 캐러멜, 과일 향을 풍기며 신맛과 달콤한 맛이 균형을 이뤄 원두커피를 처음 접하는 사람에게 적합합니다.
- **브라질 커피:** 브라질산 원두커피는 대부분 저지대 대규모 농장에서 생산돼 중성적인 맛을 지닙니다. 따라서 여러 산지의 원두커피를 섞는 블렌딩용으로 적합하며, 서로 다른 커피의 균형을 잡아주는 중요한 역할을 합니다. 쓴맛과 신맛, 구수한 맛이 균형 있게 조화를 이룹니다.
- **에티오피아 커피:** 에티오피아산 원두커피는 산뜻한 신맛과 우아한 감칠맛이 특징입니다. 모카 커피 특유의 진한 모카 향과 적당한 신맛과 단맛, 쓴맛이 균형 있게 조화를 이룹니다. 남부지역 원두커피는 꽃향기와 달콤한 맛이 특징이며, 서부지역은 과일의 상큼한 맛과 풍성한 향미를 느낄 수 있고, 동부 고지대는 중간 정도의 신맛과 풍부한 농도, 모카의 풍미를 만끽할 수 있어요.
- **과테말라 커피:** 과테말라산 커피는 주로 화산지역에서 경작돼 타

는 듯한 향을 지닌 '스모크 커피'의 대명사로 불려요. 특히 안티구아 지역은 비옥한 토지, 일정한 일교차 등 좋은 기후 조건을 갖춰 고급 스모크 커피 생산지로 유명합니다. 알맞은 산도와 달콤한 맛, 생동감 있는 아로마 향이 특징입니다.

- **코스타리카 커피:** 완벽에 가까울 만큼 관리되는 코스타리카 커피는 습식 가공법으로 원두 자체의 성격을 살리는 데 주안점을 둡니다. 가장 유명한 코스타리카 따라주는 산뜻한 베리의 맛과 밝고 깨끗한 맛을 선사합니다.

with coffee

당신을 보여줄수록 커피는 당신의 입맛에 다가갑니다

저희 카페에 오시는 손님들은 어쩌면 조금 성가실지도 모릅니다. 주문대 앞에서 제가 여러 질문을 드리거든요.

에스프레소를 드시는 분께는 "싱글로 드릴까요? 도피오로 드릴까요?" 하고 1차 질문을 드립니다. 원래 두 번째 질문은 "리스티레토, 에스프레소, 룽고 어떤 것으로 드릴까요?"라고 묻고 싶지만 잘 모를 것 같아 생각 끝에 고르고 골라 "진하게 드릴까요? 부드럽게 드릴까요?" 하고 묻습니다.

에스프레소에는 세 가지 이름이 있습니다.

리스티레토는 짧은 시간에 뽑아내 신맛이 강조되고 진합니다. 우리가 부르는 에스프레소는 25~30초 사이에 내리는 커피입니다. 룽고는 약간 긴 시간 동안 양을 많이 뽑아 부드러운 맛을 느낄 수 있습니다.

아메리카노를 드시겠다고 하면 "진하게, 보통, 연하게 중 어떻게 드릴까요?"라고 묻습니다. 사실 진하게 뽑는 방법에도 여러 가지가 있습니다. 리스티레토로 짧게 끊어 신맛과 단맛을 강조해서 뽑을 수 있고, 더블 샷을 드려도 되고, 물의 양을 조절해서 줄여도 됩니다. 하지만 그것까지 묻지 않고 제가 손님에 맞게 조절해서 해드릴 때가 많습니다. 단골손님이 편한 이유는 주문 내용만 봐도 커피를 어떻게 마시는지, 단맛을 좋아하는지, 스무디에 요거트를 많이 넣어야 하는지 과일을 많이 넣어야 하는지 굳이 묻지 않아도 알 수 있기 때문입니다.

바리스타는 사람의 마음을 읽어낼 줄 아는 독심술가여야 하는지 모르겠습니다. 외국에서는 손님이 특정 바리스타에게 커피를 만들어달라고 주문하기도 한다는데, 그 마음을 알 것 같아요. 바리스타마다 개성이 있는데, 늘 자기 입맛에 맞는 커피를 만들어주는 바리스타에게 편하게 맡길 수 있는 거죠. 그런데 선택받지 못하는 바리스타의 마음을 생각하니 한편으론 잔인할 수도 있겠다는 생각도 듭니다.

카페모카를 주문하는 분들께는 휘핑크림을 올릴지 우유 거품을 올릴지 묻는데, 가끔 커피 주문하는 데 왜 이리 복잡하냐고 묻는 분들도 계십니다. 하지만 귀찮아하지 마세요. 지금 이 순간이 정말 중요합니다. 순간의 선택에 따라 당신이 원하는 커피를 마실 수 있고, 없을 수도 있습니다.

바라스타에게 당신이 원하는 모든 것을 말해주세요. 연인끼리도 사랑한다 말하지 않고, 원하는 것을 말하지 않으면 서로 모르는 것처럼 바리스타도 당신이 원하는 것을 들어야 당신을 알 수 있습니다.

연인에게 당신이 커플링을 갖고 싶다고, 기념일을 챙겨달라고 말하기가 쑥쓰러울 수도 있습니다. 하지만 바리스타에게는 당신이 원하는 아메리카노를 더블 샷 넣어 진하게 달라는 말은 수십 번 하셔도 됩니다. 잠깐의 대화가 하루의 커피 맛을 좌우합니다.

커피는 100% 기호식품이라 모두가 좋아하는 건 없습니다. 하지만 당신이 나를 조금 도와준다면 적어도 당신께만은 맛있는 커피 한 잔을 드릴 수 있을 거예요. 만약 마음에 안 든다면 다음에는 좀 더 정확하게 말씀해주세요.

"지난번 커피는 연했어요."

"어제 카페모카보다 조금 더 진하고 달게 해주세요."

당신이 세 번 이상 오신 손님이시라면 당신이 제게 주신 정보를 통해 맛있는 커피를 맞춰드릴 수 있을 거예요. 최선을 다해 준비하겠습니다. 충성!

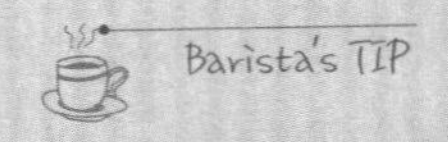

에스프레소의 모든 것

- **에스프레소(Espresso):** 30ml를 20~30초 사이에 받습니다. 고소하면서도 쓴맛이 느껴집니다. 에스프레소에 익숙해지기 위해서 처음에는 설탕을 약간 넣어 즐기셔도 좋습니다.
- **리스트레토(Ristretto):** 이탈리아어로 "농축하다", "짧다"는 뜻입니다. 20초 안에 추출하는 에스프레소로 처음에는 신맛과 단맛이 추출되므로 쓴맛이 덜 느껴집니다.
- **룽고(Lungo):** 이탈리아어로 "길다"는 뜻인 룽고는 30~40초 사이 동안 추출합니다. 양이 에스프레소보다 두 배 정도 많아 씁쓸한 맛이 더 느껴집니다.
- **도피오(Doppio):** 도피오는 더블 샷입니다. 에스프레소를 조금 더 많이, 오래, 깊이 느끼고 싶다면 도피오를 추천합니다.

바리스타를 믿지 마세요

처음 카페를 열었을 시절에는 손님이 안으로 들어오면 그저 신기하고, 맛없다고 하면 어떡할까 혼자 전전긍긍하기도 했습니다. 이제 적응이 되어 카페 문을 여는 손님을 보며 '이분은 무얼 주문하실까?' 하고 예상을 해보기도 합니다.

몸매 관리를 잘하는 당신은 아메리카노.

피곤해 보이는 당신은 캐러멜마키아토.

커피를 많이 마신 듯한 당신은 고구마라떼.

오늘이 '그날' 같아 보이는 당신은 카모마일 허브티.

신기하게도 시간이 지날수록 점괘의 명중률이 높아집니다. 단골손님들의 취향이야 잘 아니까 아메리카노를 주문하는지 바닐라라떼를 주문하는지, 아이스를 좋아하는지 뜨거운 커피를 좋아하는지, 핸드드립 커피 중에서 예가체프를 좋아하는지 과테말라 안티구아를 좋아하는지 모르는 게 이상할 수 있습니다. 하지만 처음 보는 손님이 수십 가지 음료 중 어떤 걸 주문할지 맞히는 것은 쉽지 않은 일인데, 척 보면 신기하게도 느낌이 옵니다. 그 느낌이 참 재미있습니다. 생각해보면 척 보면 아는 게 아니라 당신의 얼굴 표정, 눈빛, 제스처 등을 보고 읽어내는 것이었어요.

당신의 눈빛이 흐린데 커다란 가방 속에 서류나 책이 가득한 걸 보면 진한 아메리카노 한 잔이 필요한 것이고, 만난 지 얼마 안 되는 여자친구에게 멋있는 모습을 보여주고 싶은 저 남자분은 에스프레소를 주문할 것 같습니다. 당신의 미소를 보아하니 내가 그린 동글동글 곰돌이 카페라떼를 떠올리는 듯하고, 입꼬리가 살짝 내려가 피곤해 보이는 당신은 달콤한 음료를 찾고 있는 것 같습니다. 커피 메뉴판을 전혀 쳐다보지 않는 당신은 스무디나 주스를 찾고 있군요.

점을 보는 사람들도 그런 것 아닐까요? 20대 젊은 여성이 찾아오면 장래 혹은 남자친구와 관련된 문제일 거고, 40대 아주머니는 남편의 바람기나 승진, 자녀 문제가 태반일 거고, 50대 이상 분들은 건강이나 금전적인 문제, 자녀 혼사 문제라 생각하고, 자신을 찾아온 사람들의 가려운 마음을 긁어내듯 긁어주는 것 말이죠.

그런데 언제부터인가 이렇게 짐작하는 것이 얼마나 위험한 일인지 깨달았습니다. '이분은 이걸 좋아할 거야' 하는 생각을 하지 않기로 했습니다. 커피를 전혀 좋아할 것 같지 않은 당신이 에스프레소를 주문한다든가, 아메리카노를 주문할 것 같다고 예상한 당신이 딸기스무디를 주문하는 걸 볼 때 당신을 보는 제 태도에 선입견이 많이 들어 있다는 걸 알았기 때문입니다.

겉모습만 봐서 커피를 잘 마실 사람과 아닌 사람을 나누지 말자고 약속합니다. 어느 날 밤, 9시를 넘어선 시각 허름한 옷차림새에 공사장에서 노동을 하는 나이 지긋한 어르신이 피곤에 지쳐 들어오셨습니다. 아메리카노에 설탕을 넣어 드시지 않을까 혹은 유자차를 주문하지 않을까 조심스레 점쳐보는데, 에스프레소 도피오를 달라고 하시더군요. 조금 놀랐습니다. 바에 서서 금방 마시고 가는데, 한두 번 마신 분위기가 아니었습니다. 단골손님 중에서도 매일 아이스 아메리카노를 주문하다가 블루베리스무디나 더치커피로 메뉴를 바꿀 수도 있습니다. 잘 꾸며 입은 아가씨인데 커피를 못 마실 수 있고, 덩치 큰 아저씨인데 단맛을 싫어할 수도 있습니다.

제가 이럴 때 이걸 마신다고 당신도 그러리란 법이 없는데, 혼자 생각 속에서 그걸 선택하라고 강요한 건 아닌지 반성합니다.

예전에 어느 목사님이 방송에서 이런 말씀을 하시는 것을 보았습니다.

"저는 신도분들이 제게 하는 말 중에 '목사님을 믿어요', '목사님은 그럴 분이 아니에요', '목사님이 참 좋아요' 등의 말이 제일 무섭습니다. 저도 보통 사람이기에 실수도 하고, 잘못도 할 때 있습니다. 저를 믿지 마시고 하나님을 믿으세요."

그 이야기에 전적으로 동감합니다. 간혹 바리스타인 저에게 커피를 추천해달라고 하는 손님이 있는데, 저마다 취향에 따라 커피를 선택하기에 제 기준으로 추천하면 실수할 확률이 있습니다.

저희 카페에서 인기 있는 메뉴를 추천할 수 있지만, 당신 마음에 들지 자신할 수 없습니다. "오늘 당신에게 이 커피가 어울릴 것 같아요" 하고 자신 있게 이야기할 때도 있었습니다. 구수한 과테말라가 좋다는 당신에게 아프리카 계열의 커피보다 신맛이 약한 콜롬비아 산토스 원두 상태가 좋으니 드셔보라고 추천했다가 당신은 너무 진하다며 반쯤 남겼고, 고급 탄산수에 생 오렌지를 짜서 만든 오렌지에이드를 추천해드렸는데 달지도 않고 톡 쏘지도 않는다며 "이게 에이드 맞아요?"라고 당신이 되물을 때도 있었습니다.

아이스 카페라떼를 드시겠다고 했는데, 묻지도 않고 아이스 카푸치노로 바꾸어 열심히 수동 우유거품기로 거품을 만들었더니 우유거품이 너무 싫다고 하는 당신의 말을 듣고 뼈저리게 반성을 하기도 했습니다. 다른 데서는 안 해주는 걸 제가 해드리면 좋아할 거란 저의 오만과 편견 때문이었습니다. 개인의 취향이 있는 건데, 저는 당신보다 제 취향이 더 중요했던 것입니다.

바리스타가 당신 편에 서 있어야 하는데, 제 편에 서서 당신이 건너오길 바랐던 것을 고백합니다.

바리스타와 많은 이야기를 나누고 바리스타에게 당신에 관한 정보를 많이 주어서 당신이 좋아하는 메뉴를 만드는 데 도움을 주세요. 하지만 최후의 선택은 당신이 해주셔야 합니다. 당신이 원하는 것을 가장 잘 아는 사람은 다름 아닌 당신이기 때문입니다. 바리스타에게 추천을 받을 순 있지만, 바리스타의 말을 무조건 믿지 말아주세요.

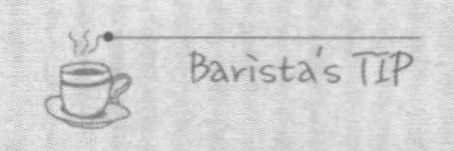

바리스타는 누구인가요?

이탈리아어로 '바 안에서 만드는 사람'이에요. 즉 에스프레소머신을 전문적으로 다루는 사람을 가리켜 바리스타(barista)라고 하는 거죠. 이탈리아를 비롯한 유럽에서는 바리스타를 대대로 기술을 전수하는 장인이자 전문적인 직업인으로 대하는데, 우리나라에서는 커피전문점 아르바이트생까지 바리스타라 불리고 있습니다. 전문성이 떨어질 수밖에 없겠죠. 그 때문인지 우리는 젊은 층이 잠깐 일하는 것으로 생각합니다.

하지만 좋은 에스프레소를 뽑아내려면 오랜 훈련이 필요합니다. 갈아낸 커피의 굵기와 이를 필터에 일정한 압력으로 누를 수 있어야 합니다(탬핑tamping 또는 태핑tapping). 수동 기계는 에스프레소를 뽑아내는 압력과 시간을 조절해야 하기 때문에 커피 내리는 건 어렵지 않을 수 있지만, 맛있는 커피를 내리는 것은 상당히 어려운 일입니다. 솜씨 좋은 바리스타는 습도와 날씨의 영향까지 다 생각해서 커피를 조절합니다. 뽑아낸 커피에 얹은 우유거품을 이용해 아름답게 커피를 꾸미는 라떼아트도 바리스타의 기술에 포함됩니다. 새삼스럽게 바리스타는 공부를 많이 해야 하는 직업이란 생각을 하게 됩니다.

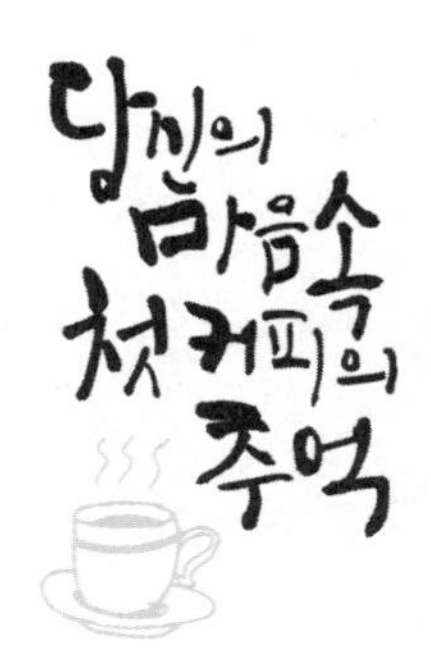

가슴에 남는 처음이란 단어, 참 많죠. 첫 등교, 첫 만남, 첫 사랑, 첫 출근……. 처음이기에 몰라서 어설프고, 풋풋하고, 마냥 떨리기만 했던 그때……. 지금은 예쁜 추억으로 마음 한구석에 차곡차곡 쌓여 있는 소중한 보물들. 그중 쓰디쓰거나 달짝지근했던 첫 커피의 맛도 기억하세요?

대학 신입생으로 보이는 여학생이 한참 동안이나 메뉴를 바라보더니 "에스프레소 한 잔 주세요"라고 합니다. 아무래도 이상해서 "에스프레소 싱글1샷로 드릴까요?"라고 물었습니다.

그 친구는 부끄러운 얼굴로 "저어, 커피를 처음 마셔서…… 잘 몰라요. 이름도 멋있어 보이고, 가격도 착해서……"라며 머뭇거립니다.

저는 그 학생이 가격을 부담스러워하는 것 같아 에스프레소 가격으로 카푸치노를 선물해주겠다고 했습니다. 학생은 "고맙습니다. 잘 마시겠습니다"를 연발하더니 해맑게 웃습니다. 카푸치노를 건네주니 "우유가 꼭 눈송이 같아요"라며 감탄합니다.

저는 그 학생에게 첫 커피를 선물하게 되는 영광을 누리게 되었지요. 언젠가 누군가에게 자신의 첫 커피, 에스프레소와 아메리카노에 얽힌 에피소드를 들려주며 까르르 웃는 날도 오겠지요. 그 추억 속에 저도 있을 텐데 맛있는 카페 주인으로 기억되었으면 참 좋겠습니다.

그녀 덕분에 저도 첫 커피를 생각하게 되었습니다. 저에게 커피는 어른의 특권이었죠. 부모님이 매일 아침 드시는 보약 같아 보이던 커피. 호시탐탐 눈독을 들였지만 애들은 마시면 안 되는 거라며 마지막 한 방울도 남기지 않고 들이켜시는 센스.

부모님의 말이 각인되었던 것인지 그 이후로 커피에 대한 욕심은 없었는데, 새언니의 커피는 정말 탐이 났습니다. 제가 중학생 때 오빠가 결혼해서 얼마 동안 함께 살았는데, 시집온 새언니의 모든 것이 새롭고 좋아 보였습니다. 특히 아침마다 커피를 붓고 버튼만 누르면 커피메이커에서 향기롭고 진한 커피가 내려왔습니다. 지구상에 없는 천상의 음료 같은 환상을 품게 되었습니다. 아마 새언니가 곱고 예뻐서 더 좋아 보였는지 모르겠습니다. 친구들은 대학 가면 미팅도 하고, MT도 가고, 해외여행도 갈 거라고 했지만, 전 가장 먼저 우아하게 카페에 가서 커피를 마실 거라고 할 정도였습니다.

대학 합격 통지서를 받고 꿈을 이룰 수 있었습니다. 작은언니가 절 명동으로 데리고 나갔습니다. 명동 롯데백화점에서 쇼핑도 하고, 밥을 먹고 카페에 갔습니다.

무엇을 먹고, 무엇을 샀는지 기억할 수 없지만 그날 갔던 카페 이름과 메뉴는 또렷이 기억합니다. 그 당시 명동의 제일백화점 근처 2층의 작은 카페였는데, 비밀의 문이 열리자 어둡고 촛불이 가득한 공간이 펼쳐졌습니다.

언니는 자기 걸로 아메리카노, 나를 위해서 비엔나커피를 주문했습니다. 커피가 나오길 잔뜩 기대하고 있는데 언니의 커피는 새언니가 마시는 것처럼 검었고, 내 커피는 뽀얗고 뭉게뭉게 하얀 크림이 떠 있었습니다.

'이게 뭐지?' 하는 멍한 제 얼굴을 보며 언니는 처음 커피를 마시면 쓰니까 크림이랑 같이 마실 수 있는 비엔나커피를 주문한 거라며 웃으면서 말했습니다.

첫 커피의 첫 맛은 부드러운 구름 한 조각을 베어 문 것처럼 달콤하고 환상적이었습니다.

'무슨 커피가 이렇게 달고 차가울까?'라고 생각하며 들이켜는데 입 안으로 쑥 뜨거운 액체가 빨려들어 왔습니다. 입천장을 데이고 말았습니다. 전혀 생각지 못한 쓴맛이 혀끝에 느껴져 눈을 뜨고 너무 놀라 커피 잔을 내려다보니 흰 구름은 사라지고 먹구름이 낀 것처럼 온통 검은 빛입니다.

어른의 첫 맛은 달콤하면서도 부드럽다가 갑자기 쓰디썼습니다. 지금은 아메리카노 더블 샷을 물처럼 마시는 어른이 되어버렸지만, 가끔은 달콤한 비엔나커피 한 잔이 그리울 때가 있습니다. 두려울 것 하나 없이 어른이 되는 티켓을 얻은 기분으로 세상이 다 내 것 같은 뿌듯함을 안겨주던 커피. 미국에 있어 자주 못 보는 작은언니가 보고 싶을 때마다 비엔나커피 한 잔을 찾게 됩니다. 저에게 비엔나커피는 새로운 세계이고, 뿌듯함이자 그리움이 아닌가 싶습니다.

당신에게도 첫 커피가 있겠지요?

그 커피는 어떤 의미가 담겨 있나요?

매일 행복하고 신나게 하루가 시작되었으면 좋겠지만, 힘들도 자신 없는 날도 있겠지요. 당신도 처음 마신 커피를 기억하며 그 메뉴를 드셔보길 추천합니다.

아마 무언가 할 수 있는 힘이 생기고 행복하고 따뜻한 기운이 온 마음을 감쌀 거예요.

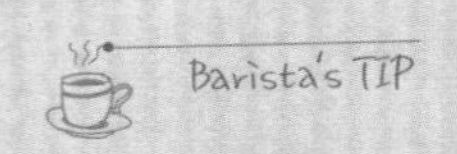

잘 마시면 약! 못 마시면 독!
두 얼굴의 커피

하루 한두 잔은 건강에 좋다고 알려진 커피. 하지만 모든 커피가 좋은 것은 아닙니다. 여기서 말하는 커피란 커피믹스를 제외한 순수 원두커피를 뜻합니다. 우유, 프림, 설탕을 뺀 원두커피를 잘 마셔야 건강에 도움이 됩니다. 당뇨병을 예방하기 위해서는 원두커피 한 잔, 파킨스병 증상을 완화하기 위해서는 두 잔을 마시면 좋습니다. 카페인이 파킨스병의 근원인 근육 강직 등 운동 장애를 완화해준다고 하네요. 커피를 하루 세 잔 마시면 간암 발병률을 40%까지 낮출 수 있습니다. 우울증을 예방하기 위해서도 원두커피 섭취를 권한다고 합니다. 카페인이 세로토닌이나 도파민 같은 뇌 신경 전달물질 작용에 긍정적인 영향을 준다고 알려져 있습니다. 그러나 골다공증이 있는 사람은 커피를 조심해야 합니다. 카페인이 칼슘 흡수를 방해하고, 체내에 있는 칼슘을 몸 밖으로 배출하기 때문입니다. 건강한 사람이 커피를 마신다고 해서 골밀도가 낮아지지는 않지만, 골다공증을 앓고 있는 사람은 카페인에 커다란 영향을 받을 수 있으니 조심하는 것이 좋습니다.

우리 카페 메뉴판 가장 윗자리에 차지하고 있는 핸드드립 커피들. 가격이 보통 6천 원 정도하니 처음 들어오는 아주머니나 어르신들은 불편한 기색을 숨기지 않고 커피 값 비싸다고 나가시기도 합니다. 메뉴판 아래를 가만히 보면 아메리카노도 있고, 카페라떼도 있고, 가격이 조금 착한 아이들도 있는데, 끝까지 봐주세요 하고 붙잡고 싶은 마음도 굴뚝같지만 그저 "안녕히 가세요" 합니다.

보다 못한 친한 손님들은 핸드드립 커피를 뒤에다 써놓거나 가격을 조금 내리면 안 되느냐고 걱정을 합니다. 왜 핸드드립 커피는 비싸냐고 대놓고 물어보는 분도 있습니다. 솔직히 대놓고 물어보는 분들이 훨씬 편합니다. 설명이 되든 변명이 되든 말할 기회는 있으니까요.

핸드드립 커피는 제가 제일 자신 있게 권하는 메뉴이기 때문에 맨 첫 자리에 자리 잡게 한 것입니다. 좋은 원두를 쓰고, 양도 다른 곳보다

Hand-drip

훨씬 많고, 제 손맛에 대한 자부심도 가격에 담았습니다.

그래도 이해가 잘 안 되신다고요? 커피는 추출방법에 따라 에스프레소머신, 핸드드립, 워터드립더치 커피, 모카 포트, 사이폰, 프렌치 프레스 등으로 다양하게 나뉩니다. 이 가운데 사람의 손이 가장 많이 가고, 추출하는 방법에 따라 큰 차이를 보이는 것이 핸드드립입니다.

에스프레소머신과 핸드드립 커피를 비교하자면 디지털 카메라와 폴라로이드 카메라를 예로 들 수 있겠네요. 둘 다 커피라고 불리지만, 그만큼 차이가 납니다. 에스프레소머신으로 추출하면 포터필터에 원두가루를 담아 머신에 장착해서 추출 버튼을 누르면 되지만, 핸드드립 커피는 필터에 원두가루를 담아 걸러 드리퍼를 통해 내려와 서버라는 주전자에 담게 됩니다. 물론 에스프레소머신을 다루는 바리스타도 경력과 실력이 있어야 하지만, 머신이 좋으면 어느 정도는 커버할 수 있습니다. 반면 핸드드립은 바리스타의 능력을 고스란히 드러냅니다.

핸드드립 커피는 정말이지 똑같은 맛을 내기가 어렵습니다. 바리스타의 몸상태에 따라, 손 떨림에 따라, 원두의 상태에 따라 맛이 달라지기 때문에 세심하게 다뤄야 합니다. 오래전 대학로에 가서 핸드드립 커피를 마시고 싶어 커피전문점에 갔는데, 아르바이트생이 난처해하며 사장님이 안 계셔서 핸드드립 커피를 해드릴 수 없다고 했습니다. 그때 저는 '알바생이라도 핸드드립 전문점이라면 가르쳐놔야 하는 거 아닌가?'라 생각하며 아쉬워했는데, 그 카페의 사장님도 알고 있었던 겁니다. 핸드드립은 며칠 가르친다고 해서 할 수 있는 것이 아니라는 걸. 괜히 아르바이트생에게 핸드드립 커피를 내리게 했다가 손님들에게 커피 맛이 없다는 이야기를 듣게 되리라는 걸, 단골손님들에게 맛이 변했다는 이야기를 듣게 될 것을 말이죠.

지금껏 저희 카페에서 제가 없었던 날이 없어서 핸드드립 커피는 언제나 준비해드릴 수 있었습니다. 하지만 언젠가 저도 직원에게 잠시 카페를 맡기게 되면 그 직원이 핸드드립 커피를 숙련되게 만들기 전까지는 주문을 받지 못할 것 같습니다.

핸드드립 커피는 왜 인기가 있을까요? 홈 카페에서는 수십만 원에서 수백만 원까지 하는 에스프레소머신이 없어도 간단한 추출 도구와 분쇄된 원두만 있으면 즐길 수 있기 때문이겠죠. 또한 앞서 말했다시피 기계로 추출하는 것과 달리 핸드드립은 매번 작게나마 맛이 차이난다는 점은 단점인 동시에 매력이기도 합니다. 폴라로이드카메라로 여러 장 계속 찍는다 해도 인물의 표정이나 포즈 등이 조금씩 다르듯 핸드드립 커피도 맛이 약간 차이납니다. 그렇다고 해서 맛이 없는 건 아닙니다. 포즈나 표정이 바뀌었다고 사진이 잘못 나왔다고 할 수 있나요? 연해지거나 진해지거나, 신맛이 도드라지는 등의 미세한 차이가 느껴지는 것입니다.

그렇다면 어떻게 해야 핸드드립 커피를 잘 만들 수 있는 건지 궁금하지 않으세요? 정답은 없습니다. 어떤 책을 보면 밖으로 일곱 바퀴를 돌리고 3분 안에 끊고 10g의 커피로 100ml를 받아 물을 첨가하라고 하기도 하는데, 핸드드립 커피의 맛은 계속 연습하고 마셔보면서 찾아보는 수밖에 없습니다. 원두 상태가 각기 다르기 때문에 모범답안을 제시하기 어렵습니다.

약 85~90도의 정수된 물을 볶은 지 얼마 안 되는 신선한 원두에 일정하게 붓는 연습을 하면 누구나 핸드드립을 잘할 수 있습니다. 발을

무릎 넓이로 발리든, 포트를 두 손으로 잡든, 테이블에 한 손을 올리든 편안하면서도 계속 유지할 수 있는 자세를 찾는 것이 중요합니다.

핸드드립 커피가 왜 비쌀 수밖에 없는지 이해되세요? 수공예품이 공장 제품보다 비싼 것처럼 핸드드립 커피에는 바리스타의 노력과 실력, 원두의 양, 시간과 정성이 포함되어 있다고 생각해주시면 좋겠습니다.

메뉴를 볼 때 비싼 생각이 들더라도 우선 먹고 싶은 걸 주문해서 먹어보고 평가하면 어떨까요? 카페마다 가장 고심하고 신경을 쓰는 것이 바로 가격입니다. 이 카페가 저 카페보다 비싼 데는 이유가 있을 거라고 믿어봐주세요. 가격은 맛에 대한 자긍심일 수 있고, 바리스타의 이름값일 수도 있습니다. 원재료의 가격이 비쌀 수도 있고, 자릿값이 높을 수도 있겠지요.

한 번 맛을 보고 이해할 수 있는지 없는지 판단해도 늦지 않습니다. 수없이 많은 고심 끝에 정한 메뉴의 가격을 보자마자 "아니 왜 이렇게 비싸?"라고 하면 듣는 바리스타는 기운이 빠집니다. 그렇게 되면 당신의 커피에 영향을 끼치게 됩니다. 맛있는 커피 한 잔을 만들려는 바리스타의 마음을 헤아려주시고, 하고 싶은 말씀을 커피를 드시고 나서 해주세요.

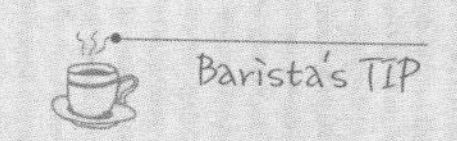

핸드드립 커피는 언제 시작되었을까?

최초의 드립은 독일의 멜리타 여사(1908년)가 만들었습니다. 그녀는 남편을 위해 아들의 공책을 찢어 종이필터를 만들고, 양철을 두드려 드리퍼를 만들어 커피가루가 섞이지 않는 깨끗한 커피 추출법을 고안했다고 합니다. 그러나 이탈리아에서 고압으로 단시간에 추출하는 에스프레소머신이 발명되면서 멜리타 여사의 핸드드립은 차츰 잊혀 갔습니다. 핸드드립의 르네상스는 1950년대 일본에서 일어났습니다. 일본인 특유의 손기술 덕분에 나선형 드립, 동전 드립, 점 드립 등 핸드드립 추출법이 고안되면서 기계로는 만들 수 없는 특유의 오묘하고 깔끔한 커피의 맛을 즐길 수 있게 되었습니다.

칼리타, 하리오, 고노 등 핸드드립 도구를 생산하는 회사 등이 생겨나면서 핸드드립은 일본을 대표하는 추출법으로 대중적인 인기를 끌었습니다. 우리나라에는 1980년대 서울 일부 카페에 도입되었다가 2000년대 들어 대형 커피 프랜차이즈가 확산되면서 원두커피와 함께 핸드드립 커피는 큰 인기를 끌기 시작했습니다. 현재 로스터리 카페뿐 아니라 가정에서도 핸드드립으로 다양한 커피를 만들어 많은 사람들이 개성 있는 커피 맛을 즐기고 있습니다. 우리나라에서도 핸드드립 르네상스 시대가 열렸다고 볼 수 있을 것입니다.

집에서 만든 커피 vs 카페에서 마시는 커피

올 겨울에 결혼한다는 기쁜 소식을 안고 혜미 부부가 찾아왔습니다. 꿈에 부풀어 신혼살림으로 에스프레소머신을 준비하고 싶다고 합니다. 무엇이 좋은지 추천해달라고 하는데, 참 많은 생각이 지나갑니다. 원래 커피를 좋아하는 동생이고, 라떼아트도 하고 싶어하니 성능이 좋은 것을 추천해야 하는데, 그러면 훌쩍 100여 만 원이 넘어갑니다. 여기저기 돈 쓸 데가 많은 예비 신부에게 적은 금액이 아니기에 섣불리 말하기도 어렵습니다. 가정용 머신은 잘 몰라서 찾아보고 나서 이야기해주겠다고 했습니다.

난처한 질문을 하는 손님은 또 있습니다. 그분은 저희 카페의 원두를 사서 갈아가기까지 했는데, 다음에 오셔서 말씀하시네요.

"왜 여기 원두를 여기 그라인더로 갈아서 마시는데, 집에서는 이 맛이 안 나는 건가요?"

카페에서 쓰는 머신은 업소용이고, 집에서 쓰는 머신은 가정용인데 가격 차이가 꽤 많이 날 겁니다. 만약 같은 맛을 내면 모든 카페에서 가정용 머신을 구입해서 쓰지 비싼 돈을 투자하진 않겠죠. 저는 손님에게 하나하나 쉽게 설명해드렸습니다.

요즘 '홈 카페' 열풍이 불고 있습니다. 홈쇼핑 방송에서도 캡슐커피가 심심찮게 나오고 매진 사례를 쉽게 볼 수 있습니다. 캡슐 커피뿐 아니라 수많은 에스프레소머신 브랜드를 마트나 가전제품 매장에서 찾아볼 수 있습니다. 혜미처럼 에스프레소머신을 아예 신혼 때 준비하고 싶은 예비신부도 많은 것 같습니다.

연애할 때처럼 남편과 분위기도 잡고 싶고, 계산기 두드려가며 하루 마시는 커피 값을 1년치 계산해보고 그 정도면 에스프레소머신을 사는 게 경제적이라고 생각할지도 모르겠습니다. 두 사람이 사는 신혼집을 평범한 집이 아닌 홈 카페 스타일로 꾸미고 싶은 꿈도 있을 테지요.

에스프레소머신을 사려면 디자인이나 브랜드보다 최소한의 추출수의 온도, 추출압력, 추출시간을 주어진 허용 범위 안에서 큰 차이 없이 유지할 수 있는 성능을 꼼꼼히 살펴봐야 합니다.

아쉽게도 많은 사람들이 구입하는 20~60만 원대의 대중적인 에스프레소머신은 제대로 된 에스프레소를 추출하기에 제약이 많습니다. 에스프레소 원두에 따른 정확한 추출 온도는 물론, 추출이 실시되는 동안 1~2도 내의 추출온도 편차 유지도 쉽지 않습니다. 유럽 브랜드의 머신들은 펌프 방식이 달라 국내 환경에서는 제대로 된 추출압력을 보여주지 못하는 것 또한 사실입니다. 이럴 때 승압을 하거나 펌프를 다른 것으로 교체해야 하는 방법이 있기는 합니다. 우유가 들어가는 카페라떼

나 카푸치노를 마시거나 물을 넣어 흐리게 마시는 아메리카노를 즐기기엔 괜찮습니다. 하지만 스팀의 성능은 어쩔 수 없습니다. 벨벳밀크라 불리는 고운 거품으로 라떼아트를 만들기에 가정용 머신은 분명 한계가 있습니다. 편안하게 생활에서 가정용 에스프레소를 즐기자고 생각하는 것이 좋습니다.

그렇다면 값비싼 가정용 에스프레소머신을 사면 카페에서처럼 커피를 만들 수 있을까요? 가정용 머신과 업소용 머신의 가장 큰 차이점은 연속 추출의 안정성에 있습니다. 대용량 보일러를 달고 있기 때문에 여러 잔의 커피를 추출하고, 연속해서 스티밍을 해야 하는 상황에서도 업소용 머신은 제대로 작동합니다. 두 그룹 이상의 시스템을 갖추고 있어 보통 넉 잔 이상의 커피를 동시에 추출할 수 있습니다. 그룹별로 개별 보일러가 있는 머신은 성능이 더더욱 안정적입니다. 이와 비교되는 가정용 최상급 반자동 에스프레소머신은 업소용처럼 대용량은 아니더라도 대중화된 저렴한 머신보다 성능이 뛰어난 대용량 보일러가 있어 추출성능과 스티밍 성능에서 업소용에 근접하는 능력을 갖추고 있습니다. 연속 추출에는 한계가 있지만 에스프레소의 크레마와 추출속도, 온도 등은 버금가는 능력을 보여줍니다.

가격과 디자인보다 나에게 맞는 에스프레소머신을 구입하는 것이 중요합니다. 당신이 완벽한 에스프레소를 원하면 하이엔드급의 가정용 에스프레소머신을 구입하면 업소용에 뒤지지 않는 맛있는 에스프레소를 마실 수 있습니다.

라떼나 아메리카노를 즐기고 싶다면 굳이 비싼 것보다 보편적인 모델을 선택해도 좋습니다. 거금을 들여 좋은 머신을 샀고, 원두와 그라인더도 좋은 것으로 구입했는데, 에스프레소 추출이 잘 안 된다면 꾸준히 연습하면서 머신과 친해져야 합니다. 당신의 마음속에 깃든 바리스타의 능력을 키워보세요.

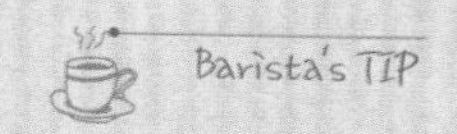

합리적인 가정용 에스프레소머신을 선택하는 요령

- 같은 가격이라면 보일러 사이즈가 큰 것을 선택합니다.
- 3way 솔레노이드밸브가 있는 머신이 좋습니다(이 밸브는 추출 후 바스켓 내부에 있는 압력과 잔여물을 배출하는 역할을 합니다).
- 고민하는 두 머신이 10~20만 원 차이라면 성능보다는 세부적인 요소와 디자인, 크기 등을 선택의 기준으로 삼으세요. 성능이 좋은 머신을 원한다면 그 위의 등급을 선택하세요.
- 머신도 중요하지만 커피 원두와 그라인더의 역할도 중요합니다. 그라인더는 핸드밀이 아닌 전동 그라인더를 구입해야 일정하고 추출이 잘되는 분쇄를 기대할 수 있습니다.

MBC의 인기프로그램 〈무한도전〉에서 더치커피가 등장한 적이 있다지요? 그걸 몰랐는데, 다음 날 일요일에 더치커피를 찾는 손님이 갑자기 늘어서 어리둥절해 있는데, 단골손님이 방송에 떴다고 하더라고요.

아, 방송이 무섭기는 무섭구나. 매스컴의 힘을 한 번 더 느끼게 되었습니다.

손님1: 난 더치 마실래?

손님2: 더치가 뭔데?

손님1: 그것도 몰라? 더치페이 해야 하는 거야!

손님2: 야 ~춥다. 독일 커피 아니야? 도이치?

손님들도 의견이 많이 엇갈립니다. 헌데 더치페이에서 말하는 '더치'와 더치커피의 '더치'는 모두 네덜란드인을 말하는 것이 맞습니다. 더치페이는 각각 분담해서 내는 방식을 말하는 데 영국인들이 네덜란드인

four cups
three cups
two cups

들의 개인적인 생활방식을 비하하여 더치페이라고 부른 것에서 비롯되었습니다. 그러니까 더치커피Dutch coffee는 독일식 커피도 아니고, 네덜란드 커피가 맞긴 한데, 더치페이로 계산하는 커피는 아닙니다.

역사를 거슬러 올라가 보면 더치커피는 네덜란드 상인들이 인도네시아에서 물건을 싣고 오면서 인도네시아산 커피의 강하고 쓴맛을 줄이기 위해 고안되었다고 합니다. 배에서 커피를 마시고 싶은데 뜨거운 물을 쉽게 구할 수 없고, 먹는 도중에 맛이 금방 변해버리고 보관도 불편해서 찬물로 내려 마시기 위해 링거줄처럼 찬물을 똑똑 떨어뜨리는 기구를 만들었다고 합니다.

비엔나에 가면 비엔나커피가 없듯이 네덜란드에 가면 더치커피가 없다고 하네요. 더치커피를 계발하고 발전시킨 이들은 일본사람들입니다. 일본과 우리나라 등 아시아권에서 더치커피의 열풍이 불어 거꾸로 네덜란드까지 전해져 네덜란드 정부에서 관광상품으로 만들고 있다고 합니다. 이래저래 일본은 참 대단한 나라입니다.

더치커피를 미국에서 찾으시려면 콜드 브류(cold brew)를 찾으세요. 찬물로 추출하는 방식이라고 해서 이러한 이름이 붙었는데, 표현이 훨씬 정확한 것 같습니다.

더치커피로 내리면 무엇이 다를까요? 더치커피는 뜨거운 물로 추출하는 에스프레소 커피와 달리 차가운 물로 한 잔을 추출하려면 세 시간 이상 걸립니다. 짧게는 1초에 한 방울, 길게는 6~7초에 한 방울씩 찬물로 커피를 내리기 때문에 쓴맛이 다른 커피에 비해 덜 느껴집니다. 맛 또한 부드러워서 '커피의 와인', '커피의 눈물'이라 불리는 아름다운 커피입니다.

제가 더치커피를 처음 알게 된 것은 〈카인과 아벨〉이라는 드라마를 통해서였습니다. 그 드라마에서 신현준(배우)이 오지 않은 채정안(배우)을 기다리며 더치커피를 내리는 장면이 있었습니다. 신현준보다는 소지섭을 더 좋아하지만, 더치커피에 대한 환상과 호기심에 당장 커피를 마시러 갔던 기억이 납니다. 역시 그때나 지금이나 방송의 영향력은 정말 무섭네요.

더치커피도 커피인지라 아무 데서나 마신다고 맛있는 건 아닙니다. 원두가 좋고 신선한 것으로 분쇄도도 맞추고, 시간도 적당히 맞춰서 내려야 합니다. 기구가 먼지와 냄새에 노출되어 있다는 점 또한 주의해야 합니다. 커피 원두가 워낙 주위의 냄새를 다 흡수하기 때문에 어떻게 보관하느냐에 따라 김치, 청국장 같은 냄새가 밸 수도 있으니 조심해야 합니다.

저는 케냐AA, 에티오피아 예가체프, 시다모, 코스타리카 따라주 종을 단종으로 내리는 것을 좋아합니다. 향도 살고, 맛도 깨끗하고 부드럽습니다. 어느 카페에서는 에티오피아 계열 커피만 블렌딩해서 내려주고, 어느 카페에서는 아메리카노 블렌딩 원두도 같이 내리기도 하는데, 각자의 기호가 다르다 보니 뭐라고 꼭 짚어낼 수 없는 것 같습니다.

더치커피는 끓여서 만들지 않기 때문에 상하기 쉽습니다. 깨끗한 밀폐용기에 넣어 냉장에서 보관해야 합니다. 처음 커피를 배울 때 저는 '커피의 와인'이라 불리는 커피인 만큼 멋스럽게 보관하고자 와인셀러에 보관했다가 선생님께 걱정스러운 소리를 듣기도 했습니다. 와인셀러는 14°C에 맞춰져 있어서 더치커피를 상하게 한다는 겁니다. '커피의 와인'은 어디까지나 은유적 표현일 뿐, 정말 와인과는 보관법이 다르니 저와

같은 실수는 하지 마세요. 냉장에서 보관하면 1개월 이상 마실 수 있습니다. 쉽게 냄새가 배니까 김치냉장고에 넣지 말고, 신경 써서 관리해주세요. 더치커피는 바로 내렸을 때와 하루하루 시간이 지나면서 달라지는 맛을 비교해보는 것도 묘미입니다. 신 김치 좋아하는 사람이 있고, 막 담근 김치 좋아하는 사람이 있듯이 더치커피도 좋아하는 맛이 따로 있답니다.

더치커피는 오늘 커피를 많이 마셨는데 커피가 또 생각나는 분이나 저녁시간에 커피를 마시고 싶은데 잠이 오지 않을까봐 걱정하는 분들에게 추천해드릴 수 있는 커피입니다. 카페인이 조금 있지만, 수면에 영향을 줄 만큼은 아니어서 밤 10시에 한 잔 마셔도 푹 잘 수 있습니다. 겨울에 냉면을 찾듯 더치커피의 깔끔함을 겨울에 찾는 마니아분들도 많습니다.

더치커피를 새롭게 즐기고 싶다면 더치커피에 우유를 부은 더치라떼나 탄산수를 부어 더치에이드를 만들어 마셔도 좋습니다. 더치커피의 색다른 매력을 느낄 수 있을 거예요.

단 저는 '핫 더치'는 거부합니다. 추출할 때 생기는 카페인이 뜨거운 물을 붓는다고 생기지는 않겠지만, 차갑게 내리려고 오랜 기다림 끝에 만난 더치커피에 뜨거운 물을 붓는 건 이해하기 어렵습니다. 향 좋은 뜨거운 커피를 마시고 싶으면 핸드드립을 주문하고, 카페인이 싫다면 디카페인 커피를 추천합니다. 다른 카페에서 핫 더치를 파는데, 왜 이 카페에서는 안 파냐고 따지듯이 물어보시는 손님도 계십니다. 카페마다 바리스타가 다르고, 바리스타마다 개성이 있듯 제가 맛있다고 믿고, 이 맛이 우리 카페에 맞다고 인정할 수 있는 커피를 만들어야 자신

있게 대접할 수도 있습니다.

바리스타는 손님들의 취향에 맞춰 최대한 맞춰 드리려고 노력하지만, 자신의 기준에서 양보할 수 없는 것도 있습니다. 지킬 수 있는 건 지킬 수 있도록 도와주세요.

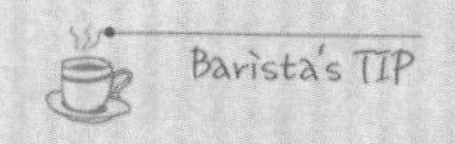

더치커피, 어디에 좋아요?

● 다이어트에 좋아요

블랙커피는 칼로리가 없어 마셔도 살이 찌지 않는다고 알려져 있습니다. 하지만 더치커피는 살이 찌지 않을 뿐만 아니라 신체 에너지 소비량을 늘려주는 역할을 해 다이어트에 도움을 줍니다.

● 암을 예방하는 데도 효과가 있어요

황산화 물질이 들어 있어 암세포 발생을 억제하고 위암과 간암에 효과적입니다. 또 DHL 성분도 들어 있어 동맥을 건강하게 해줍니다.

● 니코틴 해독도 해준대요

니코틴을 해독해줘 담배 생각이 덜 나게 합니다.

● 숙취 해소에도 좋아요

이뇨작용을 유도하여 숙취 해소에 도움을 줍니다.

● 운동 전후에 마셔요

운동 전후에 섭취하면 운동량을 증가시켜줍니다. 운동한 다음 내려갔던 체력을 일시적으로 회복해주는 능력이 있습니다.

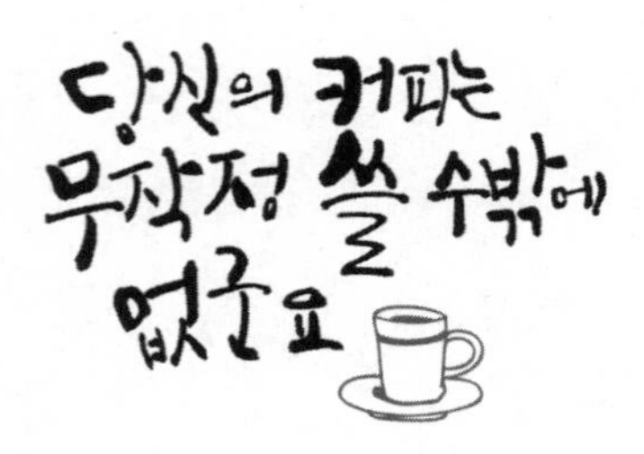

카페를 연 지 3개월이 지난 늦여름 어느 날, 아직 어설프고 하루하루가 어떻게 시간이 가는지 정신이 없으면서도 피곤하던 때였습니다. 문 닫기 20분 전, 손님이 다 나가고 한산한 카페 안에서 하루 종일 억눌리던 어깨를 주무르며 긴장감을 풀고 마감을 준비하고 있는데, 20대 여자분이 들어와 아메리카노 한 잔을 주문합니다.

"저희 11시에 마감인데 괜찮으세요?"

"네."

"테이크아웃 잔에 드릴게요."

"네."

"진하게 드릴까요, 연하게 드릴까요?"

"찐하게 주세요."

일회용 종이컵이지만 따뜻하게 예열하여 뜨거운 물을 담고 더블 샷을 리스트레토로 내려 잔에 부어 드렸습니다.

"아메리카노 나왔습니다."

"저 좀 마시다 가도 되죠?"

"네, 그러세요."

3분쯤 지나자 그 여자분이 주문대로 잔을 들고 나옵니다. 아무 말 없이 저를 노려봅니다.

"손님 뭐 필요한 것 있으세요?"

"커피가 써요."

"네?"

"며칠 전 여기서 마신 커피하고 달라요. 이렇게 팔면 안 되는 거 아닌가요?"

너무 당황해서 다시 만들어 드렸습니다. 그녀는 입만 축이더니 똑같이 쓰다고 합니다. 커피 많이 마셔봤는데 이렇게 맛없는 건 처음이다, 난 스타벅스가 제일 좋다, 어떻게 며칠 만에 이렇게 바뀔 수가 있느냐, 로스팅 직접 하는 거 맞느냐…….

아픈 말을 마구마구 쏟아 부으시네요. 어떻게 맛이 없는지는 설명하지 않고 무조건 커피가 쓰고 맛없다고 계속해서 반복합니다. 어떠한 설명도 들을 준비가 안 된 것 같아 하는 이야기를 고스란히 받아들였습니다.

제 머릿속에 가장 먼저 피어오르는 생각은 우리 카페의 커피가 정말 맛이 없나 싶은 불안감이었습니다. 그때도 지금과 블렌딩도 똑같았습니다. 원두의 상태나 바리스타인 저의 컨디션이 차이가 있을 수 있지만, 저는 뚜렷하게 다른 점을 느끼지 못했습니다. 혹시 다른 분들도 이 손님처럼 생각하고 있는 건 아닌지 두려웠습니다. 하지만 며칠 전에도 오셨다는 이분은 전혀 기억이 나지 않았습니다.

그녀에게 더 이상 어떻게 해드릴 게 없다고 말씀드리고 환불해드렸습니다. 그날 밤 저는 잠을 설치고 악몽을 꾸었습니다. 그만큼 저에게는 큰 사건이었습니다.

다음 날, 단골손님들에게 우리 카페의 커피 맛에 대해 물어봤습니다. 사실대로 이야기해달라고 맛이 변했냐고 물었더니 모두가 똑같다거나 괜찮다, 맛있다고 하더군요. 그 사건은 시간이 지나면서 차츰 머릿속으로 정리할 수 있었습니다.

우리는 서로 미안해해야 합니다. 전 당신의 기분을 알지 못했습니다. 당신은 커피 한 잔의 위로가 필요했던 것이고 전 커피에 문제없다는 것만 이야기하고 싶어 했습니다. 환불도 싫다, 새 커피도 싫다는 당신은 제가 당신의 마음 처방전이 되길 바란 것이겠지요.

당신도 사과해야 합니다. 애꿎은 커피는 죄가 없습니다. 당신의 혀와 당신의 마음과 당신 모든 구석구석이 커피의 진한 맛을 받아들이기엔 너무 지쳐 있었던 것입니다.

커피는 원래 씁니다.

다음엔 커피집 큰언니한테 왔다고 생각하고 힘들면 힘들다고, 아프면 아프다고 말해주세요. 그리고 쉬다 가세요. 마음이 아플 땐 아메리카노보다 부드러운 라떼를 마셔보세요. 제가 알지 못하는 당신 마음을 포근히 안아줄 거예요.

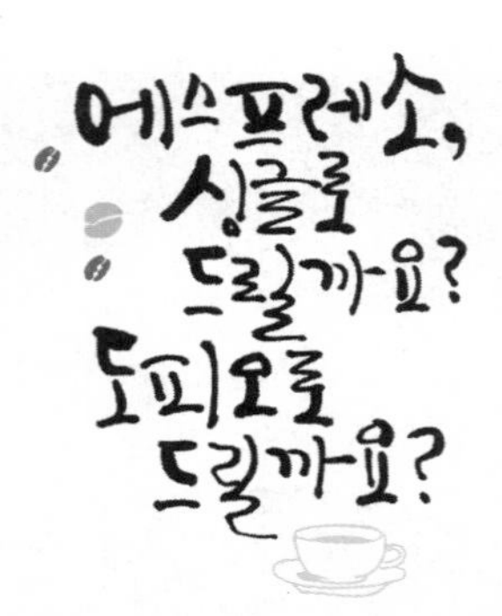

에스프레소를 주문하는 손님을 보며 한 번 더 생각하게 됩니다.

이분에게 에스프레소를 드려도 될까?

지금까지 손님들을 지켜보니 에스프레소를 주문하는 분들은 세 부류로 나누게 되더라고요.

첫째, 에스프레소를 원래 즐겨 마신다.

둘째, 에스프레소를 마셔야 멋있어 보인다고 생각한다.

셋째, 에스프레소를 모르지만, 가격이 저렴해서 주문한다.

첫째, 둘째 분은 에스프레소를 드셔도 되지만 가격 때문에 주문하시는 분은 에스프레소를 드시면 안 됩니다.

당신은 이렇게 말할 거예요.

"양이 너무 적어요."

"이게 커피예요?"

"너무 써요."

그리고 분명 커피를 남기거나 뜨거운 물을 달라고 하실 겁니다. 그렇다고 에스프레소를 마실 줄 아냐고 대놓고 물어볼 수도 없어요. 제 남편이 다른 카페에서 에스프레소를 주문하다가 바리스타 때문에 기분이 상했던 기억이 있거든요. "그거 많이 쓴데 드시겠어요?"라는 질문을 받았습니다. 남편은 "내가 에스프레소도 모를 만큼 촌스럽게 생겼어?" 하며 그 순간을 두고두고 이야기합니다. 저도 그런 나쁜 기억을 심어주는 바리스타로 남고 싶지 않아 말 한 마디를 할 때도 조심스럽습니다.

생각해보면 메뉴판에 '에스프레소는 커피의 원액이라 매우 진합니다'라고 써놓으면 간단합니다. 하지만 그 말을 적을 공간이 없습니다. 손님과 눈을 마주치고 말로 하자니 기분을 언짢게 할 수도 있습니다. 에스프레소를 좋아하는 사람인지, 가격 때문에 주문한 것인지 알 수 있는 방법을 찾고자 많은 고민을 했습니다. 겉모습만 보고 판단할 수도 없었습니다. 우리 카페 단골손님 중에 고3 학생이 있습니다. 이 학생의 아버지는 커피를 좋아해서 집에서도 가정용 머신으로 에스프레소를 뽑아준다고 합니다. 그런가 하면 에스프레소를 즐기는 70대 할아버지도 있습니다. 그분은 항상 책을 펼쳐놓고 에스프레소를 드십니다.

커피의 신맛, 단맛, 쓴맛을 한꺼번에 느낄 수 있고, 잘 뽑아내면 고소하기까지 해서 에스프레소를 좋아하는 분들은 꽤 있습니다. 저에게는 세상에서 꺼내기 어려운 말이 "에스프레소 좋아하세요?"로 느껴집니다. 마음에서 얼마나 거르고 또 리허설을 해보는지 아시나요?

"에스프레소 아시죠?"

아냐, 아냐.

"에스프레소 드실 줄 아시죠?"

이 말도 이상해.

"에스프레소 왜 시키세요?"

싸우자는 건가? 다른 데서는 어떻게 얘기하지?

"에스프레소는 커피 원액입니다. 많이 쓴데 괜찮으세요?"

너무 손님 무시하는 건가?

그렇게 고민하다 나온 말이 "싱글로 드릴까요, 도피오로 드릴까요?" 입니다.

에스프레소를 알고 좋아하는 당신이면 되물을 거예요.

"샷 추가 비용이 있나요?"

없다고 하면 거의 대부분 에스프레소 더블 샷 도피오를 주문합니다. 만약 아예 모르는데 싸서 주문하는 당신이라면 그게 뭐냐고 물으시겠지요. 그러면 에스프레소에 대해 설명을 해드립니다.

에스프레소는 커피의 원액으로 짧은 시간에 뽑아내기 때문에 진하고 양이 매우 적습니다. 진한 맛이 싫으면 뜨거운 물을 섞는 아메리카노를 드시라고 추천해드립니다. 그러면 고맙다는 인사까지 하시며 다 드시고 가십니다.

손님과의 대화 참 어렵습니다. 손님은 편하게 쉬고 맛있는 커피 한 잔 마시러 오는 것인데 불편하게 해드릴까 말 한 마디 꺼내는 게 커피 백 잔 뽑는 것보다 더 어려운 것 같습니다.

간혹 에스프레소를 포장해달라는 분이 계시는데 30ml 정도밖에 안 되어 종이컵 바닥에 넣어드리기도 부담스럽습니다. 또한 크레마커피의 금색막와 함께 마셔야 맛있습니다. 에스프레소를 드실 땐 잠시 여유를 갖고 세 모금 정도 넘겨주세요.

에스프레소의 진한 맛이 쓰게 느껴진다면 설탕을 넣고 스푼으로 녹이지 말고 마시면서 자연스럽게 녹여 부드러운 단맛을 느껴보세요.

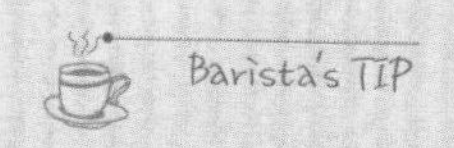

에스프레소를 맛있게 먹는 방법

에스프레소는 이탈리아식 커피로 매우 진해요. 원두의 굵기, 양, 머신의 압력, 떨어지는 속도 등에 따라 맛이 결정됩니다. 에스프레소는 조그만 데미타세 잔에 담아서 뜨겁게 마셔야 제맛을 느낄 수 있습니다. 주문한 에스프레소를 받으면 친구와 함께 마시려고 기다리지 말고 먼저 드세요. 식으면 맛이 없습니다. 에스프레소의 맛은 한 마디로 '기분 좋은 진한 맛'이라고 할 수 있습니다.

먹고 싶은 커피가 메뉴판에 없어요

저희 카페에 처음으로 오는 아주머니, 아저씨 손님들을 맞이하다 보면 당황스러울 때가 있습니다.

"막커피 주세요."

"블랙커피 주세요."

"뜨거운 거 주세요."

"원두커피 있어요?"

모두 아메리카노를 찾는 분들입니다. '아프리카노'를 달라고 하시는 분도 계셨어요.

가장 연하게 달라고 하면 물을 많이 넣어 아메리카노를 연하게 드리면 되고, 잠잘 수 있는 커피를 달라고 하면 더치커피를 권하거나 디카페인 커피를 드리면 됩니다.

가장 막막한 상황은 다방커피를 찾는 어르신들을 맞을 때입니다. 손주들과 오거나 친구분들끼리 만나서 커피 한 잔 하러 저희 카페에 들어와 다방커피를 찾으면 머리에 잠깐 쥐가 납니다.

"프림이 없는데 우유를 넣어드릴게요" 하고 카페라떼에 설탕을 드리면 대부분이 이 맛이 아니라며 설탕을 네 개씩 넣습니다. 정말 믹스커피를 가져다놔야 할까? 심각하게 고민하기도 했습니다.

그런 손님들에게는 바닐라라떼를 드리거나 우유와 크림을 올려드리면 어느 정도 취향에 맞출 수 있다는 걸 깨닫게 되었습니다.

저희 카페 메뉴판에 없는 걸 찾는 분들도 있습니다.

"헤이즐넛 커피 돼요?"

"에스프레소 콘파냐 있어요?"

"스노우볼 있어요?"

"버블티 있어요?"

"애플민트 크러시는 어디 있어요?"

헤이즐넛 커피는 원래는 개암나무 열매이지만 요즘 귀해서 질 나쁜 원두에 헤이즐럿 향을 입히거나 일반 아메리카노에 헤이즐럿 시럽을 넣는다 해서 메뉴에 넣지 않았습니다. 에스프레소 콘파냐는 찾는 분이 없는 것 같아 메뉴판에 넣지 않았지만 에스프레소가 있고, 휘핑크림이 있으니 원하면 만들어드릴 수 있습니다. 하지만 바리스타가 듣도 보도 못한 스노우볼이나 애플민트 크러시는 신촌의 대학가나 대형 프렌차이즈에서만 볼 수 있는 고유 메뉴일 겁니다. 저희 카페의 메뉴판에 없는 메뉴를 찾으면 바리스타인 제가 당황하게 됩니다.

"왜 안 돼요?"

"왜 안 하세요?"

자꾸 왜라고 물으시며 눈앞에 있는 바리스타의 능력을 의심합니다. 사실 그 의심이 맞습니다. 제 능력은 저희 카페의 메뉴에 있는 그것뿐입니다. 그것들도 제대로 만들기까지 참 오랜 시간이 걸렸고, 과정이 쉽지 않았습니다. 수십 년 밥을 지어온 저희 어머니도 가끔 고두밥을 짓거나 죽밥을 지으실 때도 있는데, 카페를 운영한 지 2년밖에 안 된 제가 얼마나 실수가 많겠어요. 언젠가 더 맛있고 다양한 메뉴를 준비해서 최대한 손님들의 취향에 맞게 대접하겠습니다.

하지만 당장 저희 카페에서 당신이 가장 맛있는 음료를 먹고 싶다면 바리스타가 자신 있게 만들 수 있다고 적어놓은 메뉴판에서 찾아주세요.

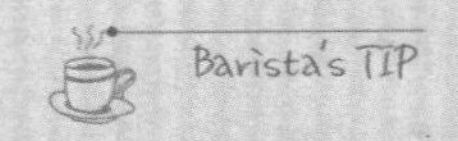

에스프레소 콘파냐 맛있게 마시기

에스프레소는 익숙하지 않아 주문하기 망설여지고, 양이 많은 아메리카노나 단맛이 강한 마키아토도 꺼려질 때 선택해보세요. 작은 잔에 에스프레소가 담겨 있고, 그 위에 크림이 덮여 있습니다. 크림을 입에 살포시 갖다 대고 크림과 에스프레소를 동시에 마셔보세요. 부드러운 단맛과 중후한 쓴맛을 동시에 느낄 수 있습니다.

아메리카노를 주문하는 여자, 캐러멜 마키아토를 주문하는 남자

카페를 운영한 지 얼마 되지 않았을 때는 갖가지 실수를 저질렀습니다. 가장 많이 한 실수가 남자 손님과 여자 손님이 주문한 커피를 반대로 놔드린 것이었습니다. 남자분과 여자분이 아메리카노와 캐러멜마키아토 혹은 카페 모카를 주문하면 자연스럽게 캐러멜마키아토는 여자분에게 놓아 드렸습니다. 그런데 주문한 커피를 바꿔서 놓아준 경우가 허다했습니다.

"캐러멜마카아토, 어느 분께 드릴까요?"

이제는 분명히 여쭙니다.

참 신기합니다. 여자분들 중에는 간혹 카페모카, 캐러멜마키아토를 주문하시는 분들도 있지만 대부분 아메리카노를 주문합니다. 단 음료 중에 바닐라라떼, 녹차라떼를 가볍게 즐기는 분들도 있습니다. 남자분들 중에는 카페모카에 휘핑크림을 얹은 베리에이션 커피나 스토로베리 스무디, 레모네이드처럼 커피가 전혀 들어가지 않은 음료를 주문하는 분들도 많습니다. 여성분들보다 남성분들이 메뉴를 더 다양하게 찾습니다. 더치커피, 핸드드립, 에스프레소 등 단맛과 거리가 먼 커피를 주문하는 분들도 남성분이 많습니다.

아메리카노를 주문하는 여성들의 심리 속에는 무엇이 들어 있을까요? 평생 업보처럼 달고 사는 다이어트 때문에 칼로리가 없는 음료를 찾는 것일 수 있고, '나 커피 좀 알아' 하는 마음도 조금은 있을 수 있고, 평소 커피를 즐겨서 반사적으로 아메리카노를 주문하는 것이 아닐까요? 하긴 저도 핸드드립 커피 아니면 아메리카노밖에 주문하지 않으니 할 말은 없네요.

단 음료를 주문하는 남자들의 심리는 무엇일까요? 흡연자인지 아닌지는 중요하지 않은 것 같습니다. 담배 피우는 분들은 단 음료도 잘 드시거든요. 체형도 상관없는 것 같아요. 마른 남자분도 단 음료 잘 드세요.

커피를 싫어하는 남자분들도 꽤 많습니다. 간혹 여자친구 때문에 카페에 끌려온 듯한 인상을 받는 손님들도 보입니다. 개중에는 어린 시절부터 길들인 단맛 때문에 달콤한 커피를 찾는 남성도 있고, 생소한 음료에 도전하고 싶은 탐험가 정신이 넘치는 남성도 있습니다. 어쨌든 남성분이 여자분보다 주문하는 시간이 깁니다. 음료 하나 고르는 데 고민을 하는 모습을 보며 여태껏 제가 남자를 잘못 알고 있었구나 싶은 생각이 들 때가 많습니다.

남자들이 단순하다고요? 카페에서는 전혀 아닙니다. 여자보다 더 다양하고 복잡한 기준으로 음료를 선택하는 남자의 심리. 지금도 남자는 알다가도 모를 평생 연구 대상입니다.

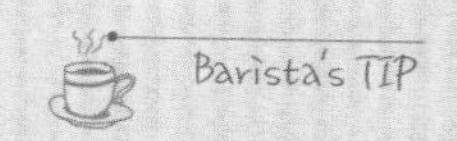

캐러멜마키아토 건강하게 즐기기

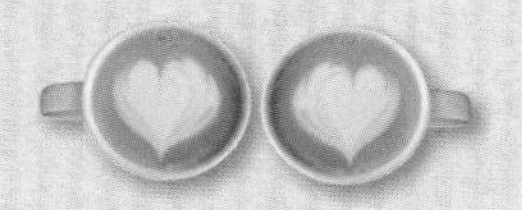

에스프레소에 우유 거품을 얹은 뒤 캐러멜로 장식한 캐러멜마키아토. 커피의 쓴맛과 우유거품의 부드러움, 캐러멜의 달콤한 맛이 어우러진 커피랍니다. 우유도 들어가고, 캐러멜도 들어가서 입이 즐거울지 모르지만 치아에 좋지 않은 영향을 준대요. 너무 아껴먹지 말고 10분 안에 먹고, 물로 입가심을 해야 합니다. 이제부터 캐러멜마키아토를 건강하게 즐기세요.

이 카페 아메리카노엔 뭐가 들어가요?

우리 카페에서 손님들이 가장 많이 물어보는 질문이 뭔지 아세요?

"아메리카노에 뭐 들어가요?"

무슨 뜻으로 묻는지 처음에는 잘 몰랐습니다. 그 질문을 처음 받던 날, 곧이곧대로 에스프레소와 물이 들어간다고 답했답니다.

말해놓고 보니…… 바보 같은 질문과 대답이 아닌가 싶더군요.

그런데 무시당했다는 얼굴로 아무 말 없이 쳐다보는 손님.

그 표정을 보고 다시 생각해보니 어떤 원두가 들어가는지 궁금해하시는 것 같더군요.

왜 그걸 묻는 걸까요? 아메리카노를 만들려면 여러 원두를 섞어 블렌딩하는 걸 모르는 분도 있고, 우리 카페의 아메리카노가 입맛에 맞는데 다른 데 가서 어떻게 해달라고 해야 이 맛이 나는지 궁금한 분도 있고, 자기가 좋아하는 원두가 들어가는지 궁금한 분도 있습니다.

하지만 정확히 가르쳐드리기는 어렵습니다. 어느 고추장 광고처럼 며느리도 모르는 맛의 비밀이 있는 건 아니지만, 대한민국의 카페마다 고유한 아메리카노 맛이 있답니다. "이 원두와 저 원두를 이런 비율로 섞어서 아메리카노 만들어주세요" 하면 듣는 바리스타의 기분이 상할 것 같아요.

한번은 이런 일도 있었습니다. 저녁 늦은 시간 어느 남자 손님이 주문대로 다가와서 "여기 아메리카노를 마신 적은 없는데, 내가 원하는 블렌딩으로 만들어줄 수 있나요?"라고 묻습니다.

저는 분명하게 말씀드렸지요.

"죄송합니다. 그렇게 해드릴 수는 없습니다."

우리 카페 아메리카노 원두에 대한 자부심도 있었지만, 그라인더에 담긴 원두를 다 꺼내 그분이 원하는 원두대로 갈아드리는 것도 어려운 일입니다. 원하는 대로 만든다고 해도 로스팅도 다르고, 바리스타의 능력도 다르기 때문에 어떻게 하든 원하는 맛을 드릴 수 없습니다.

그분이 원하는 아메리카노의 원두와 배합이 우리 카페와 같다고 해도 원두의 질이 다르고, 로스터에 따라 볶는 정도에 따라 원두의 상태가 다릅니다. 또한 바리스타의 특성에 따라, 그날의 날씨와 습도에 따라 영향을 받습니다. 당신이 커피를 맛있다고 느끼는 데 변수가 너무 많습니다.

"여기 아메리카노에 어떤 원두가 들어가요?"라고 물으면 답해드릴 수는 있어요.

하지만 "어제 마신 아메리카노와 똑같이 맛있게 해주세요"라고 부탁하면 맞춰드리기 어려울 것 같아요. 당신이 맛있는 아메리카노를 마시

려면 기본적으로 신선한 원두가 있어야 하고, 블렌딩이 조화롭게 이루어져야 하고, 바리스타가 각 원두의 특성을 살린 로스팅을 할 줄 알아야 하고 머신과 원두를 이해하며 커피를 만들어야 합니다.

세상에 똑같은 아메리카노는 없습니다. 그러니까 당신의 입맛과 마음에 드는 카페를 찾아가야 합니다. 그보다 더 중요한 건 당신이 평온한 마음 상태에서 행복을 느끼며 커피를 마셔야 합니다.

그때 마시는 아메리카노는 설탕을 넣지 않아도 세상에서 가장 고소하고 달콤한 향을 풍기며 당신 마음속에 기억될 거예요.

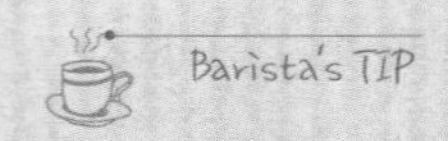

아메리카노를 많이 마신다고 너무 걱정하지 마세요

하루 6잔까지는 건강에 아무 이상이 없답니다. 미국 하버드대 보건대학원 보건영양학과 랍 밴 댐 교수 연구팀이 40, 50대 미국인 13만 명의 식생활과 사망률의 상관관계를 18~24년간 추적, 관찰하고 내린 결론이랍니다.

댐 교수는 우선 커피 소비가 전체 사망률에 영향을 끼치는지 여부를 조사했습니다. 그 결과 조사 대상자들의 커피 소비 습관과 사망률 증가 사이엔 아무 관련이 없는 것으로 밝혀졌습니다.

하루에 커피 6잔을 마신 사람도, 그렇지 않은 사람들도 사망률 변화에서 큰 차이를 보이지 않은 것입니다.

단, 너무 진하게 많이 마시지 말고, 크림이나 설탕을 많이 첨가한 칼로리 높은 커피도 피해야 합니다.

카페라떼를 마실까? 카푸치노를 마실까?

카페를 연 지 얼마 되지 않을 무렵, 손님 두 분이 따뜻한 카페라떼 한 잔과 카푸치노 한 잔을 주문합니다. 초보 바리스타는 당황하는 수밖에 없습니다.

정신 차리고 거품 잘 내야겠구나!

카페라떼와 카푸치노. '카'라는 첫 글자도 같고, 네 글자 이름도 같습니다. 이름뿐만 아니라 쌍둥이 아닐까 싶을 만큼 닮은 구석도 많은 커피입니다.

만드는 방법도 굉장히 비슷합니다. 재료도 에스프레소와 우유로 똑같습니다. 손님은 바리스타가 카페라떼와 카푸치노의 차이를 알고 있나 테스트하듯 유심히 지켜보고 있는 것 같습니다. 바리스타의 등 뒤로 식은땀이 흐릅니다.

어떤 바리스타는 카푸치노 위에 흰 눈이 쌓인 것처럼 거품을 가득

얹어주기도 하고,

어떤 바리스타는 카페라떼에 라떼아트를 예쁘게 해주고,

어떤 바리스타는 카페라떼에 초콜릿 시럽을 얹어주기도 하고,

어떤 바리스타는 아무런 꾸밈 없이 내오기도 합니다.(다만 카푸치노에는 시나몬가루를 뿌려주어 차이를 두지요.)

어떤 바리스타는 카페라떼를 큰 잔에, 카푸치노를 작은 잔에 담아주기도 합니다.

이름은 딱 두 종류밖에 없는데 카페마다 참으로 다양한 카페라떼와 카푸치노를 선사합니다. 그런데 이 안에 정답이 있을까요?

카페라떼와 카푸치노는 에스프레소 양은 똑같지만 우유와 거품의 양이 다릅니다. 카페라떼는 카푸치노에 비해 거품의 양이 절반밖에 되지 않습니다. 대신 우유 양이 많습니다. 카푸치노는 1cm 정도 되는 묵직한 거품을 맛볼 수 있습니다. 어느 드라마에서 '카푸치노 키스'라며 입술 위에 카푸치노 거품을 묻혀 로맨틱한 분위기를 연출할 수 있었던 것도 풍부한 거품 덕이었습니다.

카푸치노는 두 종류로 나뉩니다. 웻WET 카푸치노와 드라이DRY 카푸치노인데 웻 카푸치노는 에스프레소를 부은 잔에 스팀피처 그대로 부어가면서 만들고, 드라이 카푸치노는 큰 스푼으로 떠서 거품을 올립니다.

터번을 쓴 모양의 카푸치노를 기대했다가 웻 카푸치노를 보고 당황해하면서 "이게 카푸치노예요?"라고 묻는 손님도 있습니다. 거품의 양이 충분하면 카푸치노가 맞습니다. 거품 양을 어떻게 확인하느냐고요? 스푼으로 거품을 살짝 거둬 보세요. 커피가 보이는지 거품이 보이는지

확인해보세요. 그리고 당신의 입으로 들어오는 거품이 포근하고 묵직한지, 얇은 층으로 쓱 지나가는지 느껴보세요. 그것만으로도 카푸치노와 카페라떼를 파악할 수 있습니다.

시나몬이 없다고 카푸치노가 잘못 나온 것은 아닙니다. 그러니까 드시고 싶은 분은 주문할 때 꼭 확인하세요. 단골손님 중 한 분은 저희 카페에 다섯 번을 올 때까지 카푸치노에서 시나몬을 빼달라고 주문했습니다. 그때마다 "저희 카페의 카푸치노에는 시나몬 가루가 들어가지 않습니다" 하고 이야기를 해야 했죠. 그분은 시나몬 가루가 무척이나 싫었나 봅니다. 하지만 제가 보기에 좋은 자세입니다. 바리스타가 당신을 완벽하게 기억할 때까지 당신이 원하는 것을 정확하게 말해주세요.

어느 카페에는 금가루를 뿌려주는 골드 카푸치노가 있다고 합니다. 저도 무언가를 뿌려봐야겠습니다. 하긴 매일 무언가를 뿌리긴 하네요. 당신을 위한 희망 한 줌, 사랑 한 줌, 행복 한 줌, 건강 한 줌……. 이 모든 마음을 담아 카푸치노와 카페라떼 한 잔에 담아냅니다.

당신은 언제나처럼 맛있게 드시기만 하면 됩니다.

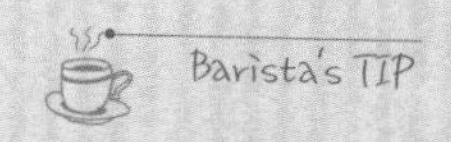

아이스 카페라떼와 아이스 카푸치노는 어떻게 다를까?

아이스 카페라떼는 거품을 내지 않고 높은 곳에서 우유와 에스프레소를 함께 떨어뜨려 섞어 만듭니다. 아이스 카푸치노는 수동 거품기로 고운 거품을 내서 얹습니다. 거품기로 거품을 만들려면 생각보다 손이 많이 가기 때문에 메뉴가 없는 카페도 있습니다.

내 커피를 고를 수 있는 권리

저도 여자이지만, 가끔 여자들이 좀 너무하다고 싶을 때가 있습니다.

젊은 남녀 커플이 오면 주문대 앞에서 메뉴를 고르는 데 시간이 오래 걸리기도 합니다.

"나 아메리카노도 먹고 싶고 카페모카도 딱 한 입 먹고 싶은데, 자기가 카페모카 시켜서 나 한 입만 줘."

"난 더치커피 마시고 싶은데……."

"다음에 마셔. 내가 카페모카도 먹고 싶어서 그래."

"그럼 세 잔 시켜."

"뭐 하러? 나 한 입만 먹고 싶다고."

"난 카페모카 별로야."

"나 사랑한다며……. 그것도 못 해줘?"

커피 한 잔에 사랑을 의심받기도 하네요.

그럼 당신은 그 남자분을 사랑하지 않아서 먹고 싶은 것도 못 먹게 하나요?

"자기, 뭐 마실 거야?"

"나 아이스 밀크티!"

"오늘 날도 찬데 무슨 아이스야? 뜨거운 거 마셔."

"싫어, 나 뜨거운 거 잘 못 마셔."

"마셔봐, 못 마신다고 정해놓지 말고."

"싫어, 나 아이스 마실 거야."

"안 된다니까. 아이스는 9월까지만 마시는 거야."

"……."

"저기요, 아메리카노하고 뜨거운 밀크티 주세요."

아이스는 9월까지 마신다는 건 어느 나라 법일까요?

당신은 겨울에 냉면 안 먹나요?

"난 캐러멜마키아토 마실 거야."

"자기야, 요즘 배 나오는데 단 거 먹으면 안 돼. 아메리카노 마셔."

"커피 마시고 운동하면 돼."

"안 마시고 운동하면 더 효과적이잖아. 꼭 마셔서 왜 피곤하게 살아. 사장님, 이 사람 배 나온 것 좀 보세요. 보기 안 좋죠? 이런 사람이 캐러멜마키아토 마신다니 말이 돼요?"

갑자기 화살이 저에게 쏟아집니다.

저는 그냥 웃지요.

별로 살쪄 보이지도 않는데 유난하다고 하면 여자분이 화낼 것이고, "그냥 편하게 여자분 말씀 들으세요" 하자니 남자분이 마음 상할 것 같습니다. 완전 중립을 지킵니다.

이런 상황을 보면 남자가 여자보다 마음이 넓은 것 같아요.

모두 여자 말을 들어줍니다.

더치커피 마시고 싶던 남자분도 여자친구에게 주기 위해 좋아하지도 않는 카페모카를 주문하고, 아이스 밀크티를 먹고 싶던 남자분도 뜨거운 밀크티를 주문하고, 캐러멜마키아토를 마시고 싶은 남자분도 아메리카노로 주문을 변경합니다.

이것이 사랑의 힘일까요?

커피 한 잔으로 분위기 잡고 행복을 느끼기 위해서 들어온 거라면 서로 행복해야 하는 것 아닌가 싶습니다.

거꾸로 생각해보아요. 내가 더치커피를 마시고 싶은데 남자친구가 카페모카를 먹으라며 사랑까지 의심한다면 어떨지……

오늘따라 속이 답답해 아이스 음료 마시고 싶은데 굳이 따뜻한 거 마시게 하면 나를 몰라준다고 섭섭하지 않을까요?

캐러멜마키아토 못 먹게 하고 건강을 위해 아메리카노를 권한다면 고맙기도 하겠지만 답답하지 않을까요?

남자와 여자, 구조가 다른 존재들이라지만 먹고 싶은 것이 있고, 연인이 자기를 그대로 받아주길 바라는 마음은 똑같습니다.

남자들에게 '커피 독립 선언문'을 만들어주고 싶습니다.

그에게 마시고 싶은 커피를 마실 권리를 주어라!

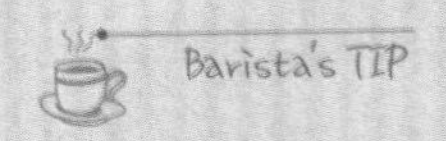

캐러멜마키아토가 건강에 미치는 영향

캐러멜마키아토는 캐러멜의 당분과 마키아토의 유지방으로 만들어져 한 잔의 열량은 320kcal(약 돈가스 한 접시)나 됩니다. 때문에 30분 이상 걸어줘야 합니다. 다이어트를 한다고 계속 굶다가 캐러멜마키아토를 드시는 여성분들도 있는데, 이 음료는 열량만 높을 뿐 영양가가 낮아서 피부와 건강에 좋지 않습니다.

하지만 정말 먹고 싶은데 참는 것은 정신 건강에 좋지 않을 수 있습니다. 정말 먹고 싶을 때 양을 조절해서 드시길 당부드립니다.

당신이 남기고 간 커피 잔을 보며 가슴이 쿵 떨어지던 때가 있었습니다.

맛이 없나? 내가 뭘 잘못 했나?

모든 게 내 책임인 것 같아 남겨진 커피를 마셔보고 싶은 욕구를 꾹 눌러 참았던 때가 한두 번이 아닙니다.

그런데 하루가 지나고 이틀이 지나고 당신과 친해져서 물어보니

오늘 커피를 너무 많이 마셔 배불러서 못 마시고,
커피가 당기지 않는데 괜히 분위기 잡으러 올 때도 있고,
오래 있으려고 아껴 마시다가 얼음에 너무 흐려지기도 하고,
갑자기 약속이 잡혀 서둘러 나가느라 커피를 두고 그냥 나가고,
같이 있던 사람이 마음에 안 들어서 커피 한 모금 마시기조차 싫고,
다른 일에 집중하다 보니 마시는 것을 잊어버려 커피가 식어버리고,

다른 카페의 입맛에 길들어 우리 카페의 커피가 흐리거나 진하게도 느껴지고,

주문한 메뉴가 이런 맛인 줄 몰랐다고(예를 들면 바닐라라떼에 커피가 안 들어가는 줄 알았다든가 녹차라떼에 녹차 파우더가 따로 있는 줄 몰랐다든가 등) 합니다.

새로 사귄 남자친구에게 너무 많이 마시는 모습을 보이고 싶지 않은 여자분도 있고, 커피를 별로 좋아하지 않는데 여자친구에게 끌려와서 커피를 주문한 남자분도 있습니다.

남겨진 커피에는 참 많은 생각들이 담겨 있네요.

제가 모르는 이유는 이보다 더 많겠지요.

내가 최선을 다해 커피를 만들었다면 그 커피에 자신감을 가져야 한다는 걸 느낍니다.

신선한 원두로 맛있는 에스프레소를 뽑고 좋은 재료로 충실히 메뉴를 만들어냈다면 나 자신을 너무 초라하게 여기는 걱정을 사서 하지 말자고 스스로를 위로합니다.

맛있게 만들어내는 것도 중요하지만, 바리스타가 커피 하나하나에 애정을 갖고 만들어 손님들 앞에 내밀어야 커피의 맛도 더 살 것이라고 믿습니다.

커피를 내밀기도 전에 '저 사람이 이 커피를 싫어하면 어쩌지?' 속으로 걱정하며 수줍게 들고 가기보다 '저 손님은 내 마음을 알아주고 맛있게 마셔줄 거야'라고 자신 있게 다가가 내려놓겠습니다.

"커피 맛 어떠셨어요?"

맛없다고 할까봐 꺼내놓기 가장 어려운 말이지만 마음 다잡고 묻겠

습니다.

솔직하게 말해주세요

그러면 다음에는 더 맛있는 커피를 드실 수 있을 거예요.

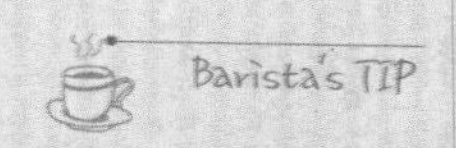

커피로 보는 성격 테스트

영국의 심리학자 라마니 두바술라(Ramani Durvasula)는 특정 커피를 선택하는 행동에서 그 사람의 성격을 예측할 수 있다는 연구 결과를 발표했답니다. 박사는 커피를 좋아하는 1,000명의 행동과 습관을 연구하고 조사한 다음 그들의 성격을 내성, 외성, 완벽주의, 우호, 예리한 관찰력, 예민 등 7가지 조건을 두고 나누었습니다.

1. 블랙커피를 좋아하는 당신

완벽주의자의 성향. 간단한 삶을 선호합니다. 하지만 속내를 헤아리기 어렵고 인내심이 부족하고 고집이 셉니다.

2. 카페라떼를 좋아하는 당신

남을 만족시키는 것에 행복을 느끼는 스타일. 남을 잘 챙기고 봉사정신이 높지만 정작 자기 자신은 잘 챙기지 못합니다.

3. 카푸치노를 좋아하는 당신

지배 욕망과 표현 욕망이 풍부합니다. 건강에 대해 지나치게 예민하고 신중한 스타일.

4. 인스턴트 커피를 좋아하는 당신

자판기나 편의점에서 즉석 커피를 자주 마시는 사람은 비교적 게으르고 시간 개념이 부족한 경향이 있습니다.

5. 아이스 베리에이션 커피

사회성이 대담하며 생각이 기발합니다. 종종 무모한 도전을 하지만, 패션 감각이 뛰어납니다.

두바술라 박사의 '커피의 취향을 통해본 성격테스트'는 별자리 점을 치는 것과 비슷하다고 할 수 있습니다. 많은 사람들에게 통할 수 있지만 모든 사람에게 통용할 수 없습니다.

with coffee

커피에 설탕을 넣어 마시는 당신에게

우리 부부에게는 카페 경영자로서 치명적인 단점이 있습니다. 몇몇 친한 사람들만 아는 건데, 이 자리를 빌려 고백하려고 합니다. 저희는 커피라면 무엇이든 생산지는 따지지 않고 몽땅 좋아하는데, 단것초콜릿, 사탕, 젤리 등이라면 무엇이든 따지지 않고 입에도 잘 대지 못하는 입맛의 소유자들입니다. 남들은 스트레스 받을 때 초콜릿을 먹으면 스트레스가 풀린다는데, 저는 초콜릿이 입에 들어가면 스트레스 지수가 더욱 올라갑니다. 이런 제가 카페모카, 캐러멜마키아토를 팔아야 하는 것 자체가 아이러니한 일일지도 모르겠네요.

그렇다고 설탕, 시럽을 넣지 않은 음료만 파는 '논슈가none-sugar 카페'를 만들 수도 없는 노릇입니다. 어쨌든 손님들에게 카페모카, 캐러멜마키아토를 대접해야 했습니다. 사실 카페를 열기 전 메뉴를 일일이 만드는 연습을 할 때도 단 음료를 만드는 건 가장 큰 스트레스였습니다. 조금만 마셔보려고 입에 넣어도 제 입맛에는 무지하게 달아서 먹을 수가 없었습니다.

제 남편은 저보다 더합니다. 카페를 준비하면서 설탕을 주문하는 저를 보더니 "카페에 시럽만 있으면 됐지, 굳이 설탕도 사야 돼?"라고 물어볼 정도였습니다.

카페의 메뉴에 있는 커피를 만들고 맛도 보지 않고 손님들에게 내드릴 수도 없는 일. 고민이 점점 쌓여가는데, 구세주가 나타났습니다. 세상에 단 하나뿐인 우리 아가씨. 제가 내린 커피가 세상에서 가장 맛있다고 늘 용기를 주는 아가씨가 짠 하고 나타났습니다. 혼자도 아닌 서방님과 함께! 두 사람은 프랜차이즈 카페에서부터 개인이 운영하는 카페까지 안 다닌 곳 없는 훌륭한 모니터요원이자 단맛의 귀재들이기에 테스터로서 손색이 없었습니다. 바닐라라떼부터 카페모카, 캐러멜마키아토, 핫초코 등 시럽과 소스가 들어가는 모든 음료의 맛을 봐주며 저의 혀와 입이 되어주었습니다. 그 덕에 한 달 동안 메뉴 레시피를 완성할 수 있었습니다. 하루에 여러 잔씩 밥맛도 없을 만큼 먹어준 우리 아가씨. 그 때문에 다이어트에 실패했다는 후문도 들었습니다. 아가씨 덕에 손님들에게 부끄럽지 않은 베리에이션 커피를 대접할 수 있었습니다. 하지만 산 넘어 산이었습니다. 또 다른 문제를 마주하게 되었습니다. 아이스 커피류에 처음부터 시럽을 넣고 만들어달라는 손님, 카페라떼의 라떼아트를 망가뜨리기 싫다며 처음부터 시럽을 넣어 만들어달라는 손님이 생겨났습니다. 아니, 커피와 우유 자체로도 맛있는데, 설탕이나 시럽을 넣어서 맛을 바꾸는 걸까? 그 당시에는 이해를 못했습니다.

돌이켜보면 저는 설탕은 곧 촌스럽다고 여기는 어리석은 사람이었습

니다. 그런데 저만 그렇게 생각한 건 아니더군요. 카페 운영한 지 얼마 안 된 때부터 자주 찾아와줘서 늘 고마운 세 사람이 있습니다. 민영 씨와 준영 씨, 형민 씨인데요, 아침 일찍 카페 문이 열리기를 기다려주는 열혈가족입니다. 민영 씨와 준영 씨는 항상 아메리카노를 마시며 커피가 맛있다고 저희 부부에게 격려를 아끼지 않습니다. 헌데 형민 씨의 메뉴는 두 사람과 다릅니다. 겨울에는 핫초코, 여름에는 스트로베리스무디를 마셨습니다. 그런 형민 씨를 두고 민영 씨와 준영 씨는 언제 서울 사람 될 거냐고 놀렸습니다.

커피는 기호품이라 내가 좋아하는 커피를 다른 사람이 좋아하라는 법도 없고, 취향은 서로 다를 수밖에 없습니다. 각자의 취향에 맞게 즐길 수 있는 건데, 우리는, 특히 저는 지극히 개인적인 취향을 손님에게 강요하고 있었던 겁니다. 제가 레시피에 맞춰 맛있게 만들어 주면 그 위에 설탕을 뿌리든 소금을 뿌리든 고춧가루를 뿌리든 손님의 개성을 인정하고 상관하지 말아야 하는데 말입니다.

멀리 찾을 필요도 없습니다. 제 남편은 모든 국과 찌개에 청양고추와 후춧가루를 듬뿍 넣어야 합니다. 국을 다 마시고 남은 그릇을 보면 바닥에 후춧가루가 깔려 있을 정도입니다. 그만큼 입맛이 자극적인 사람입니다. 예전에 샤브샤브 전문점에서 음식을 먹는데, 종업원 아주머니가 남편이 청양고추보다 몇 배나 매운 고추를 세 접시 이상 넣는 것을 보곤 신기해하며 〈화성인 바이러스〉라는 TV 프로그램에 출연해보라는 권유를 하시더라고요. 이렇듯 음식을 먹을 때 후춧가루를 더 찾고, 고춧가루를 더 달라는 남편이 제 눈에 하나도 이상하지 않듯 카페에서 커피에 설탕을 서너 스푼씩 넣는 것도 개인의 취향입니다.

모든 사람이 만족할 수 있는 음식은 없습니다. 단것을 좋아하는 사람들의 '달다'는 정도의 차이가 어마어마합니다. 비단 단맛뿐 아니라 신맛을 좋아하는 손님도, 쓴맛을 좋아하는 손님도 기준은 제각기 다릅니다. 입맛의 기준은 참으로 다양합니다.

일주일에 한 번씩 아드님과 함께 저희 카페를 찾는 남자 손님이 불현듯 떠오릅니다. 그분과의 첫 만남을 잊을 수 없습니다. 카페에 들어오자마자 메뉴판은 보지도 않고 가장 신 커피를 달라고 하시더군요.

깜짝 놀라서 신 커피를 찾는 게 맞냐고 제가 되물었습니다. 지금껏 연한 커피, 구수한 커피, 부드러운 커피를 달라는 손님들은 많았지만, 신 커피를 달라는 분은 처음이었거든요. 핸드드립 커피 중 에티오피아 시다모를 권해드렸습니다. 신맛을 충분히 느낄 수 있으면서도 가볍고 화사한 커피인데, 왠지 이분의 입맛에 맞을 것 같았습니다. 제 예상은 적중했고, 지금도 일주일에 한 번씩 꼬박 찾아오면서 늘 신 커피를 달라고 합니다.

얼마 전 그분이 시다모에 식초를 넣으면 더 맛있지 않겠냐고 말씀을 하셨습니다. 그래서 식초는 없고, 레몬즙은 있다고 했더니 레몬과 식초는 신맛이 다르다며 싫다고 하시더군요.

사람의 입맛은 참으로 다양합니다. 전 커피를 잘 알고 좋아하는 사람은 설탕을 싫어하지 않을까 생각했습니다. 제 선입견을 깨준 분은 저의 '커피 멘토', 김상현 선생님이었습니다.

김 선생님은 에스프레소에 설탕을 넣고 젓지 않고 마시면 조금씩 단맛이 진해져 맛있게 즐길 수 있다는 걸 알려주고, 더치커피에 시럽을 넣어 마시라고도 권합니다. 핸드드립을 진하게 내리면 인상을 찡그리며 너

무 진하다고도 말씀하시고요. 로스팅을 한 지 20년 넘은 분이 커피에 설탕을 넣어 마신다는 건 저에게 참 놀라운 일이었습니다. 커피를 좋아하는 말이 블랙커피를 좋아하는 말이 아니라는 걸, 이 세상에 블랙커피만 있는 건 아니라는 걸 새삼스레 깨달을 수 있었습니다.

모든 음식이 그렇듯 내 입맛에 맞게 맛있게 먹고 마시는 것이 중요합니다. 아무리 친구들이 촌스럽다고 놀려도, 바리스타가 의아한 눈으로 바라봐도 당당하게 설탕 넣고, 시럽 넣어 맛있게 드세요. 건강에 문제가 없다면 당신에게는 커피를 맛있게 마실 권리가 있습니다. 당신이 지불한 커피 값에는 설탕과 시럽도 함께 포함되어 있습니다. 설탕을 넣어 먹는 건 세련됨과 촌스러움으로 평가받아야 할 문제가 아닙니다. 지극히 개인적인 취향입니다. 남들의 시선을 신경 쓰면서 쓴 커피를 억지로 넘기지 마세요.

이야기를 마무리 짓기 전에 여러분께 드릴 말씀이 있습니다. 친구들이 아무리 놀려도 꿋꿋하게 스트로베리스무디를 고집하던 형민 씨가 어느 날부터 아메리카노, 카푸치노를 찾기 시작합니다. 처음에는 설탕 한 스푼을 넣더니 이제 설탕를 넣지 않은 순수한 아메리카노를 남김없이 다 마십니다. 사랑에 빠진 것입니다. 여자친구에게 멋있게 보이기 위해 커피를 마시기 시작했답니다. 사랑은 개인의 취향마저 뛰어넘을 만큼 위대한 감정인 것인지, 사랑이 너무 달콤해서 커피의 쓴맛을 녹여주는 것인지 혹은 사랑이 너무 써서 커피의 쓴맛 따위는 비교할 수 없는 것인지…… 사랑에 빠진 당사자만이 알고 있겠죠. 어쨌든 커피의 세계에 빠진 건 두 팔 벌려 환영할 만한 일입니다. 웰컴, 커피 월드!

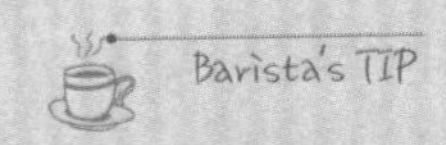

뜨거운 커피와 설탕 즐기는 방법

아메리카노: 커피의 단맛을 더하는 시럽은 커피에 잘 녹아들어가기 위해 설탕과 물이 섞여 있습니다. 뜨거운 커피에 섞으면 커피 농도가 옅어질 뿐 아니라 순식간에 온도가 낮아져 맛이 떨어질 수 있습니다. 커피에 달콤한 맛을 더하고 싶으면 시럽 대신 설탕을 넣는 것이 좋습니다.

카푸치노: 거품을 얹은 커피에 설탕을 넣고 싶으면 컵 가장자리에 넣어주세요. 커피스틱을 이용해 잘 저어주면 거품이 헝클어트리지 않고서 달콤한 커피를 마실 수 있습니다. 카푸치노의 우유거품 위에 설탕을 고루 뿌리면 거품 위에 얹어진 설탕이 입안에서 씹혀 새로운 맛을 즐길 수도 있습니다.

저는 학창시절부터 커피 때문에 엄마에게 잔소리를 꽤 들어왔습니다. 용돈의 반 이상이 커피 값으로 들어갔으니 엄마 입장에서는 도저히 이해하기 어려운 딸이었습니다. 부모로서 당연히 걱정이 들었겠지만, 결론적으로 지금 그 덕에 커피로 밥벌이를 하고 있으니 절반 이상 커피에 들어간 용돈은 먼 훗날을 위한 투자였지, 낭비나 사치가 아니었다고 큰소리 칠 수 있습니다.

물론 학생은 학생답게, 자식은 자식답게 본분을 지켜야 합니다. 하지만 기본적인 도리를 다한 다음 하는 행동은 큰마음으로 이해해주시면 좋겠습니다. 대학생이었던 그때 엄마가 걱정하시는 이유는 저도 잘 알았지요.

사 먹는 데 돈 쓴다고 뭐라 하는 게 아니다, 술 담배 안 해서 좋다만, 카페인도 많아서 잠도 제대로 못 자게 하는 커피가 뭐가 좋다고 하루에 몇 잔씩 사 먹는 거냐, 건강을 생각해서 밥을 제대로 사 먹고, 마시더라도 차나 주스를 마셔라, 정 커피를 마시고 싶으면 원두를 사다가 집에서 이틀에 한 번씩 내려 마셔라.

구구절절 맞는 말씀입니다. 그런데 부모님도 젊은 시절 푹 빠져서 쉽게 나오지 못한 것 하나는 있을 거예요. 이 남자혹은 여자 아니면 안 되는 것처럼 혹은 세상에 많고 많은 직업 중에 이거 아니면 안 되듯 혹은 수많은 취미활동 중에 이것 아니면 안 되는 것이 있습니다. 저에게 커피가 바로 그것이었습니다.

커피가 그렇게도 좋아 낯선 카페를 여행하듯 돌아다니던 그 시절, 1990년대 초부터 2013년 중반까지 저는 전국의 유명 카페를 찾아다녔습니다. 맛있다는 이야기만 들으면 비가 오든 눈이 오든 나오기 싫다는 친구와 억지로 약속을 잡고 친구 커피 값까지 내주는 한이 있더라도 기어이 카페를 찾아가 커피를 마셔야 했습니다. 카페 안에서 커피에 대해 이야기를 한바탕 쏟아내고, 커피를 음미하며 카페를 둘러보는 게 어찌나 재미있는지. 스트레스는 커피 향과 함께 멀리멀리 날아갔습니다.

그랬던 제가 커피집 주인이 되었습니다. 그리고 저와 같이 커피에 대한 관심이 지극한 손님들 때문에 간혹 스트레스를 받고 있습니다. 커피에 대한 열정이 넘치고, 사랑이 가득한 손님을 마주하는 건 행복합니다. 하지만 드립 물줄기 하나하나 심사하듯 주시하고, 쉴 새 없이 휴대폰 카메라 버튼을 누르고, 내린 커피를 맛보며 점수를 매기는 듯한 표정을 보면 저도 모르게 긴장을 하게 됩니다. 평소에 하지 않는 실수를 저지르기도 합니다.

손님이 편안하게 즐겨야 바리스타도 실력이 발휘될 수 있다는 걸 이제야 깨닫다니 정말 사람은 그 입장이 되어봐야 깨닫게 되는 존재인가 봅니다.

어쨌든 저는 행운아가 틀림없습니다. 우리나라 커피의 역사에 의미 있는 격동기에 커피와 관련된 일을 하게 될 역사적 사명을 띠고 이 땅에 태어났다고 스스로를 자부합니다.

제가 유년기를 보낸 1970년대에 우리나라는 '맥스웰하우스'라는 인스턴트커피와 프리마가 만들어지면서 다방 문화의 발전을 재촉했습니다. '음악다방'이란 것도 생기고, 'DJ'라는 직업도 탄생했습니다. 자판기 커피도 만들어져 동전 하나만 넣으면 커피를 마실 수 있게 되었습니다.

1980년대 올림픽을 치르며 처음으로 압구정동에 '쟈댕'이라는 커피 전문점이 문을 열었을 때 저는 당연히 찾아갔고, '도토루커피'가 종로에 문을 열었을 때도 찾아갔습니다. 시애틀에 있는 스타벅스를 찾았다가 이런 카페가 우리나라에 생기면 정말 인기 많겠다 싶었는데, 그런 생각은 나만 한 게 아닌지 1999년 학교 앞에 스타벅스 1호점이 문을 열더군요. 제가 부랴부랴 찾아간 건 당연한 일이었습니다.

명동, 강남역, 압구정, 대학로, 삼청동 등 괜찮은 카페만 있다는 이야기만 들으면 홀린 듯이 찾아다녔습니다. 아쉬운 점은 그 시절에는 휴대폰이나 디지털카메라가 유행하기 전이어서 추억을 남기는 일이라곤 마음먹고 집에서 필름카메라를 챙겨와 친구와 사진을 찍거나 카페의 방명록에 이름을 남겨놓거나 혹은 카페의 이름이 적힌 성냥갑을 가져오는 것뿐이었습니다. 필름카메라는 필름 한 통을 찍어야 인화가 가능했습니다. 또한 개중에는 눈 감은 사진, 초점이 흔들린 사진, 역광으로 시꺼멓

게 나온 사진도 있어서 속이 상했습니다. 이렇듯 아까운 필름으로 먹을 것을 찍는다는 건 상상조차 할 수 없었습니다.

지금도 그 시절이 간혹 생각납니다. '카페 라리'에서 스트로베리케이크와 스트롱커피를 먹으면서 굉장한 대접을 받는 느낌이 들었고, 혜화동에 있는 '학림다방'의 모든 커피가 핸드드립이란 사실에 놀라워했고, 명동의 '전광수 커피'에 찾아갈 때마다 발전해가는 모습을 신기하게 바라보았고, 압구정 한복판에 조그맣게 자리 잡은 '허형만의 압구정커피집'이 세월이 지나도 꿋꿋하게 자리를 지켜나가는 모습이 반가웠습니다.

이렇듯 제 머리와 가슴에 남아 있는 커피집의 기억을 제대로 남길 수 없다는 건 너무 한스럽습니다. 라면상자에 모아놓은 성냥갑도 엄마가 발견하고는 불이 날 수 있다며 갖다버리고 없습니다. 머릿속에 남아 있는 건 느낌과 이미지뿐입니다. 카페가 자리 잡은 동네, 그곳에서 마신 커피 그리고 액세서리는 기억에 또렷한데, 그 집 이름이 생각이 나지 않네요.

주문하면 은쟁반에 커피를 받쳐다 주던 분당에 있던 카페도 없어져 찾아볼 수 없고, 모카 카리엔디 커피를 처음 마셨던 건국대학교 앞 카페거리의 카페 이름도 생각나지 않습니다.

이후 저는 간판도 찍고, 카페의 주요 이미지도 남겨놓고, 배울 것이 있거나 신기한 카페는 찾아가 리포트로 정리해놓기도 했습니다. 이렇게 만들어놓은 자료는 카페를 차릴 때 많은 도움이 되었어요. 정말 귀찮을 땐 그 집 커피 맛에 대해서 간단하게 일기로 남겨놓았습니다. 문득 초등학생 때 왜 독후감 숙제가 있었는지 알 것 같더군요. 사람의 기억이란 영원하지 않아서 정말 재미있게 읽은 책인데도 주인공 이름이 생각나지 않을 때도 있고, 결말이 어땠는지도 기억나지 않습니다. 하지만 생각을 정리해 써놓으면 기억력이 세 배 이상 향상되는 것 같아요.

커피 노트를 써놓는 것도 커피와의 추억을 오랫동안 진하게 기억하게 되는 좋은 방법 같습니다. 그래서 좋았던 카페는 한 번 더 가게 되고, 안 좋았던 카페는 다시 안 갈 수 있게 되죠.

제 카페가 손님들이 좋은 추억을 더듬어 찾아올 수 있는 곳이 되었으면 좋겠습니다. 그러기 위해서 지금보다 더 많이 노력해야겠죠.

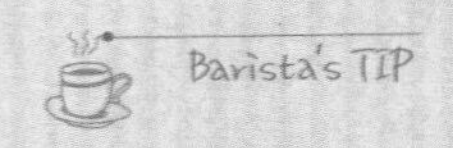

핸드드립 테이스팅 노트
인도네시아 수마트라 블루바탁 – G1

느낌: 인도네시아 만델링 커피에 좋지 않은 기억이 많아 원래 이쪽 커피는 즐기지 않았다. 생두 상태는 벌레 먹은 것투성이고, 쓴맛의 대명사에 잡맛이 많이 느껴져 맛있다는 느낌이 전혀 없었다. 헌데 커피 칭찬에 인색한 김 선생님께서 한번 맛보라고 권하셨다. '로스팅 해도 다를 것 없을 텐데' 하며 맛보게 된 커피는 '이거 인도네시아 만델링 맞아?' 싶을 만큼 신기하고 놀라웠다.
맛과 향이 입안으로 들어왔을 때 견과류의 맛이 뚜렷하게 느껴진다. 뒷맛도 다크초콜릿와 블루베리의 맛이 감돈다. 달콤하지는 않지만 은은한 풍미로 이 커피를 기억하게 될 것 같다.
마른 커피가루의 향에서도 견과류의 향, 흙내음은 물론 시나몬 향까지 느껴진다.

바디: ☆☆☆☆☆

신맛: ☆☆☆

단맛: ☆☆☆

쓴맛: ☆☆☆

밸런스: ☆☆☆☆

- **로스팅 포인트:** 시티와 풀시티 중간쯤으로 2차 팝이 일어난 다음 곧 빼주면 될 것 같다.

- **한 줄 메모:** 정녕 인도네시아 만델링이 맞단 말이냐? 한동안 너한테 빠져 있을 듯!

미국스페셜티커피협회SCAA에서 평가하는 11가지 요소
(커피의 향미를 심사하여 최고급 원두를 찾아내고, 등급을 나눔)

1. **Fragrance:** 커피가루가 마른 상태에서의 향을 뜻합니다.
2. **Aroma:** 물에 젖은 상태의 향을 뜻합니다.
3. **Acidity:** 한 모금 들이켰을 때 가장 먼저 감지되는 항목입니다. 긍정적인 평가는 'Brightness', 부정적인 평가로 'Sour'로 표현됩니다.
4. **Body:** 입안에서 느껴지는 음료의 촉감으로 혀와 입천장 사이에서 느껴지는 농후함의 정도를 표시합니다. 대개 바디가 무거우면 높은 점수를 받지만, 가볍더라도 상큼하고 기분 좋은 느낌을 주면 높은 점수를 받을 수 있습니다.
5. **Flavor:** 미각적인 모든 느낌과 입에서 코에 이르는 향의 총체적인 인상을 의미합니다. 커피의 향인 'Fragrance', 'Aroma' 그리고 처음 느껴지는 산미인 'Acidity'가 커피의 첫 인상이라면 그다음에 오는 것이 커피의 가장 핵심적 특성인 'Flavor'입니다.
6. **Sweetness:** 커피의 단맛인 Sweentness는 소프트드링크를 마실

때처럼 확연하게 드러나지는 않습니다. 쌀밥을 오래 씹으면 느낄 수 있는 탄수화물의 감칠맛을 생각하면 쉽게 이해할 수 있습니다.

7. **Clean Cup:** 처음부터 끝까지 커피가 얼마나 부정적인 느낌 없이 산뜻한가에 대한 평가입니다.

8. **Balance:** 다양한 종류의 향미가 서로 얼마나 조화를 이루고 있는가에 대한 평가입니다. 어떤 특정한 맛이 결여되거나 두드러지면 점수가 깎이게 됩니다.

9. **Aftertaste:** 커피를 삼키고 난 후 긍정적인 향미가 얼마나 오래 입안에 머무는가에 대한 평가입니다. 기분 좋은 뒷맛으로 생각하면 이해가 쉽습니다.

10. **Uniformity:** 여러 컵에 담긴 한 종류의 커피가 얼마나 균일한 맛이 있는지를 평가합니다.

11. **Overall:** 커퍼(커핑 하는 사람)의 개인 견해가 반영될 수 있는 항목으로 개개항목에서 충분한 점수를 얻지 못했다고 판단되면 약간의 가산점을 줄 수 있습니다.

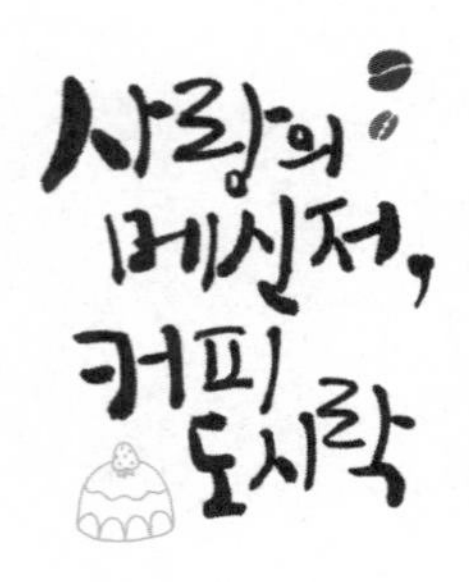

지금 우리 부부는 함께 일하고 있습니다만, 카페를 운영하기 전 남편이 회사에 다닐 때는 아침마다 도시락을 정성껏 싸주었습니다. 요리책에 나올 법하게 검은콩으로 하트를 만들거나 볶음밥에 케첩으로 하트를 뿅뿅 날리지는 못했습니다. 새로 지은 밥 한 톨 없는, 세상에서 단 하나뿐인 도시락! 핸드드립 커피를 매일매일 보온병에 담아 보내는 것이 '아내표 커피 도시락'이었습니다.

어쩌면 남들 눈에는 메인은 없고 디저트만 보낸, 매우 성의 없는 도시락처럼 보였을지도 모릅니다. 하지만 제게도 사정은 있었답니다. 아침부터 점심까지 회사 구내식당에서 매일 식사를 할 수 있기 때문에 제가 굳이 나서서 따로 싸 보낼 필요는 없었거든요.

그렇다고 정성이 떨어지지 않았습니다. 밖에서 남들과 똑같은 밥은 먹더라도 똑같은 자판기 커피는 먹일 수 없어 핸드드립으로 매일 다른 신선한 원두로 사랑을 팍팍 담아 천천히 드립을 하며 남편의 안녕과 행복을 기도하는 마음으로 내렸으니까요.

보온병에 커피만 보내기는 허전해 보여 쪽지편지를 써서 붙였습니다. 어느덧 도시락과 쪽지편지는 매일 이어졌고, 남편이 회사를 그만둘 때까지 쭉 계속되었습니다. 편지에는 하고 싶었던 이야기, 사랑한다는 말, 오늘 더 멋있어 보인다, 당신이 최고다, 당신 없는 하루는 참 길다 등 낯간지러워 대놓고 할 수 없는 말도 썼고, 미안하다는 말, 섭섭한 일도 조금 이야기하고, 오늘 내 기분을 전하기도 하고, 좋은 문구를 찾아두었다가 옮겨 적기도 하고, 커피 맛에 대해 설명해주기도 했습니다. 아침부터 저녁까지 떨어져 지내는 동안 커피 한 잔 마시며 떨어져 있는 마누라를 생각해달라는 의미에서 시작했는데 연애편지 쓰는 느낌도 들고 좋더라고요.

단 한 번도 답장하지 않는 남편이 가끔은 얄밉기도 하고, 늦잠 자서 한두 번 커피 도시락을 못 싸 보내도 "괜찮아, 사 먹으면 되지" 하는 남편에게 사 먹는 커피랑 똑같냐며 투덜거리며 섭섭해하기도 했습니다.

정말 뒤 남편의 회사 직원들이 저희 집에 놀러 와서 푸념을 쏟아냅니다.

"형수님, 저 장가가고 싶어 죽겠어요. 너무 하시는 거 아니에요?"

왜 그러냐고 물으니 기다렸다는 듯이 응답합니다.

"형이 회사 오면 커피 자랑하고 편지 자랑하느라 입이 귀에 걸려요."

"한번은 형수님 아프다고 편지 못 받았다며 얼마나 허전해하던지……."

"형수님, 형이 형수님 편지에 쓴 말 읊어주며 부인한테 이런 대접 받

는 사람이라며 어찌나 뿌듯해하는지 아세요?"

그 자리에서 한참 동안 커피 도시락 이야기를 들었습니다. 남편은 언제 그랬냐며 애들이 괜히 장난치는 거라고 하는데, 얼굴이 빨개집니다.

혼자 보라고 썼는데 소문까지 냈냐며 창피한 마음에 남편을 흘겨보지만, 마음이 뜨끔해졌습니다.

아, 당신 속마음은 커피 도시락을 기다렸군요. 커피 도시락이 당신 마음에 닿아 있었군요.

갑자기 코끝이 시큰거리며 눈에 눈물이 그렁그렁. 겉으로 보이는 남편의 모습만 보며 섭섭해하고, 속상해했던 게 부끄럽습니다. 가끔 커피 도시락을 싸주지 못한 것도 미안합니다.

지금 당신만의 커피 도시락은 만인의 커피가 되어버렸네요. 카페를 차린 이후로 당신만을 위한 보온병 커피와 쪽지 편지를 전해주지 못해 미안합니다.

카페를 한다고 커피를 주문받고 내리다 보니 그럴 틈이 없는 걸 당연하게 여기고, 당신도 더 이상 바라지 않을 것 같았는데, 가만히 생각해보니 마누라 사랑을 빼앗긴 것 같아 당신이 섭섭해할 것 같습니다.

내일은 출근하자마자 당신 텀블러에 당신이 좋아하는 케냐AA 핸드드립 커피를 내려 편지와 함께 전하겠습니다.

예전처럼 매일매일 커피 도시락을 주겠다는 약속을 할 수 없지만, 예전보다 더욱 많이 사랑하겠다는 약속은 할 수 있습니다.

남자친구나 여자친구에게 가져다주려고 커피를 가져가는 손님들이 있습니다. 짙은 커피 향으로 마음을 전할 수 있지만, 간단한 손편지에 당신의 마음을 전하면 감동이 두 배가 됩니다. 메모지가 없다면 컵홀더

에라도 몇 자 적어주세요.

커피 맛은 더욱 진하게 느껴질 테고, 받는 분의 마음은 말하지 않아도 감동으로 가득할 거예요.

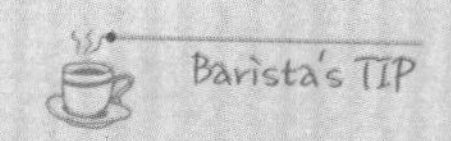

테이크아웃 커피 맛있게 마시는 법

최대한 빨리 마실 수 있는, 가까운 카페에서 커피를 구입하세요. 맛있는 커피더라도 식어버리면 그 맛을 느낄 수 없습니다. 커피는 섭씨 70도일 때 가장 이상적인 맛을 느낄 수 있습니다. 커피 잔도 예열되어 따뜻해야 하는데, 종이컵이나 플라스틱 1회용 잔에 마시면 종이와 플라스틱 냄새가 섞여 맛이 떨어질 수 있습니다. 텀블러를 따뜻하게 예열해서 그 안에 커피를 넣어 드세요. 환경도, 맛도 살아납니다.

시럽이 들어 있는 베리에이션 음료는 잘 저어 드세요. 옮기는 동안 시럽 따로, 커피 따로, 우유 따로 분리될 수 있습니다. 잘 저어서 조화로운 맛을 입안 가득 느껴보세요.

TRUBROWN
makes
gay dogs
gayer!

STELLA ARTOIS
HET bier
la grande
bière!
Stella
Artois

Paderborner
DOPPELBOCK
das Bier,
bei dem sogar der Schaum schmeckt

BURTON BRIDGE BREWERY
The Brewers on the Bridge

THINK

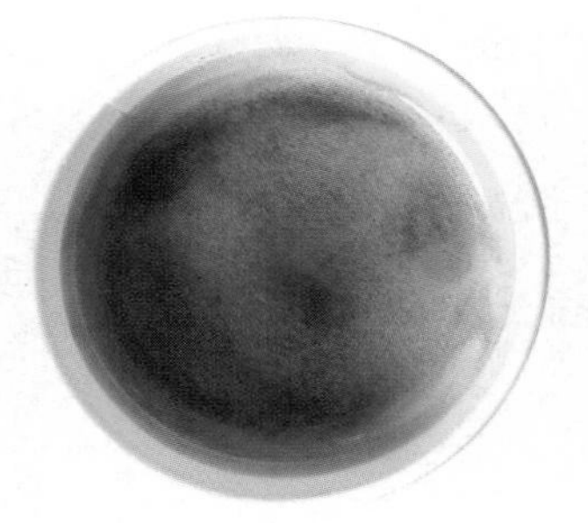

GORDON
HIGHLAND
SCOTCH ALE

FINE FARE LIMITED · WELWYN GARDEN CITY · HERTFORDSHIRE · INGREDIENTS · CHEESE · NON FATTY MILK SOLIDS · BUTTER · EMULSIFYING SALTS
FINE FARE
cheese spread
6 PORTIONS
3 OZ NET

LEA & PERRINS
TOMATO
JUICE COCKTAIL
AND ALL FRUIT JUICES

Bubble
up
kiss-of lemon-kiss of lime

당신의 자리로 모실게요

3부

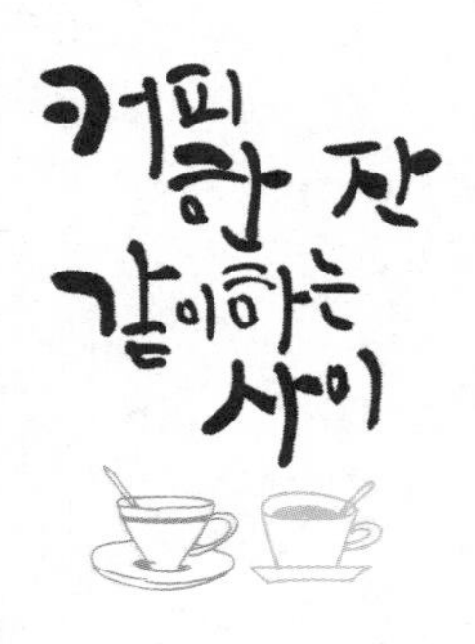

누군가를 기다리는 당신. 화사한 립스틱 색깔과 평소 안 신던 하이힐을 보아하니 남자친구가 생겼나 봐요. 혼자서 커피 마시며 책을 보던 멋있던 당신이 오늘따라 아름다워 보입니다. 누가 나타날까 저도 기다려집니다.

누군가를 기다리는 당신을 보고 있으면 저도 덩달아 행복해지고, 긴장되고, 가끔은 불안해지기도 합니다. 카페에 늘 좋은 만남이 있는 건 아니니까요. 그래도 오늘만은 당신이 정말 좋은 사람과 행복한 시간을 보내길 바랍니다.

당신에게 커피 한 잔 같이할 수 있는 사람, 그런 사람이 많았으면 참 좋겠습니다. 저는 그런 사이가 참 좋습니다.

"커피 한 잔 할래?"

그 때문인지 저는 좋아한다는 말보다 이 말이 더 듣기 좋습니다. 제가 아메리카노를 좋아하는지, 더치커피를 좋아하는지, 에티오피아 예가체프 핸드드립 커피를 좋아하는지 전혀 알지 못해도 커피 마시러 가자는 사람이라면 마냥 반갑습니다.

커피 한 잔 하자는 말은 "술 한 잔 할래?", "밥 먹으러 가자!"라는 느낌과는 전혀 다른 마음을 느끼게 합니다. 제가 지금 기쁜지, 슬픈지, 외로운지, 바쁜지 모르고 그저 무심코 한 말일지 몰라도 저에게는 다른 이에게 제 마음을 들켜버린 것처럼 뜨끔할 때도 있습니다. 기쁠 때는 축하해주는 것 같고, 슬플 때는 위안을 받는 것 같고, 외로울 때는 친구가 되어주겠다는 뜻 같습니다.

"맛있는 거 마셔" 하며 저에게 선택권을 주면 전 언제나 핸드드립 커피를 고릅니다. 핸드드립 커피가 없으면 아메리카노를 고르는데, "비싼 거 마시지……. 달달한 거 안 땡겨?" 하는 질문을 받기도 합니다.

전 아메리카노가 제일 맛있다고 답합니다. 저에게 비싸고 가장 달콤한 건 함께 커피를 마시자고 한 당신의 마음입니다.

케이크 먹어라, 허니브래드 먹어라, 사이드 메뉴까지 사주려고 하는 당신. 달콤한 커피를 마시고 싶으면, 사이드 메뉴를 드시고 싶으면 주문하세요. 저에게 필요한 건 당신과 마시는 커피 한 잔이면 충분합니다.

커피 한 잔 같이하는 사이…….

어떤 이와는 비즈니스 때문에 아는 사이이고, 어떤 이와는 아직 덜 친한 사이이고, 어떤 이와는 세상에서 가장 어려운 사이일 수도 있을지 모르겠지만, 저에게는 세상에서 제 마음을 가장 잘 알아주는 '절친' 같은 사이입니다.

술 한잔 하자는 말을 들으면 '심각한 일이 있나, 아님 나한테 딴생각이 있나?' 하는 생각이 들고, 밥 같이 먹자는 말을 들으면 '내가 배고파 보이나? 어딘가 기운 없어 보이나?' 하며 나를 돌아보게 되는데, 커피 한 잔 하자는 말은 시간에 구애받지도 않고 마음의 벽도 치지 않게 해서 참 편안해집니다.

술기운을 빌어서 하는 말은 하지 말아야 할 말까지 꺼내게 해서 후회를 남기게 되고, 커피 기운에 하는 말은 해야 할 말을 빼놓지 않게 해 깔끔함과 개운함을 선사합니다. 밥 한 공기 다 비우면 배불러 아무것도 하기 싫어지지만, 커피 한 잔을 비우면 마음의 근육까지 다 깨워놔 무엇을 하든 어딜 가든 발걸음이 가벼워집니다.

봄에 마시는 커피는 나비처럼 살랑거리는 내 마음을 다스려주고, 여름에는 지친 내 몸속에 기운을 북돋워주고, 가을에는 단풍빛 향기를 더해주고, 겨울에는 마음까지 꽁꽁 얼어붙은 나를 녹여줍니다. 그 커피와 당신이 함께한다면 저는 세상에 부러울 게 없는 사람입니다.

커피 한 잔 하자는 말은 저에게 행복을 더하자는 말과 같습니다. 저에게도 커피 한 잔 같이하자고 말할 수 있는 사람이 많았으면 참 좋겠습니다. 아니, 기쁘거나 슬퍼 보이거나 외로워 보이는 그것도 아니라면 제가 필요해 보이는 누군가에게 커피 한 잔 같이하자고 마음을 내밀 수 있는 사람이 되어야겠습니다.

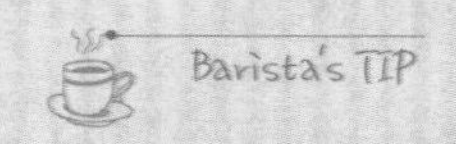

바흐의 「커피 칸타타」를 아세요?

커피를 사랑한 바흐는 「커피 칸타타(coffee cantata)」라는 곡까지 만들었어요. 커피를 좋아하는 딸과 커피를 싫어하는 아버지와의 대화로 이루어져 있어요.

"제가 원할 때마다 커피를 마실 수 있는 자유를 약속해주세요. 결혼생활에서 그 약속이 보장되지 않는다면 어느 구혼자도 우리 집에 올 필요가 없어요. 아버지! 하루에 세 번씩 제 작은 잔으로 커피를 마시지 못한다면 저는 구워놓은 염소고기처럼 말라비틀어질 거예요. 커피는 천 번의 키스보다 더 사랑스럽고 무스카트 포도주보다 더 감미로워요. 커피가 없이 절 기쁘게 할 방법은 없어요."

「커피 칸타타」는 커피를 굉장히 좋아하는 딸과 그런 딸을 못마땅해하는 아버지에 대한 이야기입니다. 딸은 아버지가 커피를 못 마시게 하면 죽어버리겠다고 하고, 아버지는 커피를 끊지 않으면 시집을 보내지 않겠다고 합니다. 딸은 일단 커피를 끊고 결혼하기로 결심하지만 도저히 커피를 포기할 수 없어 커피를 좋아하는 신랑감을 직접 찾아나서기로 합니다.

원래 대본은 아버지가 승리하는 것으로 되어 있지만, 커피 애호가인 바흐는 딸이 결혼한 후에도 커피를 계속해서 마실 수 있게 바꾸었다고 합니다. 칸타타의 마지막 합창에서는 커피를 마시지 못하게 하는 사회분위기를 빗대어 노래합니다.

"고양이는 쥐 잡는 것을 포기하지 않는 법. 나이 든 여자들은 여전히 커피를 끓이면서 함께 모여 있다. 엄마도 커피 마시는 습관이 있고, 할머니도 그러하다. 그렇다면 어느 누가 딸을 탓할 수 있겠는가?"

카페 안으로 당신이 들어옵니다. 전 알고 있습니다. 당신이 어느 자리에 앉을지……. 언제나 그 자리이기에. 자리가 아무리 많아도 당신은 그 자리에 앉네요. 저도 당신이 그 자리에 앉으면 마음이 놓입니다. 자리가 주인을 찾은 것처럼 눈과 마음이 익숙해집니다. 그 자리에 당신이 없으면 어색하네요.

저희 카페에 처음 들어오는 손님은 두 가지 반응을 보입니다. 가장 먼저 주문대로 오거나 자리를 먼저 정합니다. 주문대로 먼저 오는 분은 자리보다 커피를 중요하게 생각하고, 자리를 먼저 정하는 분은 앉고 싶은 위치를 중요하게 생각하지 않을까 싶습니다. 자리가 중요한 분은 원하는 자리가 없으면 나갈 수도 있습니다.

혼자 온 여자손님은 창가 구석자리에 앉고 싶어하는 것 같아요. 남들의 시선에서 벗어나 창밖 풍경을 보며 여유를 느낄 수 있고, 양옆이 아닌 한쪽으로만 테이블이 있어 덜 신경을 써도 되기 때문이죠. 헌데 저희 카페는 요즘 창가 구석자리에 다른 이름이 붙게 된 사건이 연달아 벌어졌습니다.

어느 반짝이는 주말 오전, 한 커플이 들어옵니다. 주문대로 여자분이 먼저 다가오고, 남자분이 뒤이어 뒤로 섭니다. 20대 초반 대학생 커플 같습니다. 두 사람 모두 아이스 아메리카노를 주문하고 각자 계산을 합니다. "쿠폰을 만들어드릴까요?" 하고 물으니 1초도 망설이지 않고 괜찮다고 합니다.

아, 다시 저희 카페는 오지 않겠다는 굳은 의지가 보여 아쉬웠습니다. 자리에 가서 몇 마디 이야기도 나누지 않았는데, 여자분이 울기 시작하고, 남자 손님도 눈물을 흘립니다. 테이블 위로 냅킨이 점점 쌓이고, 커피는 전혀 줄어들지 않습니다.

두 사람은 이별을 하기 위해 저희 카페에 온 것 같습니다. 큰 소리를 내지도 않고, 몇 마디 말도 없습니다. 하염없이 울기만 하던 두 사람은 꿈처럼 갑자기 사라졌습니다. 꿈이 아니란 걸 증명하듯 두 사람이 머문 자리에는 식어버린 커피와 눈물을 고스란히 받아낸 냅킨더미가 있네요.

얼마 후 그 자리에서 또 이별을 목격해야 했습니다. 20대 후반의 남녀 커플이었는데, 남자분은 무언가 설명을 하고, 여자분은 굳은 얼굴로 쳐다보다가 곧 카페를 나갔습니다.

사랑에 빠진 남녀가 가장 선호하는 자리는 나란히 앉을 수 있는 2인석입니다. 창가를 바라보며 서로 몇 시간씩 소곤거리며 웃음이 끊이지 않습니다.

친한 여자친구끼리 와서 앉는 우정석은 나무 아래 놓은 노란색과 초록색으로 꾸며진 팔걸이가 있는 편안한 자리입니다. 나무 아래서 어릴 적 꿈과 사랑을 이야기하는 순수한 시절로 돌아간 그녀들 덕에 '우정석'이라는 이름을 붙일 수 있었습니다.

치유Healing의 자리도 있습니다. 저희 카페를 찾으면 늘 책 몇 권 꽂힌 책꽂이 옆에 앉는 회계사분이 이름을 붙여주었습니다. 그 자리에 앉아 커피 한 잔을 즐기며 책을 읽거나 태블릿PC로 영화를 보고 가는데, 당신에게는 그 시간이 어떤 휴양지보다 더 편안하게 보낼 수 있는 '힐링 타임'이라고 합니다. 그 말을 듣는 제가 참으로 고마웠습니다. 저도 그 시간을 방해하지 않기 위해 조금 더 배려하겠습니다.

그런데 가끔은 다른 자리에 앉아보는 걸 권해드리고 싶습니다. 저희 카페의 단골손님들께서 2년 가까이 오면서 놀랄 때 있습니다.

"어? 이 자리에 이게 있었어요?"

"이거 새로 산 거예요?"

2년 동안 함께한 커피벨트 지도와 종이시계 등 크고 작은 소품들이 당신 눈에 전혀 들어오지 않았던 겁니다. 다른 자리에 앉아서 그런지 카페가 전혀 달라 보인다는 말씀도 합니다. 원래 앉아 있던 자리에 앉으면 보이던 것만 보이게 되는 것 같아요.

신선한 느낌이 필요하면 낯선 어디론가 멀리 떠나는 것도 방법이겠지만, 익숙한 자리에서 벗어나 새로운 자리에 앉아보는 것도 변화를 불러올 수 있습니다. 카페에 관심이 많거나 궁금한 게 있으면 바 자리에 앉아보세요. 바리스타와 대화를 나눌 수 있는 기회를 누릴 수 있을 겁니다. 카페에 대해 알고 싶거나 당신이 주문한 커피가 궁금하면 부끄러워 말고, 바리스타에게 물어보세요. 단 바리스타가 바쁜지 한가한지 확인을 꼭 하세요. 손님과 대화를 나누는 건 바리스타에게도 매우 반가운 일입니다.

자. 오늘은 어느 자리에 앉으시겠습니까?

당신이 편안하게 머무를 수 있고, 주위 사람도 편안할 수 있는 자리, 그 자리로 모시겠습니다.

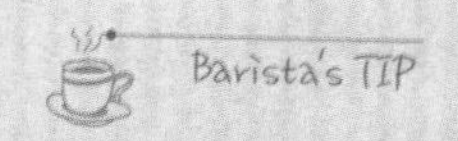

앉은 자리에 따른 심리학

'개인적 공간'이란 개념을 처음 쓴 심리학자 에드워드 홀(E.Hall) 박사에 따르면 우리가 편안함을 느끼기 위해서는 타인과의 적정한 거리가 필요합니다. 그 거리는 상대가 누구인지 그리고 그와 함께 하는 일이 무엇인지에 따라 달라집니다. 친한 사람일수록 가까이 있어도 불편하지 않습니다. 대충 아는 사람이 가까이 앉으면 불편하지만, 애인과는 살을 맞대도 행복하기만 합니다. 사적인 관계가 아니라 공적인 관계에서 마나는 사람과 가까이 앉아야 하는 경우도 있습니다. 때문에 카페에서 자리에 앉을 때 나뿐 아니라 다른 사람 또한 편안하게 머물 수 있는 에티켓이 필요합니다.

- **구석자리를 좋아하는 사람:** 구석 자리는 남들의 시선을 덜 신경 쓸 수 있습니다. 구석진 자리의 옆 테이블도 보통 한 사람밖에 앉지 못

하죠. 물론 단순히 몸을 기대기 편하기 때문에 혹은 먼저 왔다는 이유로 안쪽 구석자리에 앉을 수도 있습니다(지나친 추론은 금물!).

- **옆자리에 가방이나 물건을 두는 사람:** 단순히 누군가의 자리를 맡아두려는 행동일 수 있습니다. 하지만 언제나 이렇게 행동한다면 눈여겨볼 필요가 있습니다. 낯선 이가 옆자리에 앉는 것이 불편하지만, 남에게 그걸 드러내지 못하는 소극적인 성격의 소유자일 수 있습니다.
- **남이 앉은 자리를 침범하는 사람:** 주변 사람이 자기를 불편해한다는 사실을 모르거나 알면서도 무시하는 사람입니다.
- **옆 사람에게 가까이 붙으려는 사람:** 단지 옆자리에 있다는 이유로 낯선 사람에게 친근하게 들러붙는 사람은 성격이 불안할 가능성이 높습니다.
- **이리저리 자리를 옮기는 사람:** 회식자리에서 이런 역할을 부여받았을 수도 있습니다. 소위 말하는 '분위기메이커'입니다. 윗사람이 친근함을 강조하기 위해 옮겨 다니기도 합니다. 하지만 지위나 역할에 어울리지 않는 사람이 그러한 행동을 하고 있다면 남들에게 주목 받기를 즐기는 성향일 수 있습니다.

with coffee

'카페 사장님'의 자리에 앉고 싶다고요?

손님이 주문한 커피를 열심히 만들고 있으면 등 뒤로 저를 바라보는 눈길이 느껴집니다. 뒤돌아보면 제 또래 아주머니 손님들과 눈이 마주칩니다. 어느 분은 눈길을 피하지 않고 다가와 어떻게 하면 카페를 할 수 있는지 물어봅니다. 그러곤 "20대 어린 친구들이 와서 너무 예뻐요. 좋으시겠다. 저도 나중에 카페 하는 게 꿈이에요" 하며 열심히 카페 사진을 찍습니다.

얼마 전 저도 그랬지요. 카페 사장이라 하면 맛있는 커피를 언제나 마실 수 있고, 여유롭게 커피를 내리고, 손님이 없으면 책 읽고 음악 들을 수 있는, 세상에서 가장 부러운 직업이라고 생각했습니다. 그런데 어찌 된 일인지 정작 카페 사장이 되고 나니 손님 자리에 앉아 있던 그 시절이 그립습니다. 만약 편안하게 커피를 즐기면서 좋은 음악을 듣고 싶다면 손님의 자리에서 누리시라고 말씀드리고 싶습니다. '카페 한번

해볼까?' 하고 생각하는 분들께 꼭 말씀드리고 싶습니다. 물론 제가 절대 하지 말라고 말리는 건 아닙니다. 제대로 차근차근 준비하고, 예기치 못한 어려움도 견딜 수 있는 분이 하길 바라는 겁니다.

저는 카페를 차리기까지 4년이라는 시간이 걸렸습니다. 그 기간 동안 세 차례 큰 고비를 넘겼습니다.

"여보, 나 커피집 할래요."

제 말을 들은 남편은 엄청 반대했습니다. 커피를 공부하고, 사업계획서를 쓰고, 자격증들로 스펙을 키우며 겨우겨우 집안사람들을 설득하는 데 참 많이 힘이 들었습니다. 가게 자리를 알아보는 데도 6개월이나 시간을 들여야 했습니다. 자리를 찾고 인테리어 공사를 하는데 지연되어 엄청나게 애를 먹었습니다. 그런데 이 모든 건 빙산의 일각이었습니다. 우여곡절 끝에 카페를 열고, 이제 '고생 끝 행복 시작'이라고 생각했습니다. 하지만 고난의 연속이었습니다.

저희는 먼저 오전 10시에 문을 열어 밤 11시에 닫습니다. 하루 열세 시간 근무하면서 하루 종일 신발을 벗지 못해 건강에 좋지 않습니다. 쉬는 날 없이 '월화수목금금금'으로 생활하려니 정말이지 예전 직장생활이 꿈처럼 느껴집니다.

문을 열기 30분 전에 출근해서 매장, 화장실, 현관 앞을 청소하고, 머신을 점검하고 에스프레소를 뽑아 음미하면서 분쇄도와 맛과 향을 체크합니다. 재료가 부족하진 않은지 확인하고, 손님이 오면 누구든 최대한 불편하지 않게 신경을 쓰고 웃는 얼굴로 맞이합니다. 1인 사장은 절대 아파서는 안 됩니다. 카페에서는 커피 향만 나야 합니다. 점심, 저녁에는 김치찌개, 청국장은 절대 금물. 간단한 끼니로 쭈그리고 앉아 숨어 먹기 바쁩니다. 단골손님이 있을 때나 화장실에 갈 수 있고, 친구가 놀러 와도 밥 한 번 같이 먹기 어렵습니다.

김밥집 메뉴 중 냄새가 안 나는 음식은 다 먹어보았습니다. 냄새 나지 않은 음식을 고르다 보니 속이 불편하지 않아도 죽을 먹어야 할 때도 있습니다.

손님들이 저에게 도움이 될까 싶어 솔직하게 가격과 맛, 서비스에 대해 다른 카페와 비교해서 말씀해주기도 합니다. 정성껏 준비하고 대접하려는 입장에서 간혹 날카로운 조언은 비수가 되어 마음에 꽂히기도 합니다.

커피에도 유분이 있습니다. 우유가 들어간 음료의 잔이나 기기는 특히 잘 닦아야 합니다. 컵, 그릇들이 유리, 도자기, 스텐리스 제품이라 조심히 다뤄야 합니다. 커피 내리는 시간은 짧지만, 설거지하는 시간은 길 수밖에 없습니다. 하루 종일 손에서 물 마를 일이 없어 주부습진은 기본으로 달고 삽니다.

에전에 패러글라이딩을 하러 대전에 있는 식장산에 오른 적이 있습니다. 처음 타는 거라 강사님과 함께 탔는데 하늘을 날면서 풍경을 구경하는 기분이 마치 등에 날개를 단 것처럼 짜릿했습니다. 하지만 10분 정도 타기 위해 무거운 기구를 들고 산에 오르고, 비행 후에는 기구를 정리해서 주차장까지 끌고 오는 일이 쉬워 보이지 않았습니다. 세상에 모든 일이 그런 것 같아요.

커피 내리는 데 에스프레소는 30초 정도, 핸드드립은 3분 정도면 끝납니다. 하지만 그 외 청소, 설거지, 매장 정리, 인테리어 바꾸기 등 해야 할 일도 태산이고, 많은 시간을 투자해야 합니다.

저희 카페 주변에는 카페가 워낙 많이 있습니다. 옆 카페에는 손님이 있는데, 우리 카페에는 손님 없으면 왜 무엇이 잘못되었는지 조마조마합니다. 취미가 아닌 일이 되다 보니 매출 생각을 안 할 수 없습니다. 자연스레 스트레스를 받게 되지요.

커피만 잘해도 안 됩니다. 커피를 싫어하는 분들은 의외로 많습니다. 카페를 준비하면서 저는 핸드드립 커피와 기본적인 커피 메뉴만 잘 만들어서 커피 장인이 되어보자는 꿈을 꿨습니다. 집에서도 커피를 볶고, 맛보고, 학원에 등록하고 공부해가며 자격증을 땄습니다. 커피를 평생의 업으로 삼고 나름 노력하고 준비했다고 생각했는데, 카페를 열고 보니 부족한 점이 많습니다.

물론 커피 맛있다는 한 마디에 방긋방긋 저절로 웃음 짓고, 행복한 순간도 많습니다. 하지만 철저한 준비와 각오가 되어 있지 않고 마냥 좋아하고 즐기기 위해 카페를 시작했다면 금세 절망에 빠졌을 겁니다. 연애와 결혼은 엄연히 다르듯 사랑하는 취미활동을 업으로 삼으려면 그만큼의 무게를 견뎌내야 합니다.

그래서 카페 차리고 싶다는 제 말에 선배 사장님들이 그렇게 말렸나 봅니다. 제가 가장 존경하는 분들은 한자리에서 꿋꿋하게 3년 이상 카페를 운영하고 있는 분들입니다. 물론 저도 그럴 것입니다. 지금 돈도 여유 있지 않고, 쫓기는 마음이 들 때도 있지만, 평생 동안 하겠다고 선택한 일인 만큼 버티는 게 힘이라는 누군가의 가르침을 가슴에 품고 오늘도 이 자리에서 열심히 커피를 만들고 있습니다.

커피스마스
커피스마스

부러워하지 마세요. 저는 당신이 생각한 것보다 더 많은 것을 포기하고 카페를 시작했습니다. 저에게는 매달 월급을 꼬박꼬박 챙겨줄 사장 대신 돈을 달라는 뻗어오는 손길만 있습니다. 휴일도 없습니다. 스트레스 쌓일 때 바다를 보러 갈 시간도, 친구와 영화 보러 갈 여유도, 가족들과 외식하러 갈 시간도 없습니다. 맛있는 김치찌개도 먹을 수 없고, 주부습진과 피부건조증, 다리경련, 다리부종에 시달립니다. 이렇듯 자기 생활이 없다 보니 결혼하고 임신하거나 아이를 키우면서 카페를 그만두는 선배 사장님들을 많이 보았습니다.

먼저 당신 자신의 생활방식, 당신의 성격, 사람과의 관계를 냉정하게 파악해보세요. 그리고 앞에서 제가 말씀드린 모든 어려움을 이겨낼 자신이 있고, 준비가 되어 있는지 확인해보세요. 이 모든 물음에도 "예"라고 할 수 있다면 손님의 자리에서 주문대를 넘어 카페 사장님의 자리에 자리 잡는 걸 환영합니다.

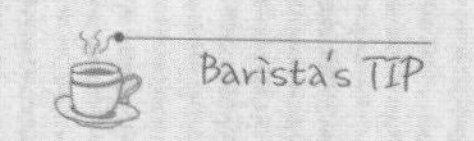

카페 손님은 모르는 바리스타증후군!

손목터널증후군이란 질병을 들어보신 적 있으신가요? 여러 요인으로 손목터널(수근관)이 압력을 받아 좁아지면서 신경이 자극을 받아 생기는 질환입니다. 바리스타만 걸리는 병은 아닙니다. 손목을 많이 쓰는 직업군, 즉 웹디자이너, 제과사·제빵사 등이 많이 걸립니다. 스마트폰을 지나치게 많이 쓰는 사람들도 많이 앓는다고 합니다.

손목터널증후군을 앓으면 엄지, 검지, 중지에 저리고 찔리는 듯한 통증을 겪게 됩니다. 증상은 서서히 발생하며 새끼손가락이나 손등에는 나타나지 않습니다. 병변이 있는 손을 많이 쓰면 악화됩니다. 증상은 밤에 더욱 심해지고, 악화되면 근위축과 근력저하가 발생해 병뚜껑을 돌리는 데도 힘이 드는 지경에 이르기도 합니다.

손목터널증후군은 손목의 지속적이고 반복적인 동작이 주요 발병원인이 될 수 있는 만큼 스트레칭을 자주 하고, 평소에도 손목을 보호해야 합니다. 손가락이 뻐근할 때 주먹을 꽉 쥐었다가 5초 동안 서서히 풀어주는 운동은 손목터널증후군을 예방하는 데 좋습니다.

발병 초기에는 손목 사용을 최대한 줄이고 찜질이나 마사지, 약물치료, 보조기 착용 등 비수술적 치료로 증상을 호전할 수 있지만, 병이 많이 진행된 상태로 병원을 찾으면 신경차단술이나 손목터널을 넓히는 외과적인 수술을 해야 합니다.

지친 당신을 위한 자리, '커피 파티'

몇 년 전에 구삼열 님('월드 임브레이스' 대표, 첼리스트 정명화의 남편)을 인터뷰했던 적이 있습니다. 이야기를 나누다가 와인애호가인 그에게 어떤 와인을 좋아하냐고 질문을 했습니다. 저는 속으로 '로마네꽁띠'나 바디감이 있는 유명 와인, 흔하지 않은 빈티지 와인을 이야기해주지 않을까 기대했는데, 그분은 만 원짜리 와인도 좋고, 유명한 와인도 좋다며 누구와 어느 자리에서 마시느냐에 따라 와인의 맛이 달라진다고 했습니다. 정말 좋아하는 와인은 유학 시절 아내와 함께 마셨던 와인이라며 와인리스트를 이야기해주었습니다. 의외의 대답에 놀랐던 기억이 있습니다. 그분의 입에서 나온 와인은 제가 자주 들어봤고, 마트에서도 보았던 것들이었습니다.

그때는 그분이 참 소탈하다는 느낌과 더불어 상위 몇 %에 속하는 사람들도 마트에서 파는 만 원짜리 와인을 마시구나 싶었는데, 커피를 알면 알수록 그분의 말씀이 새록새록 떠오릅니다. 블루마운틴이나 코피루왁 같은 세계적으로 유명한 커피가 아니어도 아메리카노 한 잔을 좋은 사람과 함께 마시는 그 시간이 정말 맛있는 커피를 즐기는 순간이란 걸 알아버렸기 때문입니다.

지금 알았던 걸 그때도 알았더라면 더 깊이 있는 인터뷰를 할 수 있었을 텐데. 언젠가 그분을 만나면 제 우문에 현답을 주신 당신에게 부끄러움과 감사함을 느끼게 되었다고 말씀드리고 싶습니다.

커피를 알고 싶은데, 저처럼 너무 어렵게 생각해서 어떻게 접근해야 할지 모르는 분들이 의외로 많습니다. 그런 분들을 위해 저는 가끔 '커피 파티'를 벌입니다. 손님이 뜸할 때 커피를 좋아하는, 가족 같은 이웃들과 친구들이 찾아오면 함께하는 '커피 나눔 자리'입니다. 저는 커피 한 잔을 시켜도 뷔페처럼 여러 잔의 커피를 다양하게 마실 수 있도록 대접합니다.

술 파티보다 좋은 점은 셀 수 없이 많습니다. 아무리 마셔도 취해서 실수하는 법이 없고, 끝까지 대화가 이어지고, 모두 웃으면서 자리를 끝낼 수 있다는 것!

커피 잔이 종류별로 다 나와서 설거지가 많이 쌓이긴 하지만, 안주가 필요 없고, 큰소리 날 일도 없습니다. 단순한 커피 이야기로 시작해서 무궁무진한 주제로 이야기를 나눌 수 있습니다. 우리만의 소박한 축제 같은 자리처럼 느껴집니다.

며칠 전에는 더치커피 파티를 열었습니다. 이탈리안 레스토랑을 운영하는 소희 사장과 저, 제 남편까지 셋이 조촐하게 자리를 마련했습니다. 더치커피로 추출한 지 10일 지난 시다모, 5일 된 케냐, 하루 지난 예가체프 등을 맛보게 해서 서로 맛을 비교해보고 서로의 취향도 찾아보는데, 워낙 미식가이고 미각이 발달한 소희 사장에게 각 커피의 특징을 자세하게 설명해주었습니다. 소희 사장은 "난 10일 된 시다모 더치커피가 굉장히 좋아요. 신맛에 바디감이 생기니까 맛 또한 풍부한데요"라며 만족스러워했습니다. 그녀가 언제 나타나 "열흘 된 시다모 더치 주세요"라고 말할까봐 살짝 긴장이 됩니다.

어제 친한 동생 혜미와 동욱 커플이 서로의 동생들을 데려 왔습니다. 지루한 화요일 저녁을 밝혀준 것이 고마워서 그 자리에서 '에티오피아 시다모' 파티를 벌였습니다. 첫 잔은 시다모 더치, 두 번째는 시다모 사이폰, 세 번째는 시다모 아이스 핸드드립 커피로 마무리를 했습니다.

시다모 더치가 며칠 숙성된 것이 떨어져 하루밖에 안 된 걸 마신 것이 아쉬웠지만, 그래도 날아갈 듯 가볍고 상큼한 시다모를 충분히 즐길 수 있었습니다. 시다모를 사이폰으로 추출하면 얼마나 맛이 다른지도 이야기해주고, 화려한 불꽃을 함께 보는 재미가 있었습니다. 마지막으로 아이스 핸드드립 시다모로 새콤한 맛과 향을 즐겼습니다. 모두가 만족하는 파티가 되었죠. 피곤에 젖은 듯 어깨를 축 늘어뜨리고 눈빛마저 흐리멍덩했던 혜미가 파티를 열자마자 웃음을 되찾는 것도, 우리 카페에 오면 여름에는 녹차빙수, 가을에는 녹차라떼를 마시던 동욱의 여동생 나경 양이 핸드드립 커피가 이런 맛인 줄 몰랐다며 새로운 커피 맛을 발견한 것 등이 저에게 참으로 의미 있게 다가왔습니다. 조촐한 커피 파티를 끝내면 얼마나 뿌듯하고 행복한지, 주는 마음이 행복하다는 사실을 알게 됩니다.

설거지가 까다로운 사이폰과 더치 기구들이 테이블 위에 덩그러니 앉아 있는 모습을 보는 건 성가신 일이지만, 그보다 더한 기쁨이 있으니 저희 부부가 감수해야 할 일입니다.

똑같은 원두라도 싱글 오리진으로 에스프레소나 아메리카노를 즐길 수 있습니다. 사이폰, 핸드드립, 더치, 커피메이커, 이브릭 등 다양한 도구에 따라 맛이 얼마나 차이가 나는지 모릅니다. 이 모든 걸 많은 사람들과 조금 더 여유 있게 느끼고 싶습니다. 입는 옷에 따라 분위기가 달라지듯 커피와 도구 하나만 바꾸었을 뿐인데, 가끔은 눈앞에 있는 아이가 누구인지 긴가민가 할 만큼 당황스럽고 신기하기도 합니다.

커피는 알면 알수록 신비하고 매력 있는 친구입니다. 매번 핸드드립으로 마셨다면 오늘은 좋아하는 원두를 싱글 오리진으로 만들어 드셔 보세요. 혹은 더치커피도 좋습니다. 분명 새로운 원두의 매력을 찾게 될 거예요!

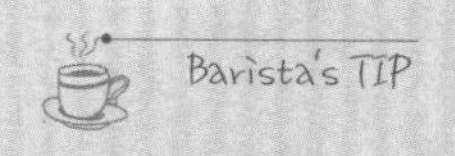

싱글 오리진 vs 블렌딩 커피

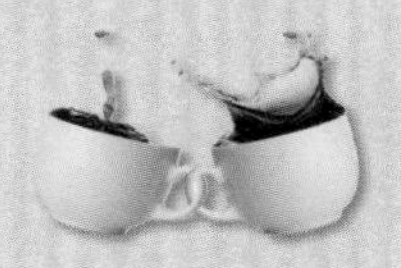

싱글 오리진이란 말이 낯설다고 어렵게 생각하지 않아도 됩니다. 싱글은 단독, 혼자라는 뜻이지요? 싱글 오리진은 단일 원산지의 생두만을 사용해서 로스팅한 원두를 뜻합니다. 블렌딩은 여러 원산지의 생두를 섞어 로스팅한 원두를 가리킵니다. 둘 중 어느 것이 맛있다고 평가는 쉽게 내릴 수 없습니다. 싱글 오리진은 원산지의 커피가 지닌 모든 맛을 오롯이 즐길 수 있고, 블렌딩 커피는 여러 원두가 내뿜는 풍부한 맛을 깊이 즐길 수 있습니다.

블렌딩이 한정식집의 잘 차려진 밥상 같다면 싱글 오리진은 전문 요리 한 가지를 시켜 먹는 것과 같습니다. 단일 원산지의 특색이 도드라진 깔끔한 커피를 원하면 싱글 오리진을, 다양한 원두의 하모니를 맛보고 싶다면 블렌딩 커피를 드셔보세요.

이 자리의 주인공은 당신입니다

카페를 차리고 가장 좋았던 점은 오랫동안 품은 꿈을 이루었다는 것입니다. 반대로 가장 서글픈 점을 꼽으라면 이 카페의 주인공은 내가 아니라는 사실입니다. 참을 수 없는 존재의 가벼움을 느끼며 살고 있습니다.

수많은 손님들의 아름답고, 멋있는 드라마 속에서 저는 스쳐 지나가는 엑스트라이자 연출부의 스태프 중 하나가 되는 것 같습니다. 하루 영업이 끝나고 마감을 하면 공연을 마친 무대에 혼자 남은 청소부 아주머니처럼 쓸쓸한 기분을 어쩔 수 없었습니다. 내 삶은 점점 작아지고 누군가를 위한 사람으로 존재하는 것 같습니다. 자존감을 잃어가는 것이지요. 그런데 하루하루 시간이 갈수록 고맙고 다행이란 생각이 듭니다. 이 안에서 배우는 것이 참 많거든요. 나 혼자 인생을 살다 보면 혼자 잘난 줄 알 텐데, 다른 사람들의 인생 속에 있으면서 보내다 보면 인생 경험을 풍부하게 하는 것 같습니다.

책이나 영화를 많이 보면 간접 경험을 많이 해서 생각의 폭이 넓어진다고 하는데, 저는 하루에도 백여 명 넘는 사람들을 만나 그들의 삶을 읽게 됩니다. 햇빛 따뜻한 날은 파리지엥처럼 테라스에 앉아 아메리카노 한 잔을 마시며 책 한 권을 다 읽고 가기도 하고, 어느 날은 남자친구와 블루베리스무디를 마시며 달달한 대화를 나누기도 하고, 어느 겨울에는 고구마라떼를 마시며 차가워진 몸과 마음을 녹이기도 합니다.

그들에게 저희 카페는 어떻게 기억될까요? 사랑 놀이터, 꿈터로 기억되면 참 좋겠습니다. 아니, 함께 나이를 먹어가며 그들의 인생사 속에서 늘 함께하고 싶습니다.

어느 여자 손님이 주뼛거리는 나이 지긋한 여성분의 손을 꼭 잡고 카페 안으로 들어옵니다. 어머니가 이런 데 처음 오신다며 맛있는 커피를 추천해달라고 하십니다. 굳은살 가득한 엄마 손에 핸드크림을 펴 발라드리며 어찌나 살뜰하게 챙기는지 저를 돌이켜보며 반성하게 합니다. 아빠한테 커피 한 잔을 대접하며 용돈을 올려달라고 애교를 부리는 딸도 있고, 남자친구를 엄마한테 인사드리는 딸도 있습니다. 용돈을 올려달라는 이야기를 들은 아버지는 허허 웃으며 그 자리에서 당장 지폐 몇 장을 꺼내주고, 남자친구를 소개받은 엄마는 마음에 쏙 드는지 얼굴에서 미소가 떠나지 않습니다.

물론 아름다운 자리만 볼 수 있는 건 아닙니다. 어느 젊은 여성은 헤어진 남자친구와의 추억에 젖어 있다가 펑펑 웁니다. 연인들의 가슴 아픈 이별을 목격하고, 지원한 회사의 최종 면접 결과 탈락했다는 문자를 확인하는 모습을 봅니다. 그 자리에서 어떤 말도 위로가 될 수 없겠지만, 전 그 슬픈 자리가 저희 카페인 게 다행이라는 생각을 합니다. 내가 슬픔에 빠져 있는데 음악이 흐르고 있고, 누군가의 방해 없이 편안한 의자에 앉아 차분하게 나를 뒤돌아보게 해주는 커피도 있습니다.

당신이 춥고 쓸쓸한 거리에서 혹은 낯설고 어색한 곳에서, 모두가 푸짐한 음식을 앞에 두고 행복해하는 패밀리레스토랑에서 이별이나 절망을 맛보는 것보다 저희 카페에서 겪는 것이 다행스럽습니다.

영화를 보면 기쁠 때도, 슬플 때도 배경음악이 잔잔하게 깔립니다. 그리고 멋진 조명 속에 주인공들이 나옵니다. 당신은 영화 속 주인공과 다를 것이 없습니다.

바리스타는 해줄 것이 별로 없습니다. 이 또한 지나갈 거라고 위를 해줄 수도, 더 좋은 기회가 나타날 거라고 말해줄 수도 없습니다. 그저 조용히 마음속의 아픔이 지나가서 당신이 예전보다 더 기쁜 얼굴로 돌아오길 기다릴 뿐입니다. 기쁨은 배가 되고, 슬픔은 반으로 줄일 수 있는 곳이 저희 카페였으면 참 좋겠습니다.

당신처럼 아름답고 멋진 스토리가 있는 분이 저희 카페의 손님이라니 참 영광입니다. 지금은 당신이 공감할 수 없겠지만 당신의 기쁨, 즐거움, 슬픔, 괴로움, 화가 치밀어오르는 일 등등이 추억이 되어 당신을 더 멋진 인생의 주인공으로 성장하게 하는 힘이 될 것입니다. 당신의 삶을 통해 제 삶을 더 깊게 바라보고, 당신에게 위로의 말을 건네며 토닥여 줄 수 없어도 따뜻한 커피 한 잔이나마 건네줄 수 있으니 저 또한 대단한 힘을 지닌 것 같아 기분이 무척이나 좋습니다.

당신에게 무언가 해줄 수 있어 참 좋습니다. 저 또한 제 인생에서 주인공이 될 자격이 충분하다고 저 자신을 위로해주고 싶습니다.

오늘도 당신이 오기 전에 저희 카페가 멋진 무대가 될 수 있도록 열심히 유리창을 닦고, 테이블을 정리하고, 맛있는 커피를 만들기 위해 준비해놓겠습니다.

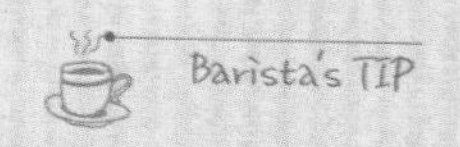

영화 속 주인공처럼 커피 우아하게 마시기

- 티스푼은 설탕을 저을 때만 사용합니다. 티스푼으로 커피를 떠먹지 마세요.
- 사용한 티스푼은 잔에 담가놓지 말고, 컵받침에 내려놓습니다.
- 후후 불면서 마시지 말고 알맞게 식힌 다음 천천히 들이켭니다.
- 에스프레소는 크레마가 사라지기 전 3분 내에 마시는 것이 가장 맛있습니다.
- 립스틱 자국은 손이나 냅킨으로 살짝 닦아 앞사람에게 당신이 깔끔하게 보이게 하세요.
- 상대방의 취향도 묻지 않고 설탕을 넣는 것도 실례!
- 설탕이나 크림은 상석에 앉은 윗사람에게 먼저 권하는 것이 예의입니다.
- 새끼손가락을 위로 뻗고 마시면 보기에 안 좋습니다.
- 끝까지 마시며 "후루룩", "쩝쩝" 소리를 내지 않습니다.
- 잔을 입 가까이 가져다대고 마십니다(잔을 바닥에 놓고 입을 가져다 마시지 않습니다).

전 정말 제가 좋은 카페 사장이 될 줄 알았습니다. 저보다 어린 손님들한테는 따뜻한 마음을 지닌 언니 같고, 누나같이 다가가고, 제 또래 손님들한테는 친구 같고 이웃같이 친근하게 다가가고, 나이 많은 어르신에게는 딸 같고 손주 같은 마음으로 맞아드릴 자신이 있었습니다. 카페를 열기 전에 사람을 대하는 직업을 오래 한 터라 다양한 손님들과 잘 지내고, 좋은 재료로 커피를 만들어드리고, 그분들의 마음을 토닥이면 진심은 통할 거라고 생각했습니다. 전국을 돌아다니며 좋은 사장님, 나쁜 사장님, 이상한 사장님을 만나봐서 좋은 것은 배우고, 나쁜 것은 절대 하지 말자고, 손님 한 분 한 분 정성을 다해 모시고, 고객에게 만족이 아닌 감동을 선사하겠다고 호언장담했습니다. 흔한 말이지만, 정말 손님을 왕으로 모시겠다고 다짐했습니다.

'손님은 왕이다!'

이 말은 손님의 입장이었을 때는 당연히 옳은 소리였습니다. 수많은 카페를 제치고 그 카페를 선택해서 내가 내 돈 내고 커피를 마셔주겠다니 카페 주인에게 얼마나 고맙고 행복한 일 아닌가? 그런데 막상 주인이 되고 보니 마음이 바뀌네요.

손님 입장에서 제가 생각한 '왕 대접'은 제 비위를 다 맞춰달라는 것이 아니었습니다. 주문하면 제때 커피가 나오고 카페에 있을 때 불편한 점이 없고, 들어가고 나갈 때 반갑게 인사해주면 됩니다. 그런데 다른 손님들이 바라는 왕 대접이란 제 상상을 넘어선 것이었습니다. 세상에는 참 다양한 손님들이 있더군요.

마감시간을 얼마 남겨놓지 않은 시간에 만취한 손님이 들어와 문 닫지 말라고 억지를 부리는가 하면, 노래방으로 착각했는지 큰 소리로 노래를 부르는 분도 있고, 크레마 자국을 지저분하다며 다시 만들어달라는 분도 있고, 분명 아메리카노를 주문해놓고 허브티를 주문했다고 하는 분도 있습니다(아마 머릿속으로 아메리카노와 허브티를 놓고 고민했거나 원래 허브티를 주문하려고 했는데 메뉴판에 적힌 아메리카노를 보고 무의식적으로 주문했을 수도 있습니다. 물론 저도 간혹 주문한 메뉴를 빼놓은 적이 있으니 손님 탓만 할 순 없습니다). 그런데 비치된 물건을 몰래 가져가기도 하고, 메뉴에 없는 음료를 언급하며 카페에 왜 이런 것도 없냐고 따지기도 합니다. 분명 '물은 셀프'라고 적어놨는데, 돈 받고 물도 안 준다며 화를 내기도 하고, 처음 온 분이 단골인데 왜 기억을 못 하냐며 외상으로 달라고 합니다. 저희 카페의 레시피가 마음에 안 든다며 바꿔달라고 하고, 바닥에 온갖 쓰레기를 버리기도 합니다.

카페에서 겪은 속상한 사건은 정말 말로 다 표현하지 못합니다. 정말 손님을 왕으로 모시고, 제가 신하가 되어야 할까요? 카페는 손님만

행복하고, 주인은 불행해도 되는 공간일까요?

그래서 곰곰이 생각해봤습니다. 나에게 손님은 과연 누구인가?

오래전에 유명 프랜차이즈 음식점에 간 적이 있습니다. '손님이 짜다면 짜다'는 문구가 액자에 담겨 카운터에 붙어 있었습니다. 그 말은 '손님은 왕이다'라는 말과 다르게 주인이 비굴해 보이지 않으면서도 맞는 말일 수 있겠다는 생각이 들었습니다. 아무리 맛있는 음식이라도 모두가 100%를 만족할 수 있는 맛은 세상에 없으니까요. '손님이 짜다면 짜다'는 문구는 손님을 왕처럼 떠받들라는 말과 달리 "주인인 내 맛이 정답이고, 진리라는 고집을 버리고 손님의 입맛을 존중하라"는 뜻으로 받아들여졌습니다. 바리스타들도 마찬가지입니다. 내가 커피 내리는 방법이 옳다고 여기고, 다른 사람의 말을 받아들이지 못하는 일이 있습니다. 때문에 손님이 커피 맛이 너무 진하다, 쓰다, 흐리다, 맛없다고 하면 마음이 상하는 것 같습니다.

손님의 입맛을 존중하면서 주인의 자존심을 지키는 마음가짐이 필요한 것 아닐까요?

손님은 봉도 아니고, 지나가는 사람도 아니고, 괴롭히는 사람도, 천사도 아닙니다. 그저 나와 같은 사람인데, '왕'으로 생각해야 마음 편하고 행복하게 서비스할 수 있는 걸까요? 참 많은 생각이 듭니다. 그런 고민을 거듭하며 끊임없이 다양한 손님들을 만나면서 저 나름대로 손님과의 관계를 정의내릴 수 있게 되었습니다. 저에게 손님은 '내일이면 못 볼지도 모르는 친구'입니다. 손님을 친구라고 하면 당신 입장에서는 기분 나쁠지도 모르지만, 저에게는 그만큼 소중한 존재입니다. 반가운 친구가 우리 집에 찾아왔습니다. 친구 중에는 목소리 큰 친구도 있고, 주변 정리를 잘 못하는 친구도 있고, 직설적인 친구도 있고, 까다로운 친구도 있습니다. 그 친구가 우리 집에 와서 이러저러한 말을 합니다. 무슨 말을 듣던 친구의 말 속에는 저에 대한 애정이 기본으로 깔려 있기에 저 또한 친구를 이해하려는 마음이 큽니다. 친구는 커피가 맛이 없다고 할 수도 있고, 인테리어를 이렇게 바꿔보라고 할 수도 있고, 왜 메뉴판에 이런 음료가 없느냐고 할 수도 있습니다. 더 잘되길 바라는 마음에서 진심으로 제안을 해준 것입니다.

왕을 우리 집에 모셨다면 속으로 투덜거리면서도 형식적으로 웃는 낯으로 대할 테지만, 친구라면 이 친구는 원래 그런 친구니까 하고 받아들일 수도 있고, 제 상황을 친구에게 설명할 수도 있습니다. 친구란 존재가 이러한데, 내일이면 못 볼지도 모르는 친구라면 어떻겠습니까? 친구가 마음 상하지 않게 애쓸 것이고, 뭐든 하나라도 더 해주고 싶고, 우리 집에 있는 동안이라도 편안하게 쉬었다가 갈 수 있게 해주겠지요. 내일이면 못 본다는 생각에 마음이 아쉽고, 몹시 섭섭할 것입니다. 그런 마음으로 손님을 대접하려고 합니다.

카페를 연 지 몇 달 만에 매일 와서 커피를 드시고 웃어주던 손님이 어느 날부터 오지 않을 수도 있다는 사실을 배웠습니다. 그분은 저희 카페보다 마음에 드는 카페를 발견했을지도 모르고, 제가 섭섭하게 대해서 마음이 상했을 수도 있고, 저희 카페의 커피 맛이 변했다고 느꼈을지도 모릅니다. 저는 내일이 있을 줄 알고 '내일 오시면 더 잘해드려야지. 바쁘니까 오늘 하루는 봐주시겠지?' 하는 마음으로 대했다가 그 손님을 만날 수 없게 된 것입니다.

저는 저희 카페를 찾는 당신을 왕이 아닌 소중한 친구라고 생각하겠습니다. 마음 한구석에 아쉬움 남기지 않고, 미안함이나 후회를 남기지 않을 만큼 당신을 맞이하겠습니다. 당신도 한 번 생각해주세요. 당신에게 카페 주인은 누구입니까?

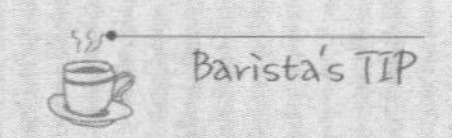

감정노동자를 위한 예방법

요즘 감정노동자의 문제에 대해 많이 듣게 됩니다. 승무원, 외판원 등 서비스직종뿐 아니라 직장인들 중에서도 솔직한 감정을 표현하지 못하고 연예인처럼 웃으면서 사회생활을 하는 사람이 많다고 합니다.

이시형 박사는 최고의 스트레스 중화제는 '감사하는 마음'이라고 강조합니다. 스트레스가 없는 직장은 없으며, 직장에 애정을 갖고 자신의 직업에 긍지를 가지라고도 합니다.

감정 노동의 문제가 심해지면 면역체계와 호르몬 분비에 이상이 생겨 피로감, 불면증을 겪게 되고 심할 경우 의욕이 감퇴되고, 식욕이 부진하면서 자살까지 불러온다고 합니다. 직장 동료끼리 혹은 친구와 가족끼리 그날 받은 스트레스를 이야기하며 감정을 표현할 수 있는 자리를 마련하는 것도 좋다고 합니다.

자리에서 일어나기 전에

며칠 전 큰일이 벌어졌습니다. 단골손님이 노트북을 두고 갔습니다. 감기에 걸려 계속 콜록거리고 훌쩍거려서 따뜻한 레몬홍차를 만들어 집에 가는 길에 마시라고 했는데, 그걸 챙기다가 그만 노트북을 두고 간 것입니다. 마감시간을 5분 남겨놓았지만, 혹시 돌아올지 몰라 마감시간을 지나 조금 더 기다렸습니다. 노트북을 켜보니 첫 화면에 이름과 이메일 주소가 뜨기에 잘 보관해놓겠다는 메시지와 함께 다음 날 카페 문을 여는 시간과 제 휴대폰 번호도 남겨놓았습니다.

카페에서 그 손님이 열심히 키보드를 두드리는 것을 보았습니다. 리포트를 작성하는 것 같았는데, 내일 제출해야 하는 상황이면 연락을 받고 일찍 출근할 생각도 했습니다. 그런데 다음 날 이메일 확인도 하지 않고, 찾으러 오지도 않았습니다. 쿠폰 명함에 카페 전화번호도 있어서 급하면 카페에 전화할 수도 있을 텐데 전화 한 통 없습니다.

하루 종일 얼마나 걱정을 했는지 모릅니다. 혹시 많이 아픈가?

다음 날, 토요일이 되었습니다. 주말이라 혹시 올지도 모르겠다고 생각했는데, 전화가 없습니다. 무슨 사고라도 난 건가? 일요일에도 소식이 없습니다. 정말 어떻게 해야 할지 몰랐습니다. 그 손님의 친구라도 알면 좋을 텐데……. 제가 아는 건 학교와 이름, 이메일 주소뿐입니다. 이메일을 확인 안 하니 정말 답답해 어쩔 줄 모르겠더군요. 노트북을 잃어버려서 마음고생 하는 건 아닐까? 지금까지 연락이 없는 걸 보면 무슨 사고가 벌어진 거야.

월요일이 되었습니다. 학교로 전화를 해보려는데, 그녀가 나타났습니다.

여기서 잘 보관해줄 거라 생각해서 부산 집에 내려갔다 왔다고 합니다. 걱정하지 않았다는 그녀를 보면서 마음이 놓이기도 했지만, 한편으론 전화 한 통이라도 줬더라면 내가 이렇게 염려하진 않았을 텐데 싶은 생각이 들었습니다.

한동네에 사는 친한 동생이 지갑을 두고 간 적도 있습니다. 지갑 안에는 여러 카드와 중요한 것이 들어 있었습니다. 다음 날 출근할 때 지장이 있을까봐 동생을 찾아나섰습니다. 집은 모르고, 어디 부근에 살고 있다는 것만 알아서 온 동네가 떠나가라 이름을 부르고 다녔습니다.

그래도 이름이 있으면 찾아드릴 수 있어 다행입니다. 우산, 휴대폰충전기, 볼펜 등은 찾기가 어렵습니다.

분실물은 참으로 많고, 다양합니다. 휴대폰, 태블릿PC, 핸드백, 쇼핑백……. 한번은 누가 카페 앞에 휴대폰을 두고 갔습니다. 최근 저장된

번호 1번으로 전화를 걸었더니 만취한 손님이 자기 것이 맞는데, 거기가 어딘지 모르겠으니 가져다달라고 하더라고요. 그러더니 몇 날 며칠 전화만 하면서 왜 그걸 갖고 있냐고 짜증을 냅니다. 왜 사람들이 물건을 안 찾아주는지 그 마음을 알겠더라고요.

카페를 분실물 보관소로 만들지 마세요. 큰 가방을 두고 간 당신을 바로 쫓아가 돌려주기도 하고, 휴대폰을 보관하고 있다가 당신의 전화를 받고 돌려주기도 하는데, 이곳에서 카드를 잃어버렸다며, 다이어리를 두고 갔다며 보지 못했냐고 물어보면 제가 숨겨놓은 것도 아닌데 하는 생각과 함께 섭섭하기도 합니다.

카페를 나가기 전에 한 번만 있던 자리를 돌아봐주세요. 당신과 함께 들어와 당신과 함께 돌아가길 기다리는 무엇인가가 눈에 들어올 거예요. 함께 들어왔으면 함께 데리고 가주세요. 필요 없는 쓰레기라면 두고 가도 좋습니다.

당신이 머물다 간 자리가 당신을 말해줍니다. 쓰다가 망쳐버린 리포트, 당신의 습작, 당신밖에 모르는 낙서들. 테이블 위에 두고 가면 버려야 하나 말아야 하나 참 많이 고민하다가 불편한 마음으로 버리게 됩니다.

종이가 박박 찢겨 있으면 당신 마음이 불편할 것 같아 내 마음도 무겁고, 귀여운 필체로 남자친구 이름과 자신의 이름을 써놓고 점을 치듯 메모해놓은 것을 보면 두 사람의 사랑을 응원합니다. 어느 날은 사랑 고백이 빼곡히 적힌 메모지가 바닥에 떨어진 것을 주웠습니다. 본의 아니게 읽게 되었는데, 어느 남자분의 솔직한 심경이 담겨 있더군요. 어쩌다 서로 싸우게 됐고 헤어지게 되었는데, 남자분은 여자친구에게 헤어져

보니 너밖에 없다고 고백했습니다. 노트에 꽂혀 있다가 떨어진 건지 아니면 바닥에 흘려버린 건지 몰라서 이틀 동안 보관했다가 버렸습니다.

저희 카페에 잊고 싶은 기억은 다 두고 가셔도 됩니다. 하지만 당신에게 필요하고, 당신이 좋아하는 물건은 꼭 챙겨 가주세요.

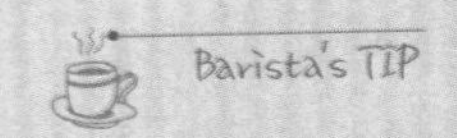

물건 잘 잃어버리는 건 건망증일까?

물건을 잘 놓고 다니는 사람이 있습니다. 하지만 치매가 아닐까 더럭 겁부터 먹을 필요는 없습니다.

건망증은 안경을 둔 곳이나 약속시간 등 단편적인 일을 잊어버리는 증상이지만, 치매는 자신에게 일어났던 일 모두를 잊어버리는 증상을 보입니다. 가령 "약속이 있었는데, 어디서 몇 시에 모이기로 했더라" 하면 건망증이고, "뭐? 난 그런 약속을 한 적이 없어"라는 반응을 보이면 치매일 가능성이 높습니다.

건망증은 시간이 어느 정도 지난 일을 잊어버리지만, 치매는 최근의 기억부터 잊어버립니다. 치매 환자는 며칠 전에 들었던 이야기를 잊어버려 같은 질문을 반복합니다. 건망증은 우울증이나 불안, 불면증, 폐경 후 증후군 등의 질환을 앓는 중년 주부나 기억할 일이 많고 걱정거리가 많은 중년남자에게서 자주 나타납니다.

한림대 의대 강동성심병원 치매예방센터 연병길 교수는 "건망증은 한번에 여러 가지 일을 기억해야 하는데 기억 용량이 상대적으로 부족하기 때문에 나타나는 자연스러운 현상"이라고 말했습니다. 그러니까 물건을 잘 잃어버린다면 내 마음에 힘든 일이 있거나 걱정이 많다는 것을 생각하고 마음을 가볍게 하고 스트레스를 푸는 것이 좋습니다.

며칠 전 여자 손님이 친구들과 함께 카페를 찾아왔습니다. 주문대에서 뭘 마실지 고민하기에 "저번에 페퍼민트 드셨으니 오늘은 로즈힙이 어떠세요?"라고 물었더니 자기가 허브티 좋아하는 걸 어떻게 알았냐며 반색합니다. 그때 페퍼민트 주문하면서 오후엔 커피 못 마신다는 말이 기억난다고 했더니 활짝 웃으면서 딱 한 번 온 건데, 그걸 기억하느냐며 놀라워합니다. 앉은 자리까지 기억하니까 손님과 친구들은 제 아이큐가 높은 줄 압니다. 사실 그렇게 똑똑하지 않는데……. 사소한 기억에도 이렇게 기분을 좋게 할 수 있다니 뿌듯했습니다.

그 여자 손님은 다음 날, 그다음 날에도 와서 커피도 마시고 다른 음료도 마시면서 저희 카페의 단골이 되었습니다. 지금도 저더러 머리가 정말 좋은 것 같다고 어떻게 기억하는지 신기해합니다.

저는 특별히 머리가 좋거나 기억력이 좋지 않습니다. 그리고 모든 손님을 기억하는 것도 아닙니다. 어떤 분은 다섯 번이나 카페를 찾아와주는데도 기억을 못할 때도 있고, 커플 손님들 중에서도 여자 손님는 확실히 기억하는데 남자친구를 잘못 알고 있는 경우도 있습니다. 한 번을 봐도 열 번 본 것처럼 또렷이 기억이 나는 사람이 있는가 하면 열 번을 봐도 처음 본 것처럼 가물가물한 사람도 있습니다.

과연 무엇 때문에 제 머릿속에서 기억이 차이가 나는 걸까요?

물론 눈부시게 외모가 예쁜 사람도 기억합니다. 패션이 독특한 사람도, 음성이 독특한 사람도, 인사를 잘하는 사람도 기억이 잘 납니다. 그런데 예쁘다고 좋은 기억만 있는 건 아닙니다. 멋을 잔뜩 부린 여자분이 테이블 위에 잘게 찢은 종이를 가득 올려놓은 것이라든가 먹다가 흘린 과자부스러기가 테이블 아래 이리저리 밟혀 있는 것이 더 크게 기억될 때도 있습니다. 잘생기고 매너도 좋은 사람이 나갈 때 보니 옷매무새가 엉망이어서 속옷이 보인다든가 친구와 욕설이 섞인 대화를 나누는 걸 보고 기억하기도 합니다. 잘생긴 남자 대신 옷매무새가 엉망인 남자, 욕 잘하는 남자로 기억에 남게 됩니다.

고운 자태로 카페에 들어와서 책장에서 자기가 꺼내본 책을 테이블에 쌓아놓고, 위치를 바꿔놓은 의자도 그대로 놔두고, 바닥에 떨어진 방석을 놔두고 나가는 여자 손님도 있습니다. 이렇게 되면 차라리 기억을 못하느니만 못한 손님이 되어버립니다.

저도 비슷했습니다. 저의 뒷모습은 생각하지 못했습니다. 바쁘고, 귀찮아서 그리고 카페 직원이 치워줄 것으로 생각했으니까요. 하지만 카페 주인에게 좋은 손님으로 기억에 남으려면 나 자신을 꾸미는 것도 중요하지만, 내 뒷모습을 가꾸는 게 먼저인 것 같습니다. 그 사실을 이제

야 깨닫습니다.

제가 왜 허브티를 좋아하는 손님을 기억하는지 알 수 있을 것 같습니다. 그분은 굉장히 밝고 건강하게 웃음을 지었습니다. 어느 한 분과 저희 카페에 들어와 조용조용 이야기를 나누었고, 나가기 전에 잘 마셨다고 저에게 환하게 웃어주며 인사를 해주었습니다. 밝은 웃음과 다른 사람을 배려하는 대화법, 카페를 나서기 전 인사. 그분의 인상적인 매너가 저도 모르게 마음에 남은 겁니다.

물론 매너는 손님만 지켜야 하는 건 아닙니다. 카페 주인 또한 손님에게 좋은 기억으로 남고, 손님을 다음에도 보고 싶다면 배려와 진심으로 대접해야 합니다. 카페를 나서는 손님에게도 마음에서 우러나오는 인사를 해야 할 것 같습니다. 비싼 메뉴를 주문하거나 여러 번 카페를 드나드는 것보다 중요한 건 주인과 손님 사이에 눈으로, 말로, 마음으로 소통하는 것이 아닐까 싶습니다.

TV에서 〈K-Pop Star〉를 보다가 박진영 심사위원의 인상적인 심사평을 들은 적이 있습니다. 그는 입으로 부르면 귀로 듣지만, 마음으로 부르면 마음으로 듣게 된다고 합니다. 손님과 카페 주인도 그저 입으로만 인사하고 주문하면 흘려듣게 됩니다. 감기 걸린 손님을 생각해 오미자차나 레몬차를 권하거나 행복한 일이 있을 때 축하해주는 마음으로 대하면 손님과 주인의 관계도 마음을 나누는 사이가 될 수 있습니다.

저는 아직 많이 부족하지만 뒷모습을 가꾸고, 마음으로 더 가까이 손님들에게 다가가겠습니다.

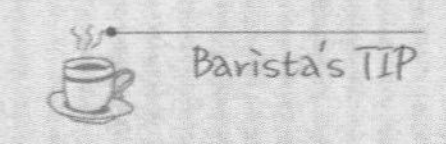

아포가토
(아이스크림에 부어마시는 에스프레소)

이탈리아어로 '끼얹다', '빠지다'라는 뜻입니다. 일반적으로 식사를 하고 나서 후식으로 바닐라아이스크림에 뜨거운 에스프레소(Espresso)를 얹어 내는 것을 말합니다. 이탈리아에서는 정통 아이스크림인 젤라또(Gelato) 위에 에스프레소를 얹는다고 하여 젤라또 아포가토(Gelato Affogato)라고도 합니다. 아이스크림 1스쿱(Scoop)에 싱글 샷(25ml)의 에스프레소를 얹고 기호에 따라 견과류, 초콜릿 등을 토핑합니다. 에스페레소를 아이스크림에 뿌리고 스푼으로 떠 드세요.

따뜻한
커피잔속에
보이는친구여

MERRY-GO-ROUND
ROOM
Fairmont Hotel

TRUBROWN
makes
gay dogs
gayer!

Have Fun
Pat O'Brien's
718 St. Peter St.
NEW ORLEANS

CORAL ISLAND
The sunniest smile
on the Golden Mile

DLG
Paderborner
DOPPELBOCK
das Bier,
bei dem sogar der Schaum schmeckt

WM. YOUNGER'S
FAMOUS ALES
A PRODUCT OF SCOTTISH BREWERS LTD.

THINK

Boddingtons
Boddingtons
naturally

FINE FARE LIMITED · WELWYN GARDEN CITY · HERTFORDSHIRE · INGREDIENTS · CHEESE · NON FATTY MILK SOLIDS · BUTTER · EMULSIFYING SALTS
FINE FARE
cheese spread
6 PORTIONS
3 OZ NET

LEA & PERRINS
TOMATO
JUICE COCKTAIL
AND ALL FRUIT JUICES

바리스타가 당신께 드립니다

4부

40ml
20ml

에스프레소 도피오

고등학생 때는 고3 수험생활이 인생에서 가장 힘든 시간이라며 '어른만 돼봐라' 하는 마음으로 견뎠는데, 막상 성인이 되고 보니 고3은 고생 축에도 못 낀다는 생각이 들 때가 많습니다. 공부만 열심히 하는 것도 쉬운 일은 아닙니다. 하지만 어른이 되니 책임감도 더 막중해지고, 공부만 열심히 한다고 모든 문제가 해결되는 것도 아니고, 나만 잘한다고 성공하는 게 아니니까요. 그래도 고3 때는 1년만 버티자는 마음으로 잠과 싸울 수 있었는데 회사의 업무는 언제 끝날지도 모르는 싸움이라 더 외롭고 처절하게 잠을 포기하며 일해야 했습니다. 저희 엄마가 제 별명을 '5분만'으로 지어줄 만큼 저는 아침잠이 엄청 많은 올빼미형 인간인데, 밤을 꼬박 새고도 아침에 출근해 일개미처럼 일을 해야 했습니다. 회사생활, 참 어렵습니다. 그래도 그 덕분에 많이 자던 버릇은 고쳐졌지만, 그래도 그때로 돌아가고 싶지는 않았습니다.

누구나 잠과 싸워야 할 때가 있습니다. 잠을 깨기 위해 세수를 하고, 찬 공기를 마시고, 껌을 씹습니다. 하지만 아무리 열심히 일에 집중하려고 해도 세상에서 가장 무거운 눈꺼풀을 들어올릴 힘은 누구도 없습니다. 힘든 회사생활에서 제가 찾은 치료제이자 생활의 활력소는 바로 커피였습니다. 새벽 1시, 사무실 근처 홍대 앞 카페에서 혼자 혹은 동료와 함께 늘 커피를 들고 있었으니까요. 잠은 솔솔 오는데, 줄줄이 마감은 닥치고, 아침회의 때 보고해야 할 아이템을 정리하던 그때. 해도해도 일은 쌓여가고, 생각하는 것만으로도 지쳐가던 그때 커피가 없었다면 전 모든 걸 포기했을지도 모릅니다.

몸을 무너트릴 것 같은 피곤을 씻어주고, 겨울에는 따뜻한 온기로 마음까지 식혀준 커피. 지금 생각해도 참 고맙습니다. 하지만 아메리카노로는 아무리 더블 샷으로 여러 잔을 마셔도 잠을 깨울 수 없었습니다. 비몽사몽으로 자꾸 실수를 하고, 읽은 서류를 반복해서 읽고 있는 저 자신이 한심하고 가여운 생각은 지울 수가 없었습니다. 상사분에게 이런 고민을 털어놓았더니 그분은 에스프레소를 마셔보라고 하시더라고요. 말로만 듣던 에스프레소. 한 입도 안 될 것처럼 양은 적으면서도, 깊이를 알 수 없는 진한 검붉은 빛깔에 왠지 함부로 범접할 수 없었던 그 커피 말이죠.

'정신줄만 꽉 잡아준다면 뭔들 못 마시겠어?' 하는 생각으로 에스프레소를 들이켰습니다. 다행스럽게도 커피를 제대로 내려주는 바리스타가 있는 카페를 찾은 덕분에 신맛과 단맛, 고소하면서도 깊은 맛까지 음미할 수 있었습니다.

싱글 샷으로는 부족해서 샷을 추가하게 되었습니다. 몸속 세포 하나

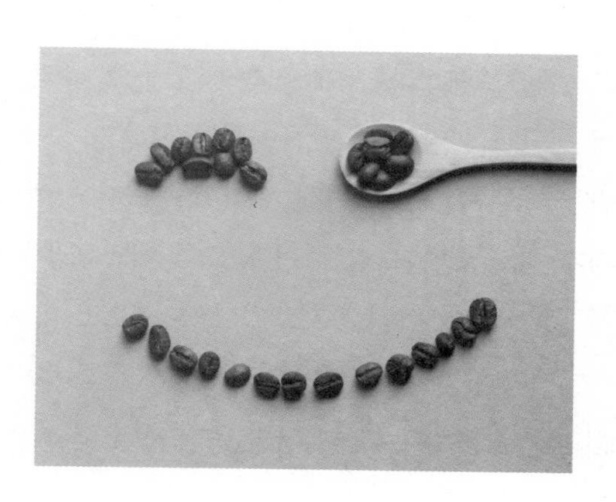

하나가 깨어나는 새로운 경험을 했습니다. 물론 잠이 부족해서 쌓이는 만성피로는 어쩔 수 없지만, 에스프레소는 구급약처럼 머리를 개운하게 뻥 뚫어주는 마법을 펼쳐줍니다.

몸은 피곤한데 실수가 계속될 때, 똑같은 실수를 반복할 때 에스프레소 도피오를 한 잔 드셔보세요. 머리부터 발끝까지 세포 하나하나가 깨어나는 기분을 느낄 수 있습니다. 단 커피를 맛있게 내리는 카페에서 드셔야 합니다. 에스프레소라는 게 신선한 원두로 바리스타가 제대로 바르게 내려야 밸런스가 딱 맞게 만들어지거든요.

황금빛 크레마가 덮여 있고, 마신 뒤에도 부드러운 여운이 오랫동안 느껴지는 커피가 바로 에스프레소입니다. 또한 에스프레소는 다른 커피를 주문한 친구들과 같이 마시겠다고 기다리지 말고, 바로 음미하세요. 크레마가 사라지기 전에 마셔야 제맛을 느낄 수 있습니다. 맵거나 단 음식을 먹고 에스프레소를 마셔야 할 상황이라면 물 한 모금으로 입을 깨끗이 헹궈주세요.

에스프레소는 열정을 다해 무언가를 이루려고 할 때 당신 곁에서 응원하고 독려해줄 친구가 되어줍니다. 인생은 쓰기만 하진 않습니다. 진한 에스프레소의 여운이 오래 남는 것처럼 그 시기를 견디고 나면 무언가 가슴 깊이 아름다운 추억이 자리 잡을 거예요.

"정신줄을 부탁해!"

● **에스프레소 도피오:** 자꾸자꾸 피곤하고 졸릴 때, 당신 눈꺼풀에 전기 충격이 필요하다면 에스프레소 도피오를 진하게 한 잔 마셔보세요.

● **에스프레소 콘파나:** 에스프레소가 부담스럽다면 그 위에 크림을 얹은 에스프레소도 부드럽게 당신을 흔들어 깨워줄 겁니다.

● **사케라토:** 아이스 에스프레소로 트리플 샷의 에스프레소를 얼음과 함께 쉐이커에 마구 섞어 만드는 사케라토. 아이스 아메리카노보다 더 강력하게 당신의 정신을 번쩍 들게 해줍니다.

에스프레소 도피오

에스프레소 콘파냐

사케라토

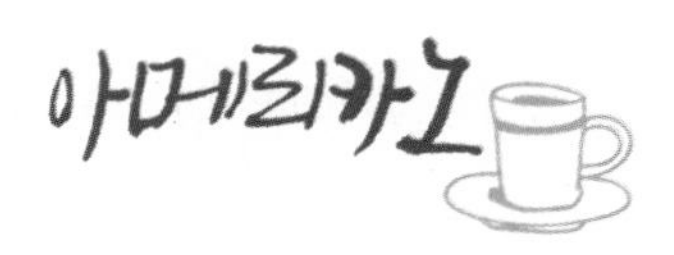

얼마 전 퇴근길 차 안에서 라디오를 듣다가 첫 미팅을 앞두고 너무 긴장되어 밤 12시가 넘도록 잠이 오지 않는다는 어느 남자분의 사연을 듣게 되었습니다. 첫 미팅……. 이제는 그때 어느 남자가 나왔는지 기억도 나지 않은 저의 첫 미팅은 그렇고 그런 통과의례처럼 가슴 한구석에서 켜켜이 먼지 쌓인 추억이 되었습니다. 지금이야 그게 뭐라고 잠을 설칠 만큼 떨릴까 싶지만, 아마 저도 그때는 사연 속 남자분만큼이나 많이 떨리고 설렜겠지요. 꿈에 그리던 운명 같은 상대를 만날 수 있을까? 내가 마음에 드는 상대가 나를 좋아해야 할 텐데……. 긴장도 되고, 걱정도 됐던 것 같습니다. 막상 나가서는 두 시간 이상 앉아 있으면서 자세도 신경 쓰고, 손짓 하나에도 애썼던 것 같은데 괜히 그랬나 봅니다. 글쎄, 첫 만남의 자리가 잘될지 잘되지 않을지는 20분 안에 결판난다고 하네요. 첫 만남에도 '골든타임'이라는 게 있다는 거죠.

비단 첫 미팅뿐만 아니라 누군가를 처음 만나는 자리는 모두 똑같은 것 같아요. 낯선 이와 만나는 시간 동안 우리는 뭘 할까요? 마주 앉아서 탐색전을 펼치죠. 상대는 과연 나와 얼마나 다른지, 얼마나 공감대가 많은지 촉을 세우면서 살펴봅니다. 그러면서 끊임없이 고민합니다. 뭘 먹고 뭘 마셔야 날 어필할 수 있을까? 어떻게 화장을 해야 상대에게 잘 보일 수 있을까? 때로는 우아해 보이고 싶고, 때로는 귀엽거나 섹시해 보이고 싶은 것이 여자의 심리입니다. 이성에게 잘 보이고 싶은 건 어디 여자들뿐이겠어요? 남자들도 '내가 이렇게 행동하면 멋있게 봐주지 않을까' 하는 의식은 분명 할 겁니다. 때문에 친구들과 수다를 떨 때의 목소리와 다른, 가장 멋있는 목소리로 이야기합니다. 그런데 생각해봐야 할 것이 있습니다. 우리는 왜 내가 행복한 시간을 보내기 위해 신경을 쓰는 것이 아니라 상대방이 나를 특별하게 봐주길 바라는 걸까요? 그러다 보니 마음이 불편하고 평소 안 하던 행동을 하게 되지 않나요? 무엇이든 상대에게 맞추려고 나를 꾸미고 있는 자신을 발견하지 않나요? 그 남자가 마음에 들지 않더라도 그가 나를 좋아해주었으면 하는 욕심도 있지 않나요?

그때는 저도 그런 생각이 당연하다고 생각했습니다. 하지만 그렇게 만난 사이는 오래가지 않는 것 같아요. 늘 내가 아닌 모습으로 보일 수도 없고, 나도 모르게 불쑥 원래 내 모습이 드러나면 상대방이 당황스러워할 수도 있습니다. 가식으로 시작한 만남은 서로 불편해하고 잘되더라도 본연의 모습을 보여줘야 하는 과정을 겪어야 합니다.

처음 만나는 자리에서는 원래 마시던 걸 드세요. 배탈 난 사람이 드라마의 멋있는 주인공을 떠올리며 카푸치노를 주문한다든가 커피를 잘 못 마시는 사람이 멋있어 보이려고 아메리카노를 마시면 꼭 뒤탈이 납

니다. 우유를 잘 못 마시는 사람이 라떼 계열의 커피를 마시면 화장실로 직행해야 하고, 평소 커피를 안 마시는 사람이 커피를 마시면 밤을 꼬박 새야 할지도 모릅니다. 초콜릿이 들어간 커피나 음료를 고르면 어린아이 입맛이라고 놀림을 당할지도 모른다는 걱정은 하지 마세요. 처음에는 아메리카노를 마실 수도 있겠지만 만남이 잘되어 상대를 두 번, 세 번 만나게 되면 언젠가 당신의 취향이 밝혀질 거예요.

그러니까 처음부터 당신의 모습을 있는 그대로 보여주세요. 당신다운 모습이 가장 상대에게 어필하기 좋은, 멋있고 아름다운 모습이에요.

그런데 제가 첫 미팅 때 왜 아메리카노를 마시라고 추천했냐면요. 아메리카노가 이성과 감성의 밸런스를 가장 잘 조율해줄 수 있는 커피이기 때문입니다. 달콤한 커피는 분위기에 휩쓸리게 할 수 있고, 진하고 강한 커피는 미각에 더 집중하게 합니다. 아이스 아메리카노는 감성보다 이성을 도드라지게 깨워서 사업이나 업무 관계로 만나는 자리에 어울립니다. 이성과의 만남에서 당신이 쉽게 사랑에 빠지는 걸 막아주고, 상대를 정확하게 볼 수 있게 해줍니다. 단 너무 쉽게 사람을 믿거나 '금사빠' 금방 사랑에 빠지는 사람라면 아이스 아메리카노를 강력하게 추천합니다!

누구나 나를 좋아했으면 좋겠고, 내가 누구보다 돋보였으면 좋겠다고 생각합니다. 하지만 당신은 당신 자체로 아름답고 멋있다는 걸 믿으세요. 첫 미팅이 잘 안 되었다고 해서 실망하지 마세요. 당신과 어울리는 누군가가 설레는 마음으로 당신을 기다리고 있으니까요.

이곳에서 진한 커피를 내리며 사랑의 주문을 걸고 있는 바리스타가 있으니 당신이 그토록 원하던 멋진 사랑이 곧 나타날 것입니다.

"사랑을 부르는 첫 미팅"

- **원래 마시던 것:** 나를 솔직하게 보여줄 수 있고, 가장 편안하게 시간을 보낼 수 있는 베스트 초이스!
- **아메리카노:** 감성과 이성을 적절하게 깨워서 상대를 제대로 볼 수 있는 심미안을 조금이라도 키워줍니다.
- **에티오피아 예가체프:** 핸드드립 커피로 부드러운 꽃 향, 과일 향, 고구마향까지 느낄 수 있습니다. 핸드드립 커피를 처음 마신다 해도 긴장감이 풀리고 마음이 편안해집니다.

아메리카노　　　　에티오피아 예가체프

카푸치노

오늘, 카페 문을열자마자 커다란 백팩을 메고 노트북 가방까지 든 학생들이 들어옵니다. 오자마자 등과 어깨에 걸친 무게만큼 가득한 스트레스를 내동댕이치듯 테이블에 책을 쏟아내고 커피를 주문합니다. 가끔 휴대폰을 만지작거리고, 음료를 마시는 소리만 들립니다. 이럴 땐 설거지 하는 것도 미안해집니다. 공부에 방해가 될까 조심스럽습니다.

처음에는 그들이 부럽기도 했습니다. 요즘 학생들은 공부도 우아하게 카페에서 하는구나. 시원한 커피를 마시고 공부도 하는 모습을 보며 고급학습법이라고 생각도 했습니다. 지금 대학생들은 제가 대학 다닐 시절에 비해 훨씬 자유롭고 누릴 게 많은 세대라고 생각했습니다. 하지만 가까이서 그들을 바라보니 부러워한 제가 미안해지기까지 합니다.

기회가 많은 만큼 부담감도, 위기도 참 많습니다. 아직 많은 것을 배우고 꿈을 키워야 할 때 돈과 취업, 그 두 가지만 강요받는 건 아닌지

걱정됩니다. 제가 젊었을 때만 해도 영어는 필수가 아닌 선택이었고, 입사시험을 준비할 때 토익 점수를 같이 제출해야 하지도 않았습니다. 등록금도 지금처럼 수백만 원까지 되지는 않았고, 치열하게 스펙을 쌓아야 하지도 않았습니다. 그런데 지금 학생들은 고시공부 하듯 취업을 준비하고 있습니다.

카페에서도 친구들과 편안하게 대화할 시간이 없고, 연인끼리 와도 서로 눈빛만 잠깐 교환할 뿐 서로의 공부에 여념이 없습니다. 가끔 목소리가 크게 들리는 학생들이 있습니다. 테이블에서 모의 면접을 하는 것입니다. 정말 연습을 실전처럼 열심히 독하게 하고 있습니다.

간혹 학생들이 저희 카페에 부모님과 함께 오기도 합니다. 혹은 부모님께서 응원차 들르시기도 합니다. 그럼 저는 자녀를 잘 두었다, 정말 열심히 공부하고 있으니까 안심하시라고 말을 건넵니다. 이 말은 인사치레가 아닙니다. 저에게 이런 말을 들은 부모님은 걱정을 놓아도 될 것 같습니다. 요즘 젊은 친구들은 카페에서 연애를 안 합니다. 열심히 공부합니다. 참 안쓰러운 대학생들. 1학년 때부터 학점 관리에 신경 써야 합니다. 도서관은 자리가 없을 만큼 만원이고, 집에서는 부모님의 기대와 걱정 때문에 편안하게 있을 수가 없습니다.

비싼 등록금을 충당하기 위해 아르바이트도 해야 합니다. 교환학생이나 해외 연수 프로그램에 참여하고 싶어도 돈이 없으면 할 수 없습니다. 하지만 이력서에 스펙 한 줄 넣기 위해서는 꼭 가야만 하는 코스입니다. 카페에서 마시는 커피 값 때문에 밥은 대충 먹습니다. 카페에서 오래 앉아 있다 보면 카페 주인 눈치도 보입니다.

하긴 학생들뿐인가요? 요즘은 회사가 어려워 대책 회의하는 회사원들도 오고, 승진하기 위해 공부하러 저희 카페를찾는 직장인도 있습니다. 새벽 6시부터 3시까지 일하고 저희 카페에 들러 커피 한 잔 마시고 다시 다른 일을 하러 가는 투잡족 직장인도 있습니다.

모두들 치열하게 살고 있습니다. 바리스타로서 해줄 수 있는 건 따뜻한 인사와 정성으로 준비한 커피 한 잔 그리고 당신을 응원하고 있다는 눈빛 인사뿐입니다. 제가 할 수 있는 일이 없어서 참 마음이 무겁고, 미안합니다.

지금 학생으로 공부하고 있는 분들, 앞 세대로서 여러분이 저보다 훨씬 힘들게 살고 있다는 걸 인정합니다. 제 학창시절에는 적어도 낭만이라는 것이 있었습니다. 카페에서 친구들과 편안하게 커피 마시며 수다도 떨고, 소설책도 자유롭게 읽을 수 있었습니다. 지금은 준비해야 할 것이 너무 많고, 경제적인 지원이 없으면 남들만큼 준비할 수도 없습니다. 그렇게 열심히 준비해서 들어간 직장은 생각했던 것과 너무 다르고, 상사에게 스트레스를 받고, 무한 경쟁체제에서 위태롭게 버텨야 합니다.

제가 찾은 '세상을 아름답게 사는 힘'을 가르쳐드리자면 당신이 하고 싶은 것, 당신의 꿈, 당신의 인생 목표, 그것을 위해 지금 당신이 뛰고 있다는 걸 기억하세요. '나는 이것을 하고 싶은데, 상황이 이러하니 포기하고 다른 길을 가야지' 하고 생각하면 후회가 남습니다. 그리고 언젠가는 그 자리로 다시 돌아가게 되어 있습니다.

저에겐 커피가 그랬습니다. 저는 저 자신이 바리스타가 되는 작업을 갖는다는 걸 꿈도 꾸지 못했습니다. 이런 직업이 있는지조차 몰랐습니다. 만약 알게 됐다 하더라도 부모님의 엄청난 반대에 직면했을 겁니다.

좋은 직장도 다녀보고, 남들이 부러워하는 직업도 가져보았지만, 현

재 저는 동네에서 아담한 카페를 운영하고 있습니다. 저도 제 인생의 길 위에서 열심히 달렸지만, 마음이 허전했습니다. 이제야 마음속이 채워져 행복을 찾은 느낌입니다.

하루하루가 행복하니 예전 힘든 기억은 좋은 추억이 되어 남아 있습니다. 모두에게 고맙고 감사합니다. 이렇게 원하는 것을 하기 위해 오늘을 견디는 것입니다. 이렇게 생각하면 오늘 나를 짓누르는 공부나 스트레스를 주는 사람은 길에서 맞닥뜨릴 수밖에 없는 돌부리로밖에 안 느껴질 겁니다. 길을 잘 보고 걸으면 피할 수 있지만, 까딱 잘못하면 넘어질 수밖에 없습니다. 누군가는 쉽게 털고 일어나지만, 어느 누군가는 넘어진 후유증과 부작용 때문에 크게 앓기도 합니다. '피할 수 없으면 즐겨라', '이 또한 지나가리라'. 정말 시간이 약이고, 모두 추억이 됩니다. 추억이 될 때까지 구름을 닮은 우유거품 카푸치노를 마시면서 오늘을 용서하고 이해하자고요.

지금 커피를 내려놓는 바리스타는 당신에게 "힘들죠? 다 알아요. 여태껏 잘하고 있잖아요. 조금만 힘 냅시다" 하고 말하고 싶지만, 당신이 부담스러울까봐 쉽게 말을 건네지 못합니다. 커피 한 잔에 당신의 꿈을 응원하고, 당신의 미래를 믿는 마음을 가득 담아 "맛있게 드세요"라고 인사하고 물러설 수밖에 없습니다. 커피 한 잔 마시고, 나갈 때 마음의 짐은 이곳에 두었으면 참 좋겠습니다.

"아디오스, 스트레스!"

● **카푸치노:** 식사를 제때 챙기지 못했지만, 잠을 쫓아내기 위해 커피를 마셔야 한다면 카푸치노를 드세요. 커피와 우유를 함께 마시며 속도 보호하고, 부드러운 거품 덕에 잠시나마 마음의 여유를 누릴 수 있을 겁니다.

● **화이트카페모카:** 달달하고 끈적이지 않아 오늘이 조금 더 환하고 밝게 보일 겁니다.

● **레몬에이드:** 몸에 좋은 비타민C도 챙기고, 신맛에 눈 한 번 질끈 감으면 스트레스도 싹 날아갑니다!

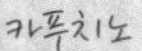

화이트카페모카

레몬에이드

COFFEE'S MAS

카페를 자주 찾는 손님들 중 딸과 아빠가 팔짱을 끼고 오는 가족이 있습니다. 대학생 정도 되어 보이는 딸은 아이스 카페라떼를 마시고, 아빠는 늘 망설이다가 결국 아메리카노를 마십니다. 그날도 메뉴를 고르는데 고민이 길어지기에 “주문 도와드릴까요?”라고 물었더니 “너무 달지 않고, 살짝 단 커피는 없나요?” 하고 되물으시더군요. 저는 주저 없이 비엔나커피를 권해드렸습니다. 그분인 그럼 그걸로 달라고 하시더니 맛있게 드시고는 나가실 때 “다음부터는 아메리카노 말고 비엔나커피 마셔야겠네요” 하십니다. 다 큰 딸과 나이 든 아빠가 함께 카페에 오는 모습을 자주 봅니다. 난 한 번도 아빠와 그래본 적이 없는데……. 공연히 저 자신이 부끄러워집니다.

진로 문제나 남자친구 이야기를 하며 즐거워하는 부녀 손님들을 보면 반성하게 됩니다. 아빠가 세상에서 제일 잘생겼고, 아빠 같은 남자 아니면 결혼 안 한다는 이야기만 들어도 제가 이렇게 흐뭇한데 당사자인 아버지는 얼마나 흐뭇할까요.

저희 아버지는 쉰 넘어 어렵게 본 딸이 너무 귀해 돈이 없으면 아무것도 못 해줄까봐 밤늦도록 열심히 일을 하셨습니다. 필요하다는 것 다 사주고, 하고 싶다는 공부 다 시켜줘가며 곱게 키워주셨습니다. 그런데 바보 같은 딸은 자기 아빠를 친구의 아빠, TV 드라마에 나오는 아빠와 비교했습니다. 테마파크에도 데려가주고, 여행도 하고, 쇼핑도 함께하는 걸 부러워하며 밤늦게 귀가하고, 주말에는 등산하러 가는 아빠를 놀아주지 않는다며 원망했습니다. 자기가 먼저 손을 내밀 수도 있었는데, 아빠가 손 내밀어주기를 기다렸습니다. 아빠라고 부르기보다 아버지라고 부르기 시작했습니다. 호칭에 글자가 하나 늘어난 만큼 마음의 거리도 멀어졌습니다. 엄마와는 학교에서 일어난 일, 친구들과 지내는 이야기를 곧잘 하면서도, 아버지에게는 용돈이 필요할 때만 다가가 어리광을 부렸습니다. 하루 동안 건네는 말이라곤 "다녀오셨어요, 식사하세요, 안녕히 주무세요"가 전부가 되었습니다. 둘은 점점 더 멀어져갔습니다. 그래도 아빠는 무심한 딸에게 용돈을 주고, 필요한 게 있으면 뭐든 사주면서 무한 사랑을 표현했습니다. 하지만 딸은 부모니까 당연히 해줘야 하는 것으로 여겼습니다. 어렸을 때 아빠가 절 외롭게 한다고 생각했는데, 지금 어린 시절을 돌이켜보니 제가 아버지를 참 외롭게 했네요.

아버지는 아버지 나름의 방식으로 사랑을 주셨습니다. 오빠나 언니들과 달리 저를 훨씬 자유롭게 키워주셨는데 저는 그 마음을 몰랐습니다. 그저 우리 아버지는 다른 아버지들과 달리 늙고, 구두쇠에, 따뜻한 말 한 마디 안 해주는 무서운 분이라고 생각했습니다. 부끄러우면서도

참 서글픈 고백입니다.

엄마와는 카페도 참 많이 갔는데, 아빠와는 한 번도 가본 적이 없어요. 갈빗집, 칼국수집, 뷔페식당은 가봤어도 제가 그렇게 좋아하는 커피는 한 번도 같이 간 적이 없습니다.

딸과 함께 온 남자 손님께 비엔나커피를 권할 수 있었던 건 제가 엄마와 비엔나커피를 처음 마셨을 때가 떠올랐기 때문입니다. 비엔나커피는 아메리카노에 크림이 올라가 위는 차갑고, 아래는 뜨겁습니다. 그걸 모르는 엄마는 무슨 커피가 이렇게 미지근하냐며 크게 한 입 넘기다가 입천장을 데었습니다. 그러면서도 커피가 쓰지 않으면서도 달콤하다며 신기해하셨어요.

아빠와도 커피를 함께하고 싶은데, 이제 세상에 안 계십니다. 이젠 제가 매일매일 만들어드릴 수 있는데, 정말 부모님은 자식이 철들 때를 기다려주지 못하시나 봅니다. 우리 아빠는 여든이 넘어서까지 블랙커피를 하루에 한 잔씩 꼬박꼬박 마셨습니다. 전 짠돌이 아빠가 매일 커피 값은 안 아까우시냐고 놀렸는데, 아빠는 쓴맛을 굉장히 싫어하면서도 커피가 젊음을 유지해주고, 심장 질환에도 좋다는 이야기를 듣고 보약 먹는 기분으로 커피를 드신 거랍니다. 이 이야기도 아빠가 돌아가시고 나중에 들었습니다. 그걸 알았더라면 쓰지도 않고 신선한 핸드드립 커피를 내려드렸을 텐데…….

세상엔 이렇듯 보드랍고 달콤한 커피가 있다는 것도 가르쳐드리고, 비엔나커피에 대해 이야기를 나누고 싶습니다. 아빠는 어느 곳을 여행하고 싶은지 묻고, 한 번도 물어본 적 없는 아빠의 꿈 이야기도 듣고 싶습니다. 아빠는 어떤 꿈을 꾸고, 어떤 기쁨을 느끼며 살아갔는지 너무너

무 궁금합니다.

세상의 아버지들은 모두 '딸바보'입니다. 표현할 줄 모르고 내색할 줄 모를 뿐, 나름의 방식으로 열심히 딸을 응원하고 사랑하고 있습니다. 만약 아빠와 데이트를 계획하고 있다면 비엔나커피를 마시며 당신이 잘 몰랐던 아빠의 꿈을 들려달라고 졸라보세요. 아빠도 당신의 부모님이기 전에 남자이고, 혼자만의 꿈을 간직하고 있는 사람입니다. 용돈을 올려 달라, 옷을 사달라 하는 이야기만 하는 어색한 사이더라도 비엔나커피 한 잔에 사르르 녹을 겁니다. 저처럼 기회를 놓치는 바보 딸이 되지 말기를.

"브라보, 마이 파파!"

● **비엔나커피:** 부드럽고 달콤하면서도 쌉싸름하고 진한 아메리카노가 아래 깔려서 세 가지 맛을 함께 느낄 수 있습니다.

● **핸드드립 커피:** 커피를 좋아하는 아빠라면 다양한 커피의 맛의 세계로 빠져들게 해보세요.(구수한 맛을 좋아하는 아빠에겐 과테말라 안티구아, 브라질 산토스! 신맛을 좋아하는 아빠에겐 케냐AA, 에티오피아 예가체프!)

● **더치커피:** 술을 좋아하는 아빠에겐 '커피의 와인'이라고 불리는 더치커피도 좋은 선택이 됩니다. 깊은 맛과 향이 아빠와의 데이트를 더 품격 있게 만들어줄 겁니다.

비엔나커피

핸드드립 커피

더치커피

툭툭툭……. 비가 내리기 시작합니다. 빗줄기가 굵은 걸 보니 꽤 쏟아질 것 같습니다. 일기예보에서는 얼마 안 내린다고 해서 우산을 준비하지 못한 사람이 많을 텐데……. 괜히 구시렁거려봅니다. 비 오는 날엔 카페에 사람이 많을 것 같지만, 동네에 있는 카페는 좀 다릅니다. 그래도 카페 주인은 갑작스레 할 일이 많아집니다. 테라스에 있는 테이블도 안으로 들여놔야 하고, 비 맞으면 안 되는 소품들과 꽃들도 들여놔야 하고, 우산꽂이도 입구에 준비해야 합니다. 할 일을 해놓고 마음 편히 큰 유리창 앞에서 비를 구경하는 것도 꽤 재미있습니다. 서로 다른 우산 색깔도 보며 사람들 성격 따라 우산도 참 제각각이구나 하는 생각도 해봅니다.

작은 체구에 파라솔처럼 커다란 골프우산을 쓴 사람은 작은 빗방울이라도 몸에 닿는 걸 싫어하는 것 같고, 알록달록 예쁜 우산을 쓴 사람은 비 오는 날 축 처지는 걸 싫어하는 것 같고, 옷과 신발 그리고 우산까지 색깔을 맞춘 사람은 비 오는 날을 기다린 사람 같기도 하고, 데이트를 하러가는 사람 같기도 하고, 한편으론 완벽주의자일 것도 같습니다. 비닐우산을 쓰고 가는 사람은 갑자기 내린 비 때문에 당황스럽겠다 싶습니다. 남녀 커플이 남자의 재킷을 덮어쓰고 뛰어가는 걸 보며 소설 「소나기」에서 소년과 소녀가 갑자기 비를 만난 장면이 생각나 조용히 웃음을 짓기도 하지만, 저러다 감기라도 걸리면 어쩌나 걱정이 됩니다.

이렇게 비가 오는 날, 더치커피를 내리고 있으면 정말 온 마음까지 빗물에 젖어듭니다. 투명한 빗물이 머리를 적시고, 부드러운 갈색 더치커피 방울이 똑똑똑 가슴을 적십니다.

다들 하루하루 바쁘게 움직이다 보면 내가 원하는 것보다 회사나 학교가 원하는 것을 쫓아가기 바쁩니다. 내 꿈을 잊어버립니다. 연인이나 부부 사이에도 서로 긴장감이 풀어지면서 설렘보다는 익숙함이 크게 다가옵니다. 살아 있다는 걸 느끼기보다 그저 움직이고 있다는 느낌이 듭니다.

저희 카페에 자주 오는 단골손님 중 한때 문학소녀였던 40대 여성분이 있습니다. 꽂혀 있는 책 몇 권을 꺼내 한참을 읽다가 메모지에 가져가서 인상적인 문구를 옮겨 적습니다. 직업이 회계사인 남자분은 '힐링'하러 왔다면서 로맨스 소설을 오랫동안 읽고 갑니다.

커피를 각성제용으로만 드시지 마세요. 커피를 마시며 가슴에 낙엽 밟는 소리도 다시 느껴보고, 잃었던 당신의 꿈도 돌아보세요. 돈 없어 커피 한 잔을 나눠 마시며 까르르 웃었던 친구에게 편지를 써보세요.

잔소리만 하는 남편에게 "커피 한잔 할래요?" 하고 데이트를 신청해 보는 건 어떨까요? 분위기 파악 못하는 남편이 돈 아깝게 무슨 카페냐

하고 무안을 줄지도 모르고, 바쁘다고 거절할지도 모릅니다. 그렇더라도 마음 상해하지는 마세요. 우아하게 커피 마시며 찾은 여유와 소소한 행복을 다른 사람 때문에 잃게 되면 너무 억울할 것 같습니다.

더치커피가 내려오는 걸 보며 당신의 심장 박동에 집중하고, 당신이 얼마나 정열적이고 멋있게 살아왔는지 느껴보세요. 더치커피는 저에게 심장 마사지 같다는 생각을 간혹 합니다.

분위기 없는 남편과 너무 바쁜 연인한테는 더치커피를 포장해서 가져다주세요. 물론 집에서도 원두와 더치커피 기구가 있으면 내려 마실 수 있습니다. 사실 직접 내려 마시는 걸 권장해드립니다. 더치커피에는 약간 가볍고 화사한 향을 풍기는 아프리카 계열의 커피도 좋고, 초콜릿 향이 감도는 남미 계열의 커피도 좋고, 카페마다 특성이 살아 있는 블렌딩 원두도 좋습니다. 여러 가지 더치를 마셔보고 어떤 원두로 내린 더치커피가 가장 맛있는지 느껴보세요.

첫 날 내린 더치커피는 가볍고, 사흘 지난 원두는 숙성이 시작되어 깊은 맛을 띠고, 잘 보관된 더치커피는 열흘이 지나면 와인처럼 깊은 향이 나서 남편이나 연인에게 매력적인 데이트 커피가 될 겁니다.

더치커피는 참 매력 있는 친구 같아요. 저에겐 제가 꿈이 있는 여자라는 자신감을 심어줍니다. 결혼한 지 5년이 지나 무던해지는 남편과 함께 마시면 데이트를 하고 있는 듯한 로망을 심어주고, 오랜 친구와 마시면 깊은 맛이 우리의 우정을 닮은 것 같습니다. 추억 속으로 촉촉이 젖어들게 됩니다.

똑, 똑, 똑. 더치커피가 당신 마음을 두드립니다. 한 잔 음미하면서 메마른 마음에 단비를 뿌려주시길.

"내 심장아, 다시 한 번 뛰어보지 않을래?"

● **더치커피:** 남녀 모두 좋아하는 커피입니다. 얼음과 커피 농도에 맞춰 물을 섞어 한 잔 마시면 마음에 비가 내리고, 심장이 다시 뛰는 소리를 들을 수 있습니다.

● **더치라떼:** 더치커피에 우유를 섞어 만듭니다. 평범한 라떼보다 훨씬 더 깊고 깔끔합니다. 분위기를 중시하는 여성분들이 좋아하는 커피.

● **더치에이드:** 남성에게 추천해주고 싶은 커피. 탄산수에 더치커피를 섞는 에이드로 톡 쏘는 탄산수와 깊이 있는 더치의 묵직한 향이 어우러집니다. 흑맥주처럼 보이는데, 맛은 보리음료를 닮았습니다.

더치커피 더치라떼

오늘도 365일 중 하루가 가고 있습니다. 저녁 시간에 들어오는 손님들의 얼굴이 딱 그렇습니다.

드디어 끝났다!

지루해.

피곤해.

지금은 아무것도 하고 싶지 않아.

그런 표정으로 의자에 철퍼덕 앉습니다.

8시 이후 들어오시는 손님들은 메뉴판 앞에서도 주문하기까지 시간이 한참 걸립니다. 잠 못 들까봐 커피 마시기는 부담스럽고, 뭐가 좋을까? 피곤은 풀리면서 수면에 방해받지 않고, 맛있으면서 새로운 기운을 팍팍 심어줄 수 있는 것! 원하는 것도 참 많습니다. 그분들을 보며 나 자신은 어떠한가 돌아보게 됩니다.

아침 9시가 넘으면 어김없이 카페에 도착해서 밤 11시까지 카페를 지킵니다. 일주일에 한두 번은 새벽 1~2시까지 있습니다. 문을 열고 매장을 청소하고, 화장실을 청소하고, 테이블을 닦고, 재료를 준비하고, 음악을 켜고, 손님을 기다리고, 손님과 대화를 나눕니다. 이 공간에서 매일매일 커피와 음료를 만들어 나르고, 재고를 정리하고, 부족한 물품을 전화로 주문하고, 자주 보는 손님들을 만나 몇 마디 인사를 나누다 보면 하루가 훌쩍 지나가 있습니다. 이렇게 하루가 반복된다고 생각하면 정말 재미없고 따분할 수밖에 없습니다.

그런데 다행스럽게도 제 생각에 저는 울트라급 긍정에너지가 넘치는 사람입니다. 남편에게는 나잇값 절대 못하는 영원히 철딱서니 없는 마누라로 불릴 만큼 참 편하게 세상을 바라봅니다.

만나는 사람도 다르고, 날씨도 다르고, 공기도 다르고, 세상 돌아가는 일이 다른데 어떻게 하루하루가 똑같을 수가 있겠어요? 학교에서도 매일 교수님과 친구들을 보겠지만 매일매일 수업내용이 다르고, 과제가 다르고, 친구들과의 약속이 다르고, 사랑하는 사람이 생기고, 친구와 오해가 벌어져 다투기도 합니다. 생각지도 못한 선물을 받는 날도 있고, 복권 5,000원에 당첨되는 횡재수가 있기도 합니다. 하루하루가 아기자기한 이벤트의 연속 아닌가요?

가끔은 카페에서 다투는 연인들의 대화를 의도치 않게 듣게 됩니다. 단단히 토라진 여자친구 앞에서 남자친구가 미안하다 사과하고 달래줍니다. 대개가 기념일을 잊었다거나 남자친구가 연락이 안 되었다거나 자

커티 마스
COTEA'S MAS
COTEA'S MAS

기보다 친구를 더 챙기는 것을 두고 여자친구의 기분이 상했습니다. 남자친구는 사과는 하면서도 이런 일들이 몇 번씩 반복되는 걸 보고 여자친구가 왜 섭섭해하고 화가 났는지를 잘 모르는 것 같아요. 같은 여자 입장에서 저는 충분히 이해가 되는데, 남자친구는 왜 모를까요? 하긴 저도 제 남편 마음을 알다가도 모를 때가 있으니 누굴 뭐라 할 수 있겠어요. 남자친구 여러분! 여자친구는 단순히 선물을 못 받아서도, 그날 분위기 좋은 레스토랑에서 밥을 먹길 바랐던 것이 아닙니다. 당신이 여자친구를 사랑하고 있다는 걸 확인받고 싶고, 서로의 의미가 특별하다는 걸 기쁘게 나누고 싶은 것뿐이에요.

여자친구는 다른 사람과 백 일이 됐든, 천 일이 됐든 아무 상관이 없어요. 당신과의 하루하루가 의미 있으니까 당신도 그래주었으면 하는 거죠. 그날 직접 적은 손편지 한 장과 처음 만난 장소로 가서 커피 한 잔 나눠 마시기만 해도 여자친구는 감동할 거예요. 당신이 특별하듯 당신과의 하루하루가 특별합니다. 혹시 당신은 여자친구와 함께하는 매일매일이 똑같이 느껴지고 지겨운 건 아닌가요? 여자친구는 겉으로는 토라져 있지만, 실은 당신의 마음이 변했는지 두려워하는 건지도 모릅니다.

오늘도 어제와 같고, 그 어제는 한 달 전 어느 날과 똑같다고 느껴지세요? 그렇다면 작은 도전들을 해보는 거예요. 번지점프를 한다거나, 멀리 배낭여행을 떠나 트래킹을 하는 것도 멋있는 도전이지만, 가장 가까운 곳에서 도전해서 생활을 바꿔보는 거예요.

카페에서도 소소한 도전을 할 수 있습니다. 매일 아메리카노를 마신다면 오늘은 마셔보지 않은 화이트카페모카를 선택해보는 것도 좋고,

LOVE YOU
SO MUCH...

이름조차 생소한 모카 카리엔디를 주문해보는 거죠. 평소 구석 진 자리에 앉았다면 오늘은 한가운데 소파에 앉아 보세요. 카페 분위기가 달라 보일 겁니다.

화이트 카페모카는 화이트 초콜릿이 들어가서 부드럽고, 끈적임이 덜해서 산뜻한 느낌을 줍니다. 겨울에 따뜻하게 마시면 첫눈 맞는 느낌도 나고, 여름에 시원하게 마시면 달콤합니다. 마치 한여름에 크리스마스를 맞이하는 행복한 기분에 젖게 됩니다.

똑같은 만남과 똑같은 일이 반복되어 일상이 재미없게 느껴진다면 생활에 작은 변화를 줘보세요. 출근길 지하철도 매일 타는 칸이 아닌 다른 칸에서 타 보세요. 익숙한 길이 아닌 다른 길도 가보고, 한 번도 들어간 적 없는 음식점에서 점심을 먹고, 도통 연락하지 못했던 친구에게 전화를 해보세요. 그래도 재미없으면 다음 휴가 계획을 미리 짜보는 거예요.

365일은 매일 다른 얼굴을 갖고 있어요, 매일 당신이 똑같은 길을 선택할 뿐이랍니다.

오늘 만약 카페를 가면 제가 이야기한 대로 한 번도 마셔보지 않은 커피에 도전해보는 거예요!

“도전하는 당신이 아름답습니다”

● **화이트 카페모카:** 산뜻하면서도 부드러운 단맛이 매력적인 커피. 목을 타고 넘어가는 커피 맛을 느끼며 당신은 행복하고 달콤한 꿈을 꾸는 듯한 기분이 들 거예요.

● **모카 카리엔디:** 모카커피 위에 휘핑크림과 견과류를 올려서 부드럽고 달콤하면서도 고소한 맛이 납니다. 단맛 또한 평범하고 단순하지 않습니다. 평소 아메리카노만 마시는 분에게, 그중에서도 살짝 일탈을 꿈꾸는 분에게 추천해드리고 싶은 커피입니다.

● **에스프레소:** ‘사약’일 거란 편견을 버린다면 진하면서도 고소한 커피의 진정한 맛을 맛볼 수 있습니다. 커피의 도전은 에스프레소에서 시작합니다!

화이트 카페모카

모카 카리엔디

에스프레소

하우스 블렌딩 커피

손님으로 카페에 들어간다는 건 여행자의 마음과 닮았습니다. 더위를 피하기 위해, 비바람을 피하기 위해, 몸과 마음이 너무 지쳐 쉬고 싶어서, 커피 한 잔이 간절해서, 누군가와 편안히 이야기를 나누기 위해, 누구에게도 방해받지 않는 나만의 쉼터가 필요해서 찾는 카페. 여름을 만끽하기 위해, 설경을 즐기기 위해, 일상에 지쳐 떠나고 싶어서, 가까운 사람들과 설렘을 안고 떠나기 위해, 홀로 마음을 비우고 싶어서 떠나는 여행. 어쩌면 가장 가까이 떠나는 여행지가 카페가 아닐까 싶기도 합니다.

제가 주인이 되어 차리고 싶은 카페도 이런 카페였습니다. 만약 커피를 좋아하고, 사람이 좋기만 하면 카페에 들어가는 '손님'이어야 합니다. 마시고 싶은 커피를 마음껏 마시고, 친구들과 함께 즐기는 자유는 주인에게 없으니까 말이죠. 제가 카페를 꿈꾸게 된 데는 예전에 봤던 책과 영화들의 영향이 컸는지도 모르겠습니다. 「바그다드 카페」라는 옛 영화를 보며 막연히 카페 주인이란 이런 사람이란 걸 깨달았습니다. 영화 속 바그다드 카페는 이라크에 있지 않습니다. 미국의 인적이 드문 사막 한가운데에 있습니다. 바그다드라는 단어는 카페 이름으로 잘 안 어울리는 것 같은데, 이 영화 속에는 안 어울릴 것 같은 사람들이 다 모였습니다.

남편과 다투고 차에서 내린 뚱뚱한 여인 자스민은 절망에 빠져 길을 걷다가 불빛 두 개를 발견하고 안으로 들어옵니다. 머신이 없어서 커피가 안 되는 카페에는 흑인 여성 브랜다가 있습니다. 우연찮게도 브랜다의 남편은 그날 집을 나갔습니다. 두 사람은 처음에는 낯선 서로에게 오해를 하지만, 차츰 적응해가며 죽어가는 카페를 생기로 채웁니다. 둘은 우여곡절을 거치지만 사랑도 찾고, 우정도 찾습니다.

카페…… 아무리 낯선 곳이라도 카페를 발견하면 안심이 되는 곳, 사람의 온기로 채워지는 곳, 그곳이 카페입니다. '카모메 식당'이란 일본 소설을 읽을 때도 핀란드 헬싱키에 식당을 차리고 손님을 기다리는 여자 주인공의 모습이 오래 기억에 남았습니다. '카모메'는 갈매기란 뜻이라지요. 바다를 맴돌며 물고기를 먹고, 사람이 주는 과자를 기다리는 갈매기. 어쩌면 카페 주인은 손님을 기다리고 손님과 함께 울고 웃게 되는, 조금은 외로운 직업이 아닐까 싶습니다.

낯선 동네에 가게 되더라도 발견하게 되면 마음에 평온함을 얻고 문을 열게 되는 곳, 극장이나 식당엔 혼자 가는 게 눈치 보이지만, 처음 가더라도 아무렇지 않게 들어갈 수 있는 곳. 어느 한 자리에 앉아 커피 한 잔 하면서 피곤한 몸과 마음을 쉴 수 있는 곳. '마음을 편안하게 해주는데 커피까지 맛있으면 얼마나 좋을까' 하는 마음으로 카페를 열었습니다. 지금은 저희 카페가 도시의 골목에 있지만, 언젠가는 바닷가에 하

LE CONSULAT
RESTAURANT LE CONSULAT
CAFE
CREPERIE
SAUF

나, 산에 하나 열고 싶은 꿈을 꿔봅니다

오늘도 우리 카페의 문이 열립니다. 행복한 표정을 짓는 커플이 들어와 웃음소리를 가득 채우기도 하고, 큰소리로 다투던 연인들 가운데 한 명이 카페를 뛰어나가고 남은 한 사람이 멍하게 창밖을 응시합니다. 혼자 들어와 책을 보기도 하고, 휴대폰으로 텔레비전 프로그램을 보기도 하고, 아무것도 하지 않고 커피 맛에 몰두하는 사람도 있습니다.

카페에서는 아무것도 안 해도 됩니다. 가끔은 인생의 길 위에서 '우선멈춤'이란 신호가 필요할 때도 있습니다. 마음의 짐이 너무 무거워 훌훌 벗어던져버리고 떠나고 싶다거나, 홀로 어디로 떠날까 고민하고 있다면 우선 카페에 들어가서 몸과 마음을 비워놓으세요.

당신이 지금 어디에 서 있는지, 어디를 향해 걷고 있었는지 생각이 들 때가 있습니다. 미로 속에 갇혀 있는 기분이 들 때, 가끔은 당신이 무엇을 비우고 싶은지조차 모를 때도 있습니다. 당신 자신을 텅 비우고 무언가를 채우고 싶다면 커피 한 잔을 마시며 당신 자신을 토닥여주세요.

지하철을 타고 가다 아무 데서나 내려도 되고, 길을 걷다가 눈에 띄는 곳에 들어가도 되고, 높은 빌딩 숲 사이에 눈길이 멈추는 곳으로 들어가 보는 거예요. 멀리 여행을 떠나는 건 쉽게 감행할 수 없습니다. 하지만 카페는 쉽게 갈 수 있습니다. 당신이 편안하게 커피 한 잔 마실 여유만 있으면 가능합니다. 여행자가 그 지역 특산물을 찾아 먹듯이 당신이 찾은 카페에서만 맛볼 수 있는 커피의 맛을 즐겨보세요. 당신의 입술을 적시고 마음까지 가득 채운 커피의 맛과 향은 당신의 마음속을 여행하듯 오래오래 진한 여운을 남겨놓을 겁니다.

"열심히 고민한 당신, 떠나라"

● **하우스 블렌딩 커피:** 로스터리 카페에 들어갔다면 하우스 블렌딩 커피로 그 카페에서만 느낄 수 있는 맛을 만끽하세요. 여행지에 온 나그네의 기분을 느낄 수 있을 겁니다. 만약 하우스 블렌딩 커피가 없으면 아메리카노가 그곳 본연의 커피를 가장 가까이 느낄 수 있는 커피입니다.

● **케냐AA:** 한국인이 가장 좋아하는 커피라고 합니다. 신맛, 단맛, 고소한 맛 등 다양한 맛과 함께 아프리카 태양의 기운을 가득 맛볼 수 있습니다.

● **아포가토:** 바닐라 아이스크림에 에스프레소를 넣어 마시는 커피. 달콤함과 진한 커피의 맛을 동시에 느낄 수 있습니다.

하우스 블렌딩 커피　　　아포가토

카페에서 한 커플이 다투고 있습니다. 보기 좋게 손을 잡고 들어와 음료를 받을 때까지만 해도 제주도에 여행 갈 계획을 세우며 세상을 다 가진 듯한 표정으로 즐거워하고 있었는데, 어느 순간 분위기가 싸해졌습니다. 서로 왜 먼저 알아보지 않았느냐고 투덜거립니다. 비행기 티켓을 구입하는 걸 서로에게 미루었다가 결국 못 가게 되었답니다. 서로 상대가 알아볼 줄 알았다고 볼멘소리를 하더니 언성이 높아지고 급기야 넌 늘 그랬다는 둥, 넌 날 사랑하지 않는다는 둥 사랑까지 의심합니다.

손님이 별로 없을 때여서 다행이었지만, 사실 이런 순간이 가장 난감합니다. 사랑싸움을 말려야 하는지, 조금 참았다가 더 심각해지면 그때 말해야 하는지.

다투는 유형도 다양합니다. 삿대질을 해가며 이혼 운운하며 엄청 큰 소리로 싸우는 부부도 있고, 두 시간 동안 서로 아무 말 없이 째려보다

가 나가는 커플도 있고, 거짓말한 것이 들통이 나서 여자에게 물벼락을 맞는 남자 손님도 있습니다. 가장 심각하게 싸운 커플은 쉽게 잊히지가 않네요. 남자가 헤어지자고 하니까 여자는 사준 것 다 내놓으라며 가방에서부터 티셔츠까지 빼앗는데, 결국 옷이 찢어졌습니다.

'이 커플 수상하다'라고 직감할 정도로 카페에 들어올 때부터 냉랭한 커플의 다툼은 저도 나름 준비를 하는데, 사이 좋게 웃으며 들어왔다가 갑작스레 벌어지는 연인의 다툼은 예측할 수 없는 방향으로 번져갑니다. 싸울 때는 아무것도 보이지 않는 게 당연하겠지만, 그래도 이곳은 카페이고 다른 손님들도 있습니다. 주인은 당신의 사랑싸움을 바라볼 수밖에 없다는 걸 알아주세요. 그러니까 다투더라도 조금만 매너를 지켜주세요.

모든 사랑은 아픕니다. 정도의 차이가 있을 뿐, 달콤하기만 한 사랑은 사랑이 아닙니다. 서로 다른 마음이 깎이면서 둥글둥글 맞춰야 하기에 아프지 않을 수 없습니다. 서로에게 기대하는 바가 있기에, 서로 많이 사랑하기에 눈앞에 없으면 보고 싶고, 보고 있어도 그리워서 아플 수밖에 없습니다. 친구 사이에도 오해가 있고 다툼이 있기 마련입니다. 때론 아빠와 엄마 사이에서도 서로 마음을 몰라준다며 섭섭해합니다. 하물며 서로 다른 환경에서 자란 두 사람이 만났는데, 마음이 100% 통하는 게 가능할까요? 서로 배려해주고, 인정해주고, 틀린 게 아니라 다른 것이란 걸 함께 깨달아가는 것. 그런 자세가 사랑을 유지하는 지혜가 될 수 있지 않을까 생각합니다.

사랑의 유효기간에 대한 기사를 본 적이 있습니다. 과학자들은 길어야 3년이라고 합니다. 짧게는 3개월, 보통 사람들은 1년이면 사랑이란 감정이 끝난다고 하네요.

저는 그렇게 생각하지 않습니다. 보기만 해도 불꽃이 팍팍 튀는 열정으로 가득한 감정만이 사랑이 아니기 때문입니다. 무지개가 아름답게 완성되려면 일곱 가지 빛깔이 어우러져야 하듯 사랑도 조화를 이루어야 합니다. 보기만 해도 찌릿찌릿한 정열의 빨강, 서로 애틋하게 그리워하는 주황, 서로 설레는 노랑, 서로 마음의 크기가 성장하는 초록, 믿음으로 바라보는 파랑, 가끔은 이성적으로 생각할 수 있는 남색, 서로에게 늘 신비감을 부여하는 보라색이 어우러져야 큰 사랑을 이룰 거라 생각합니다.

연인이나 부부 사이에도 간혹 실망하고, 짜증도 나고, 화가 날 수 있습니다. 그때는 진한 카페모카에 크림을 올려 드셔보세요. 겉에 있는 크림을 보면 달 것 같지만, 속에 숨어 있는 다크 초콜릿과 커피 덕에 생각보다 달지 않습니다. 초콜릿은 단맛이 있지만 쌉싸름하고 쓴맛도 느낄 수 있습니다. 마치 사랑의 맛을 닮은 것 같습니다.

사랑은 보기에는 보드랍고 달콤하지만, 맛을 보면 쌉싸름하고 쓴맛이 난다는 걸 기억해주세요. 누구에게나 사랑은 쓴맛을 숨깁니다. 카페모카 속에 담긴 우유가 쓴맛을 감싸안듯 당신의 사랑으로 그동안 함께 추억을 쌓은 그의 마음을 감싸안아주세요.

진정 너무 아픈 것은 사랑이 아닐 수 있지만, 사랑을 하면서 누구나 성장통 같은 아픔을 겪습니다. 달콤한 걸 먹고 싶어서 메뉴판에서 카페모카를 고르는 분들이 있는데, 카페모카는 생각만큼 달콤하지 않습니다. 달콤한 걸 원하면 캐러멜마키아토나 바닐라라떼를 권해드립니다.

결혼한 지 6년이 되는 저는 여전히 사랑에 빠져 있기에 사랑의 유효

기간은 과학자들이 연구한 것보다 더 길다고 믿습니다. 물론 우리 부부도 여느 부부들처럼 별것 아닌 것 때문에 충돌합니다. 돈 때문에 언성을 높이기도 합니다. 연애할 때는 결혼할 생각만 하면 아침부터 밤까지 함께할 수 있다는 사실 만으로도 감사하고 행복했는데, 이런 날이 올 줄은 꿈에도 몰랐습니다. 사랑이 생활 속으로 들어오고 나니 보이지 않던 단점도 크게 보이고, 실망하는 것들도 생기네요.

상대에게 무엇을 해주길 바라기보다 내가 먼저 무엇을 해줄 수 있는지 생각합시다. 사람이니까 실수할 수 있다고 이해해줍니다. 우리 모두 실수하잖아요.

제주도로 여행을 못 가게 되었으면 다른 여행지를 빨리 알아보세요. 얼마나 바쁘면 그랬을까 이해해주고, 나도 미처 챙기지 못했으니 미안하다는 말을 건네세요. 사랑하지 않으면 함께 여행 가겠다는 생각을 하지 않아요. 그러니까 싸우더라도 사랑까지 의심하지 마세요.

사랑에 빠지는 건 한순간입니다. 그리고 누구나 경험할 수 있습니다. 하지만 사랑을 키우고 지키는 것은 용기 있고, 지혜로운 사람들의 특권입니다.

물론 해서는 안 되는 잘못이 있고, 용서할 수 없는 실수 또한 존재합니다. 조금 아픈 사랑을 하고 있다면 카페모카를 마시면서 깊은 초콜릿의 맛을 온몸으로 느끼고 큰 숨을 깊게 쉬어보세요. 내가 겪는 사랑의 아픔이 성장통인지 아니면 이별로 받아들여야 하는 고통인지 마지막 한 모금 넘길 때까지 깊이깊이 생각해보기로 해요.

"당신, 오늘 참 밉다"

● **카페모카:** 초콜릿과 커피의 조화는 단맛보다 깊고 쓴맛을 지니고 있습니다. 사랑의 맛과 가장 닮아 있어 위안을 받을 수 있습니다.

● **캐러멜마키아토:** 너무 아파서 마음에 연고를 발라줘야 한다면 달콤한 로망을 일깨워줄 캐러멜이 치료제가 되어줍니다.

● **브라질 산토스:** 모든 브랜드 커피의 베이스로 이용되는 커피. 깊고 부드러운 풍미를 지녔습니다. 달콤하지 않지만 늘 묵묵히 내 곁을 지켜주는 사랑을 깨닫게 해주는 커피입니다.

카페모카 캐러멜마키아토

해장 커피

"저 어제 너무 무리했나봐요, 죽을 것 같아요!"

"사장님, 어제 마신 술이 아직 안 깨요."

"시험 기간이라 잠을 못 잤더니 정신이 하나도 없어요."

빨갛게 충혈된 눈으로 카페에 들어와 간절한 눈빛으로 쳐다보는 손님들을 종종 마주하게 됩니다. 약은 약사에게, 커피는 바리스타에게 찾아야 하는 거니까 약을 짓는 마음으로 커피를 처방해주면 되는 거겠죠? 처음에는 이런 이야기를 들으면 굉장히 당황스러웠습니다. 제가 술을 못 마시다 보니 밤새 술로 '달릴' 일도 없었거든요. 외로워도, 슬퍼도, 화가 나도, 즐거워도 아메리카노나 핸드드립 커피 한 잔이면 만사 '오케이'였습니다. 대체 어떤 커피를 권해야 할지 어려웠습니다. 그래서 인터넷으로 검색을 하며 공부를 했습니다.

미국에서는 '레드아이'라는 커피가 있다고 합니다. 이름이 재미있죠?

밤새 과음하고 피곤해서 '빨갛게 충혈된 눈'이라는 뜻을 담았다고 합니다. 오리지널 드립커피에 에스프레소를 더해 부드러움에 깊고 그윽한 맛을 느낄 수 있다고 합니다. 사실 에스프레소보다 드립커피가 카페인 추출량이 더 많습니다. 카페인이 추출되려면 시간과 열이 필요한데, 에스프레소보다 추출 시간이 길다 보니 카페인이 더 많아집니다. 거기에 에스프레소를 넣는다면 커피 두 잔을 한 잔에 마시는 것과 같습니다. 이탈리아에서는 에스프레소 도피오를 마신다고 합니다. 카페인이 들어가 있는 커피가 이뇨작용을 돕고 각성제 역할을 하니까 술기운은 몸 밖으로 빼내고 정신을 또렷하게 일깨우겠다는 의지가 느껴집니다.

요즘 하루하루 지내다 보면 술 마실 일이 많습니다. 가끔 밤새 달릴 일도 있을 거고요. 대학에 갓 입학한 신입생들은 잠시나마 자유를 만끽하다 보면, 군대 가는 친구를 환송하기도 하다 보면, MT 가서 친목을 도모하다 보면 술이 빠질 수 없습니다. 직장인들은 회식을 하다 보면, 상사한테 스트레스를 받다 보면, 퇴근한 동료를 환송하다 보면 술을 찾게 됩니다. 1차, 2차, 3차 달리고 그것도 모자라 노래방에 가서 고래고래 소리를 쳐가며 노래를 부릅니다. 하긴 술로만 밤새 달리는 건 아닙니다. 클럽에서 춤추고 놀면서 밤을 보낼 수 있고, 밤새 공부를 하거나 일을 할 수도 있고, 친구 혹은 연인과 밤새 놀 수도 있고, PC방에서 게임하느라, 집에서도 영화 보고 책 보느라 밤을 지새울 수 있습니다. 그럴 때 밤은 어찌나 짧고 달콤한지……. 아침에는 분명 후회로 남지만 잠을 포기할 만큼 밤의 세계는 분명 낮과는 다른 매력이 넘칩니다.

이렇게 이유는 제각각 다르고 밤을 새는 방법도 다른데, 증세는 똑같습니다. 온몸에 힘이 풀리고, 머리는 멍하고, 집중도 안 되고, 졸리고,

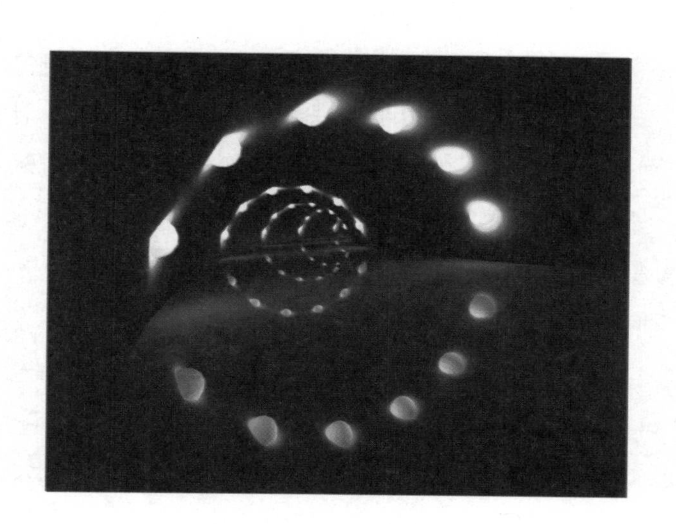

멍하고 짜증이 납니다. 푹 자고 나면 나올 텐데 잘 수 없으니 문제가 심각해집니다. 그러니 커피의 힘이라도 빌리고 싶은 거겠죠.

커피로 풀고 싶다면 제가 말씀드린 대로 레드아이나 에스프레소 도피오를 드시면 효과를 볼 수 있습니다. 또 하나 추천드릴 커피가 있습니다. 얼마 전 방송에서 가수 윤건이 레몬커피를 소개했습니다. 에스프레소에 레몬 원액을 짜서 넣어 마시면 피곤이 풀린다고 합니다. 레몬 덕에 비타민을 섭취할 수 있으니 좋은 방법이 될 것 같아요. 꿀을 넣어 마셔도 좋고, 카푸치노에 시나몬 가루를 팍팍 뿌려 마시는 것도 숙취를 해소하는 데 좋다고 합니다. 더치커피도 숙취 해소에 좋다고 하지요. 여러 커피 중 당신이 좋아하고 몸에 잘 맞는 걸 마시면 어느 정도 정신을 차릴 수 있을 거예요.

그런데 커피는 만병통치약이 아닙니다. 응급처방전일 수밖에 없어요. 너무 반복적으로 커피에 의존해서는 안 됩니다. 야근을 매일매일 반복하면서 마셨던 수백 잔의 에스프레소 도피오. 피곤에 지친 정신은 깨워줘도 망가지는 몸은 회복될 수 없습니다. 저 또한 회사를 그만두고 커피 중독 증세에 빠져 아메리카노를 마셔도 밍밍해서 에스프레소만 찾고, 마시지 않으면 정신도 안 깨고 머리가 띵하게 아픈 증상이 있어 한참 동안 고생했습니다.

무엇을 즐긴다는 건 스스로가 통제할 수 있어야 가능합니다. 마시고 싶지 않을 때는 마시지 않아야 합니다. 어느 한 사물이나 현상 때문에 일상에서 크게 영향을 받는다면 중독 증세일 테지요. 사랑과 커피의 닮은 점이 뭔 줄 아세요? 처음 접할 때는 쇼크를 받는 듯하고, 점점 가까

워질수록 없으면 안 되고, 나중에는 끌려가게 됩니다. 어디 사랑뿐이겠어요? 술과 담배도 마찬가지입니다.

커피와 진한 사랑에 빠지는 건 좋지만, 만병통치약이란 믿음으로 아무 때나 커피를 찾으면 안 됩니다. 당신이 좋아해서 마시는 것이어야 하지, 술처럼 커피가 사람을 마시면 큰일 납니다.

커피를 즐기며 좋고 재미있고 행복한 사람이 되기로 해요. 잠시라도 커피가 안 보이면 죽을 것 같고, 미칠 것 같고, 어쩔 줄 모르면 그 증상은 분명 중독입니다.

“커피 119에 도움을 요청하세요”

- **레몬커피:** 비타민을 섭취할 수 있어 효과가 있습니다. 레몬이 없으면 꿀이나 시럽을 넣어보세요. 단맛으로 피곤을 푸는 것도 방법입니다.
- **레드아이:** 드립 커피와 에스프레소를 함께 넣어 만듭니다. 진한 카페인과 맛을 동시에 맛볼 수 있는 더블 찬스!
- **카푸치노:** 과음 때문에 속이 아프면 우유와 시나몬 파우더를 넣어 드세요. 숙취를 해소하고 속을 다스릴 수 있을 거예요.

레몬커피 카푸치노

오늘, 정말 이상한 날입니다. 원래 누구보다 더 사이좋던 커플 손님들이 여러 테이블에서 전투태세를 보이네요. 특히 여자 손님들이 남자친구에게 짜증을 내거나 별것 아닌 일에 민감하게 반응하는 광경이 자주 보입니다. 아무래도 비는 안 오고, 습도는 높고, 기온은 높다 보니 몸은 끈적거리고, 불쾌지수도 올라갑니다. 그리고 남자친구 대부분이 예민해 보이는 여자친구에게 눈빛으로 조심스레 묻고 있습니다.

"너, 혹시…… 오늘이 '그날'이야?"

휴우, 그날! 여자에게 정말 한 달에 한 번 꼭 찾아오는 손님, 몇 십 년을 함께해도 친해지지 않는 동료, 해도 걱정, 안 하면 더 걱정되는 골칫거리. 여자의 자유로움을 막는 족쇄……. 바로 생리입니다.

'그날'은 정말이지 남자들이 이해해줘야 해요, 찜찜하고 짜증나고 아프고……. 티 내고 싶지 않지만 그날은 스스로 바보가 된 것 아닌가 싶을 만큼 둔해지고 힘들거든요. 하늘의 축복을 받아 생리통을 모르고 지나가는 분들도 있다는데, 정말 축복 중의 축복이라 하겠습니다. 만약 여자친구가 그날인데도 남자친구를 만나러 나가는 수고를 기꺼이 한다면 남자친구는 그 사실만으로 감동을 받을 만합니다. 그만큼 남자친구를 좋아하는 것이니 여자친구가 평소와 달리 예민하게 굴더라도 이해해주세요. 남자분들이 하나 더 알아둬야 할 것이 있습니다. 여자들은 그날보다 그 전 증후군이 심할 수 있다는 거예요. 그날이 다가올수록 겪어야 할 몸과 마음의 고통을 떠올리는 것만으로도 예민해집니다. 몸이 붓고, 식탐을 보일 수도 있습니다. 그러면 "그날도 아닌데 왜 그래?"라고 묻기보다 '아, 그날이 다가오고 있구나. 지금 힘들어하는구나' 하고 헤아려주세요.

그렇다고 남자들만 여자를 이해하고 받아줘야 하는 건 아닌 것 같습니다. 여자들도 알아야 할 것이 있습니다. 남자들에게도 '그날'이 있다는 것을요. 여자처럼 용품을 따로 준비해야 하는 건 아니지만 한 달에 하루, 이틀쯤 무기력해지고 다 귀찮아하고, 힘이 쭉 빠지는 날이 있답니다. 부지런한 제 남편도 하루 이틀쯤은 불러도 시큰둥하게 대답하고, 뭘 하자고 하면 귀찮은 표정이 역력합니다. 얼굴에는 '날 좀 가만내버려둬'라고 쓰여 있는 날이 있어요. 이런 날 상대를 위한다는 마음에 더 챙겨주려고 말을 붙이다 보면 의도하지 않게 부부싸움으로 번지게 됩니다. 결혼 초에는 몰랐어요, 남자에게도 그날이 있다는 것을! 함께 살면서 보니 한 달을 주기로 하루 이틀은 배터리가 방전되듯 몸과 마음이 축 처지는 날이 있더라고요. 남자가 방전된 건 여자가 먼저 알게 되는 것 같아요. 그런 날은 조용히 맛있는 걸 해줘가며 편안하게 쉴 수 있도

록 최대한 배려해줍니다. 집안의 평화를 위해 가장 좋은 방법이지요. 여자가 이렇게 현명하게 대처해주면 남자도 여자에게 굳이 그날이냐고 묻지 않고, 말없이 편안할 수 있게 배려해주면 안 될까 싶은데, 너무 큰 욕심인가 봅니다.

이렇듯 여자도, 남자도 몸과 마음이 축 저지고, 한편으로 예민해지는 날이 있습니다. 헌데 '그날'이 겹치는 게 좋을까요, 따로 겪는 게 좋을까요? 제 생각으로는 따로따로 겪는 게 좋은 것 같습니다. 연인 사이라면 기분 안 좋고 예민해지는 날에는 만나지 않아도 되지만, 부부는 같은 날 서로 예민해지고 서로에게 배려해주기를 바라면 다툼이 벌어집니다. 여자는 밥맛도 잃고 그저 누워서 쉬고 싶은 반면, 남자는 여자가 해주는 맛있는 음식을 먹고 싶고, 잘 쉬게 도와줬으면 하는 마음이 있거든요.

서로 사랑받고, 인정받고 있다는 것을 확인받고 싶은 마음. 그런 마음이 충족되지 않으면 서운해지고, 화도 납니다.

'난 이 사람한테 어떤 존재일까?'

이런 생각을 하다가 자괴감까지 들 수도 있어요.

혈액형 궁합이 한창 관심을 끌었는데, 저는 그보다 생체리듬 궁합이 더 신빙성 있지 않을까 싶습니다.

만약 연인이나 부부 사이에 사인이 맞지 않다거나 평소와 달라 보이는 모습을 보인다면 '이상하다, 애정이 식었나?' 하고 의심이 들 수 있습니다. 하지만 먼저 그 사람에게 그날이 찾아왔을 수도 있다고 생각하고, 재충전할 수 있는 시간을 주세요.

그날을 맞이한 상대를 위한답시고 "어디 갈래?", "뭐 먹을래?", "뭐 할

까?" 묻지 말고 데이트 주도권을 쥐고서 앞장서서 "이거 먹자", "얼른 들어가자", "오늘 피곤하지, 수고가 많아요", "사랑해" 하는 말을 건네어 힘을 주세요. 카페에 가게 된다면 사랑하는 사람이 평소와 달리 '선택장애'를 겪을지도 모릅니다. 그럴 땐 당분이 들어간 커피를 골라주세요. 그날은 달콤하고 기분을 풀어주는 당분이 필요할지도 모릅니다.

여자든 남자든 신도 아니고 로봇도 아니기에 방전되는 날이 분명 있습니다. 그날은 서로를 더 위하고, 사랑을 표현해주는 센스가 필요해요. 당신이 건네는 말 한 마디는 사랑하는 상대를 빨리 일으킬 수도 있고, 쓰러뜨릴 수도 있는 강력한 힘을 지녔다는 사실을 꼭 기억해주세요.

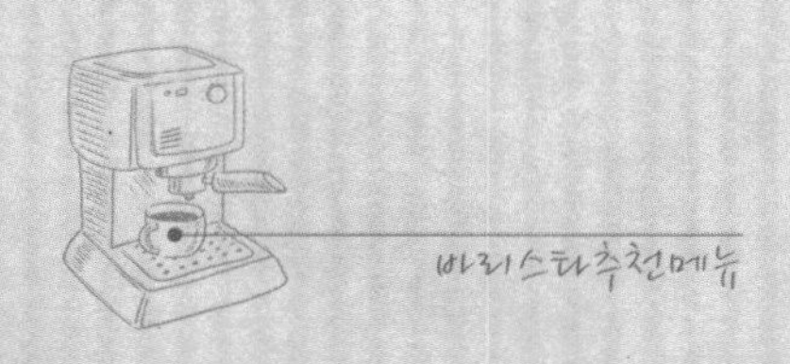

"멘탈 100% 충전소"

- **바닐라라테:** 기분 좋은 단맛과 부드러운 향으로 그날의 짜증을 다스려줍니다.
- **메이플 마키아토:** 캐러멜보다 덜 끈적이고 깔끔하면서 기분 좋은 단풍나무 향을 느낄 수 있습니다. 우유와 함께 마음속을 토닥여주는 맛.
- **에티오피아 시다모:** 몸과 마음을 일으키려면 사실 커피 본연의 맛과 향으로도 충분합니다! 상큼한 꽃 향과 과일 향을 내뿜는 에티오피아 시다모를 음미하며 아프리카 초원을 뛰어다니는 상상을 해보세요.

바닐라라테 메이플 마키아토

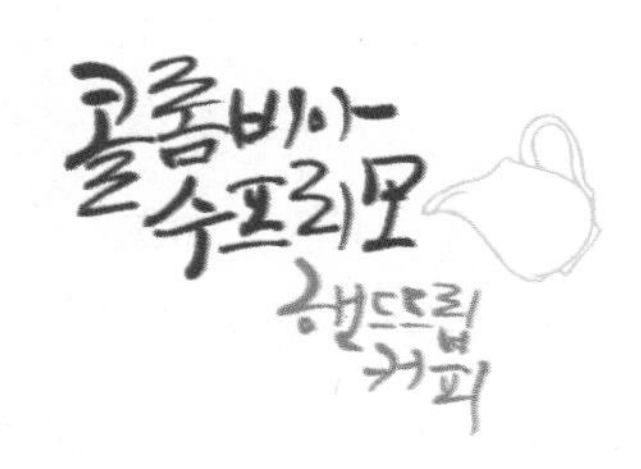

저만 그런지 모르겠습니다만, 몸과 마음이 너무 힘들고 아프면 정말 듣고 싶지 않은 말이 있습니다.

"괜찮니?"

물론 한두 번 들으면 고맙고, 가끔은 눈물 날 것처럼 기대고 싶기도 합니다. 하지만 만나는 사람들에게 "요즘 어때? 괜찮아?", "진짜 괜찮은 거지?", "정말 괜찮아?", "다행이다, 괜찮아질 거야!" 하며 괜찮아야 한다는 듯한 강요를 듣게 되면 저 자신이 괜찮으면 안 될 것 같고, '내가 뭘 어쨌다고!' 하며 발끈하게 됩니다.

그럴 때는 그냥 좀 놔뒀으면 좋겠습니다. 가끔은 조그만 일에도 괜찮지 않을 수 있습니다. 뚜렷한 이유 없이 조그만 일에도 불안하고 예민해지는 날도 있습니다. 표정만 달라져도 괜찮냐고 물어야 하는 것이 예의인 것마냥 눈치를 보는 게 오히려 불편하다는 걸 왜 모를까요?

사실 저는 힘든 일을 겪은 선후배, 실수나 실패를 맛본 친구를 어떻게 위로해줘야 하는지 모르겠습니다. 어쩌면 세상에서 가장 쉬운 건 자신의 입장에서 하는 조언 같고, 가장 어려운 건 위로 같다는 생각이 듭니다. 불완전하고 부족한 누군가가 다른 누군가를 토닥여주고, 힘을 주고 위로를 한다는 것이 어떻게 쉽겠습니까?

그래서 저는 괜찮냐고 묻지 못하겠습니다. 괜찮아질 거라고, 어서 일어나라고 말하지 못하겠습니다. 왜냐하면 제가 벌떡 일어나란다고 일어날 힘이 생기는 것도 아니고, 손을 내밀어 억지로 일으킨다 해도 계속 같이 붙잡고 걸어줄 수는 없습니다. 그저 쉬어갈 수 있게 지켜봐주는 게 낫지 않을까 싶습니다. 그리고 지금 괜찮지 않은데, 괜찮아질 거라는 말이 믿기지도 않을 것을 잘 알기 때문입니다.

정말 다니고 싶던 회사의 면접을 망치고 온 취업 준비생이 있습니다. 그가 얼마나 열심히 준비했고, 열정이 대단한지 알기에 면접을 마치자마자 정장도 갈아입지 않은 채 친구를 만나러 카페에 온 그의 표정을 보고 저는 짐작할 수 있었습니다. 면접 어땠냐고 물으니 그는 쓴웃음을 지으며 면접관이 원하는 대답을 하지 못한 것 같다며 고개를 푹 숙입니다.

그 친구에게 어떤 말을 해줘야 할까요? 아직 결과가 나온 것도 아닌데, 왜 벌써부터 걱정을 하느냐고 말할 수 없습니다. 떨어지면 다음에 더 좋은 곳에 지원하면 될 거라고 말하면 도움이 될까요? 다른 지원자들은 더 못 봤을 테니까 걱정 말라고 하겠습니까? 괜찮다고, 인재는 결국엔 알아볼 수밖에 없으니 붙을 거란 희망을 줘야 할까요?

해주고 싶은 말은 많았습니다. 나도 못 본 줄 알았는데, 그런 회사일수록 나중에 연락이 오더라. 그 회사보다 더 좋은 회사도 많은데 걱정

마라. 당신을 채용하지 않으면 그 회사만 손해보는 거니까 신경 쓰지 마라……. 그를 아끼기에 용기를 주고 싶었지만, 저는 부담을 얹어주고 싶지 않았습니다.

더운데 수고 많았다며, 오늘은 특별하게 커피를 맛있게 내려주겠다는 말밖에 할 수 없었습니다.

어머니가 폐암 4기로 위험하다고 해서 지방에 내려가는 길에 정신 차리려고 커피 한 잔 가지고 가려고 들렀다는 단골손님도 있었습니다. 저는 어머니가 괜찮으실 테니 걱정 말라는 말은 차마 할 수 없었습니다. 괜찮냐고 묻지도 못했습니다. 제 시아버님이 4년 전에 식도암으로 돌아가셨는데 그때의 경험담도, 도움이 될 말도, 아무것도 해줄 수가 없었습니다. 당황스럽고 불안하고 힘들 텐데 돌아가신 분의 이야기를 꺼내는 것만으로도 마음속을 더욱 심란하고 불안하게 할 거란 걸 알기 때문입니다.

긴 거리를 운전할 것 같아서 얼음을 가득 넣고 에스프레소 샷을 하나 추가해드렸습니다. 그리고 천천히 마셔도 싱겁지 않을 거라는 말밖에 할 수 없었습니다.

남자친구가 연락이 안 된다며 애정이 식은 건지, 다른 여자가 생긴 건지 모르겠다며 불안해하는 젊은 여자 손님도 있었습니다. 그 손님의 남자친구를 잘 모르기에 아무 일 없을 거란 기대를 심어줄 수도, 나쁜 남자라고 함께 욕을 할 수도 없었습니다. 섣불리 의심하지 말고 확실해질 때까지 기다려보자고 말하고 싶었지만, 의심과 불안이란 것이 내가 하고 싶다고 해서, 하고 싶지 않다고 해서 사그라지는 것이 아닙니다. 저는 그저 손님의 이야기를 들어주며 함께 속상해하고, 남자들은 죽었다 깨어나도 여자 마음을 모르는 것 같다고 말을 건넸습니다. 애꿎은 저희 남편 흉까지 보며 젊은 손님의 얇은 미소를 보는 것으로 만족할 수밖에 없었습니다.

말할 수는 없지만 간절히 손님의 취업을 바라고, 건강이 회복되길 기원하고, 남자친구와 돈독해지기를 기도하며 커피를 내렸습니다. 손님이 제 마음을 알아주지 않아도 상관없습니다. 그저 그분들이 힘들고, 어려울 때 저희 카페가 생각났다는 것만으로도 감사합니다. 제가 해줄 수 있는 진심 어린 위로를 커피로 찾을 수밖에 없습니다.

더 해줄 수 있는 게 없습니다. 어머니의 "밥 먹자"라는 말에 큰 위로와 힘이 숨어 있습니다. 아버지가 어깨를 툭툭 두드려주며 "요즘 힘들지?"라는 말 한 마디면 충분합니다.

"괜찮냐? 이제 어떻게 할 생각이야?"라고 묻지 맙시다. "왜 그랬냐, 나라면 이렇게 했을 텐데" 하는 조언은 그 사람이 몸과 마음을 회복했을 때 해도 늦지 않습니다.

지금은 넘어져 있더라도 놔두세요. 넘어진 김에 쉬어간다는 말이 있습니다. 이 시간은 꼭 필요합니다. 스스로를 제대로 위로하고 상처가 아물 수 있는 시간을 주세요.

아무리 좋은 말이더라도 들리지 않고, 원래 뜻과 달리 왜곡되어 오해를 할 수도 있습니다. 속상한 마음을 털어놓는 사람은 해결책을 바라지 않습니다. 그저 내 편이 되어달라고, 나 이렇게 힘들어 터질 것 같으니 알아달라는 것뿐입니다.

들어줄 수 있는 당신이 있다는 것이 가장 큰 위로입니다. 만약 오늘

너무 힘들어하는 친구가 저를 찾아오면 "커피 한 잔 할래?" 묻고 콜롬비아 수프리모를 정성껏 내려주겠습니다. 콜롬비아 수프리모는 쓴맛이 적고 부드러워 입맛도 없고 지친 친구의 몸과 마음에 편안한 활력을 줍니다. 콜롬비아 커피의 제1등급의 수프리모로 그가 얼마나 귀한 사람인지 알게 하고 싶습니다. 그가 쉬어갈 수 있기를 바라는 마음으로 한 줄기 한 줄기 조심스럽게 내려 예쁜 잔에 담아 대접하겠습니다.

난 널 믿어. 지금은 그냥 쉬어. 넌 그래도 돼. 사랑해.

제가 힘들 때 듣고 싶은 말입니다. 힘들어하는 당신에게 이 말을 바칩니다.

힘내지 말고, 견디지 말고, 돌아보지도 마세요. 지금은 아픈 나를 그저 쉬게 해줄 때입니다. 당신은 그러셔도 됩니다.

"위로가 필요해"

- **콜롬비아 수프리모:** 진한 커피 향과 입안을 타고 넘어갈 때 자극 없이 부드럽게 넘어갑니다. 이 커피의 맛과 향을 음미하고 있노라면 당신 자신이 괜찮은 사람이라는 기분을 받게 될 거예요.
- **화이트 카페모카:** 카페모카보다 깔끔하고 달콤하고 깨끗한 색감이 지치고 피곤한 마음을 감싸 안아줄 거예요.
- **케냐AA 아메리카노:** 드립이 아닌 싱글 오리진 아메리카노도 매력이 있습니다. 다양한 맛은 느낄 수 없지만, 깔끔하면서도 품격이 느낄 수 있습니다. 케냐AA로 당신의 품격을 높여보세요.

화이트 카페모카　　케냐AA 아메리카노

엘살바도르 SHG 핸드드립 커피

"이거 남친한텐 절대 비밀이에요."

"저희 엄마가 물으면 없다고 해주세요."

"사장님한테만 말씀드리는 건데요……."

남자친구가 잘못한 일을 저에게 살짝 이르고, 매번 엄마와 함께 오던 젊은 여자 손님이 남자친구와 데이트를 하러 오면서 나중에 엄마한테 말하지 말라고 부탁을 합니다. 친구들과 올 때 가장 밝은 얼굴을 보이더니 어느 날 혼자 카페에 들어와선 가족과의 겪은 갈등을 털어놓습니다.

저에게 털어놓는 비밀 중 으뜸 주제는 '사랑'입니다. 양다리를 걸친 남자친구와 헤어지고 다시는 사랑에 빠지지 않겠다고 다짐했는데 갑자기 누군가가 나타나 사귀자고 한다며 저에게 대뜸 이 남자가 괜찮아 보이냐고 묻기도 하고, 자꾸 거짓말을 하는 남자친구와 계속 사귀어야 할지 헤어져야 할지 고민하고 있다고 하기도 합니다. 사귀고 있는 남자친구가 있는데, 새로운 남자가 다가와서 좋아한다고 고백하고 선물도 주는데 마음이 흔들린다며, 그렇다고 지금 사귀고 있는 남자친구를 향한 사랑은 변함없다고 하기도 합니다. 좋아하기는 하는데 결혼까지는 아직 이른 것 같고, 싱글로 있으면서 더 하고 싶은 것도 많고, 남자친구는 좋은데 남자친구의 가족이 부담스럽다고 하기도 하고, 헤어진 예전 남자친구가 자꾸 전화해서 만나자 한다고 합니다. 사랑에 대한 고민도 참 가지각색입니다.

20대 싱글들의 비밀은 아름답기도 하지요. 하지만 40대로 넘어가면 비밀은 나이테처럼 깊고 커지는 것 같습니다. 남편의 친한 여자 후배를 만나 우리 남편 만나지 말아달라고 간절하게 부탁하는 장면을 목격한 적이 있습니다. 정말이지 보고 싶지 않은 건 중년의 남자가 아내가 아닌 다른 여인을 만나 사랑을 이야기하는 장면입니다. 20대 청춘들은 고민을 털어놓으며 비밀이라 말하고, 40대 이상 남녀는 눈빛으로 누구에게도 말하지 말라고 부탁합니다.

20대 친구들과 이런 이야기를 나누다 보면 누군가를 함께 흉을 보기도 하고, 가끔은 공범이 된 것처럼 마음을 조마조마하며 응원하게 됩니다. 어떨 때는 함께 눈물을 글썽이게 됩니다. 비밀을 듣게 되면 저 자신이 꼭 대나무 숲이 된 기분이 듭니다. 임금님의 최대 비밀을 누구에게도 말할 수 없었던 복두장이왕관제작자는 답답한 마음을 누르지 못하고 아무도 듣지 못하는 대나무 숲에 들어가 그 말을 계속 외쳤지요. 복두장이에게 아무런 도움말을 해줄 수 없는 대나무 숲은 그저 바람이 불어오면 "임금님 귀는 당나귀 귀"를 메아리로 퍼뜨립니다. 하지만 저는 그럴 수도

없습니다. 대나무 숲보다 제가 더 답답한 처지인 것 같습니다.

손님들이 저에게 원하는 건 해결사 역할이 아니라는 것쯤은 잘 알기에 저 또한 방법을 제시해주려고 하지 않습니다. 제가 남자친구와 헤어지라고 말한다고 헤어질 것도 아니고, 제 말에 괜히 마음만 상할 수 있거든요. 다만 끝이 보이고 상처받을 게 뻔한 고민이라면 스스로 알고 있을 거예요. 머리로는 알고 있지만, 마음이 갈 데까지 가보자 하고, 가끔은 용기가 없어 이끌려가고, 두려워하고 있는 것일 수도 있죠. '선택장애'는 우리 모두에게 있는 것 같아요.

제가 해줄 수 있는 건 정말 내 일처럼 들어주고 함께 웃고, 우는 것입니다. 그렇게 저에게 이야기를 쏟아내다 보면 자기 마음의 깊은 소리를 듣게 되는 것 같아요. 그러면서 천천히 자기 길을 찾아갑니다. 제가 할 몫은 여기까지입니다. 마음의 소리를 듣게 하는 것. 그것으로 전 제 할 일을 다 했다고 생각합니다. 우울한 얼굴로 마음의 짐을 가득 안고 카페에 들어왔다가 짐 보따리를 내려놓고 일상으로 가뿐하게 돌아가는 것. 그것이 카페가 있는 이유입니다. 행여 먼지 가득한 당신의 짐이 터져 나올까봐 미리 걱정하지 마세요. 저희 카페에서 하는 비밀의 소리는 커피 한 잔 속에 모두 가라앉아 한 입 한 입 뱃속으로 꿀꺽꿀꺽 넘어간답니다.

저에게도 털어놓을 수 없는 비밀이 있다면 조용히 엘살바도르 커피를 드셔보세요. 이름부터 생소한 엘살바도르 SHG 등급의 커피는 가장 높은 지역에서 재배되는 커피로 단연 단맛이 좋고 산미가 덜해서 감미롭습니다. 엘살바도르는 여행사에서도 상품이 별로 없을 만큼 관광국가는 아니어서 우리나라 사람들이 잘 찾지 않는 곳입니다. 비밀의 문을

열고 당신 마음의 소리에 집중하기 좋은 곳입니다.

자, 지금부터 엘살바도르 바닷가에 앉아 향기롭고 싱그러운 과일 향이 솔솔 풍기는 커피 한 잔을 마시며 누구에게도 말할 수 없는 비밀을 털어놓는 거예요. 왜 고민하고 있는지, 무엇이 문제인지, 난 어떻게 해야 하는지, 어떻게 하고 싶은지……. 깊이깊이 들어가봐요.

비밀이 너무 많거나 다른 사람을 아프게 하는 비밀은 좋지 않지만, 한두 가지 비밀이 있다면 친구에게든 연인에게든 너무 미안해하지 말기로 해요. 누구나 비밀은 있습니다. 그렇지만 영원한 비밀은 없다는 말도 있어요. 언젠가 들켰을 때 더 큰 비극이 벌어지는 건 아닌지 잘 생각해서 훌훌 비밀을 털고 자유를 찾는 게 더 좋은 것 같아요.

비밀이 거짓말을 불러오기도 합니다. 거짓말은 점점 부풀어 올라 감당할 수 없이 커졌다가 뻥 터지기도 합니다. 그러니까 잘 생각해야 합니다. 애초에 비밀을 만들지 않는 게 좋아요. 절 이랬다 저랬다 하는 어리석은 조언자라고 흉보지 마세요. 해답은 당신이 제일 잘 아니까 당신 자신에게 솔직해지라고, 어떤 선택이 당신의 행복과 내일을 위해 좋은지 잘 생각해보라고 말할 수밖에 없는 절 이해해주세요.

당신이 다른 사람을 아프게 하는 비밀을 지니고 있다면 더 깊이깊이 당신 자신의 소리를 들어보세요. 정말 이 비밀 덕에 당신이 행복해질 수 있는지…….

혹 이 글을 읽는 분 중 '내 연인도, 내 친구도 사랑 때문에 고민하지 않을까?' 하고 의심이 드는 분이 있으신가요? 걱정 마세요. 당신 애인과 친구의 이야기 아닌, 머나먼 다른 사람의 이야기입니다!

"비밀의 문 속으로"

● 엘살바도르 SHG: 제가 마셔본 엘살바도르 커피는 귤 맛이 돌면서 부드러운 견과류 맛이 혀끝을 감돌았습니다. 마치 마음의 문을 산뜻하게 열어주는 느낌이 듭니다.

● 이브릭: 이브릭은 커피가 아니라 터키식 커피를 만들 때 쓰이는 도구입니다. 커피를 마시고 잔을 뒤집어 남은 커피 찌꺼기로 점을 치는 데도 이브릭을 사용한다고 합니다. 당신이 마신 커피는 어떤 모양을 남겼는지, 그리고 당신의 비밀은 계속 유지해도 될지 커피 도사님에게 물어보세요.

● 비엔나커피: 가득 담겨 있는 크림 아래 숨은 커피는 달콤하지 않습니다. 진실을 맛으로 표현하면 비슷하지 않을까요? 비엔나커피를 음미하며 비밀을 묻을지 파낼지 잘 생각해보세요.

이브릭 커피　　　　비엔나커피

세상에서 가장 부러운 것 중 하나가 형제와 자매들이 함께 카페에 오는 것입니다. 언니와 오빠가 미국에 있다 보니 저는 그럴 기회가 없습니다. 게다가 나이 차이도 많이 납니다. 저희 카페에는 또래 자매들, 남매들이 참 많이 옵니다.

그날, 언뜻 봐도 딱 닮은 자매가 들어와 주문대 앞에 섰습니다. 기분 좋은 듯 웃는 얼굴로 들어와 빙수를 먹자고 의견을 모을 때까지는 좋았는데, 여섯 가지나 되는 빙수 메뉴를 고르다가 '브레이크'가 딱 걸렸습니다.

"어, 딸기빙수 있다. 이거 먹자!"

"싫어, 녹차 아님 커피빙수로 먹자. 여긴 그게 맛있어."

"싫어, 언니는 왜 항상 언니 마음대로야. 난 딸기 먹을 거야!"

"내가 언제? 너야말로 내 말 들은 적 있어! 고집불통에……."

언니의 입에서 '고집불통'이란 말이 나오기 무섭게 동생이 획 뒤돌아 카페를 나가버립니다. 당황한 언니는 말없이 멍하니 바라보다가 다음에 오겠다는 인사를 남기고 동생을 따라나섭니다. 서로 먹고 싶은 빙수를 주문해서 따로 먹어도 되고, 이번에 언니(혹은 동생)의 말을 따라 먹고, 다음에는 동생(혹은 언니)의 말을 들어줘도 됐을 겁니다. 그런데 제 눈에는 단순히 어떤 빙수를 선택하느냐의 문제가 아닌 것 같습니다. 서로에 대한 해묵은 감정이 쌓이고 쌓여 별것 아닌 일에 폭발하고 만 것이겠지요.

형제자매끼리 메뉴를 두고 싸우는 걸 종종 보게 됩니다. 삐쩍 마른 동생이 통통한 언니한테 크림 올린 카페모카를 마신다고 놀리다가 다툼이 벌어지고, 원두를 사러 온 형제는 서로에게 입맛이 저렴하다는 둥 도전할 줄 모른다는 둥 별소리를 하며 싸우기도 합니다.

하긴 학창 시절에도 형제자매와 티격태격하는 친구들을 자주 보았습니다. 제 눈에는 별일 아닌데, 왜들 저러는지 이해가 되지 않습니다. 가장 치열했던 자매들의 '전투' 장면은 아직도 생생히 기억납니다. 대학 입시에 떨어져 재수를 하고 있던 친구가 예민해진 마음을 기타를 치며 달래고 있었습니다. 동생이 지나가다 "재수생이 기타를 치다니. 이번에도 어렵겠네" 하며 가시 돋힌 말을 던졌습니다. 제 친구는 극도로 흥분해서 기타를 부수고 동생에게 달려들었습니다.

가뜩이나 자존심이 상한데, 재수한다고 동생에게조차 무시당하는 듯한 느낌이 든 것입니다. 연년생인 동생은 그동안 언니가 수험생이라 엄마, 아빠가 떠받드는 걸 참고 있었습니다. 이제 자기도 고3 수험생이 됐는데, 자기에게 돌아올 관심이 여전히 수험생인 언니에게 쏠리는 것이 불만이었던 겁니다.

가족, 피를 나누고 세상에서 가장 가까운 사람. 한 부모님 아래서 어린 시절을 함께 보낸 사람. 그렇기에 사랑을 하면서도 가장 큰 상처를 주고받을 수 있는 사이인 것 같습니다. 언니와 오빠, 형이라는 자리, 둘째라는 자리, 막내라는 자리에 있으면서도, 손 밑 가시가 제일 아프듯 자기 상처밖에 보이지 않는 것이 사람인가 봅니다.

저는 언니, 오빠와 싸워본 기억이 없습니다. 나이 차이가 꽤 많다 보니 오빠한테 혼난 적은 있어도 싸운 적은 없습니다. 언니와 오빠를 좋아하고 함께 놀고 싶었지만, 둘은 어린 저와 놀아주기에 많이 성장해 있었고, 너무 바빴습니다. 연세 많은 아버지와 어머니가 절 너그럽게 키워주시다 보니 오빠가 절 엄격하게 가르쳤습니다. 전 오빠가 무섭기만 했습니다. 그렇게 마음과 달리 서로 멀어져만 갔습니다.

가족이기 때문에 서로 알아줄 거라 생각하지만, 알 수 없는 것이 사람의 마음입니다. 표현을 하고, 말을 해야 압니다. 다툼도 표현의 일부이니 사이가 좋아질 가능성도 있는 거죠. 저는 형제와 자매끼리도 싸움이 필요하다고 생각합니다. 단 잘 싸우는 게 중요해요.

부부싸움도 비슷하지 않을까요? 의견이 충돌하는 주제만 가지고 싸우기, 막말하지 않기, 상대를 깎아내리지 말기, 폭력을 쓰지 말기 등 말입니다. 만약 지난 일을 계속 이야기하고, 욕을 하고, 자존심을 상하게 하고, 폭력을 쓰면 세상이 무너져도 끊어지지 않을 것만 같은 사이에서 원수지간으로 돌변할 수 있습니다.

시간이 흐르고 나이가 들고 보니 '오빠는 왜 날 미워하는 걸까?', '우리 언니지만 참 이해할 수 없어' 하던 생각들이 얼마나 어리석은지 알

게 되었습니다. 같은 뱃속에서 태어났지만, 다른 사람이기에 당연히 이해하기 어려운 것입니다.

형제자매 관계를 떠올리게 하는 커피가 있습니다. 에티오피아 예가체프와 시다모입니다. 에티오피아의 땅에는 하라, 코케, 코체르 등 다른 원두도 자라납니다. 그런데 어쩜 그렇게 성향이 다를까요? 특히 에티오피아 예가체프와 시다모는 같은 국가에서 자라난 것 맞나 싶을 만큼 다릅니다. 에티오피아 예가체프는 부드러운 신맛과 함께 군고구마 같은 구수한 단맛을 품은 반면, 시다모는 화사하면서도 신맛이 매력적입니다. 에티오피아 예가체프는 외로워도 슬퍼도 쉽게 눈물을 보이지 않는 씩씩한 '캔디'가 연상되고, 시다모는 여린 듯하지만 테리우스를 온몸으로 지켜낸 '스잔나' 같은 느낌이 듭니다.

같은 땅에서 나고 자랐지만 전혀 다른 맛을 품은 커피는 형제와 자매를 닮았습니다. 어떤 이의 입맛에는 예가체프가 잘 맞을 것이고, 시다모가 맛있다는 이도 있습니다. 옳은 것은 없습니다. 서로 다른 매력이 있는 것뿐이지요.

형제와 자매도 누가 옳고 틀리다고 정의할 수 없습니다. 서로 다른 특성과 서로 다른 매력이 있는 것이지요. 언니의 높은 코를 나한테까지 물려주지 못한 부모님이 가끔 원망스럽지만, 언니보다 내 입술이 더 매력적인 것 같습니다. 나에게 없는 것을 질투하기보다 내가 가진 것에 감사해합니다. 자신의 사랑과 질투를 쏟아낼 형제자매가 없는 외동의 마음은 어떻겠습니까?

빙수를 놓고 다툰 자매가 다시 저희 카페를 찾아와주었으면 좋겠습니다. 함께 에티오피아 예가체프와 시다모를 나눠 마시는 모습을 보고 싶습니다. 전혀 다른 커피를 맛보며 자매는 아마 신기해하고 즐거워할 겁니다. 또한 그 자리가 상대가 지닌 장점을 바라볼 수 있는 시간이 되었으면 참 좋겠습니다.

"나 혼자가 아니야"

에티오피아 커피 계열: 같은 땅에서 같은 바람, 같은 비를 맞고 자란 시다모, 예가체프, 하라, 코체, 코체르……. 이름만큼이나 맛도, 생김새도 다릅니다. 서로 다른 매력을 비교하며 음미해보세요.

아메리카노: 다른 원두를 블렌딩 해서 커피 한 잔에 내리면 원두 하나하나가 조화를 이루며 새로운 맛을 선사합니다. 하지만 블렌딩을 잘못 하면 안 하느니만 못한 효과가 나타납니다.

카페라떼: 부드럽고 하얀 우유와 진하고 검은색 커피가 하모니를 이루는 라떼를 음미하며 서로의 조화에 대해 생각해보세요.

아메리카노 카페라떼

Kalita
COFFEE'S MAS

주는 것 없이 싫은 사람도 있고, 말 한 마디 나누지 않았지만 카리스마를 발산하는 사람이 있습니다. 딱 한 마디 말을 나눠봤을 뿐인데 이 사람과 친해지기 어렵겠구나 싶은 사람도 있습니다. 저도 이런 사람들을 만나본 적이 있습니다. 그런데 카페를 차리고 손님으로 만나고 보니 대하기가 더 어렵고 힘이 드네요. 그런 손님들 중 신기하게도 단골손님이 된 분이 있습니다.

이제는 주문한 핸드드립 커피의 종류와 추출방법을 설명해드리고, 맛있는 걸 나눠 먹는 사이가 되었습니다. 하지만 그렇게 되기까지 넉 달이 넘게 걸렸는데, 처음 만났을 때는 이런 사이가 될 줄은 꿈에도 몰랐습니다. 돌이켜보면 참 신기하고 고마울 따름입니다.

작년 어느 여름날, 한동안 장맛비가 내리더니 오랜만에 햇빛이 내리쬐어 유난히 기분이 들뜨던 오후, 카페 문을 벌컥 열고 노트북가방을

멘 남자 두 분이 들어옵니다. 한 분은 한경을 쓰고 체격이 말랐고, 다른 분은 체격이 탄탄합니다. 두 분은 그 전에도 두 번 정도 저희 카페에 온 적이 있습니다. 안경을 쓴 분은 조용하고, 체격이 좋은 분은 올 때마다 언짢은 일이 있었는지 표정이 좋지 않았습니다. 두 분은 문 앞 자리에 삐딱하게 자리를 잡고, 주문대로 다가왔습니다.

"아이스 아메리카노 둘이요."

여느 손님들과 다를 바 없는 주문인데, 말투와 표정이 뭐라 딱 꼬집어 말할 수 없이 언짢아 보입니다. 굉장히 퉁명스럽고 호의적이지 않은 느낌이 듭니다. 그분은 휴대폰 충전기를 찾고, 노트북을 연결한 콘센트를 찾고, 여기저기를 두리번거립니다.

그러다가 결정적인 사건이 터졌습니다. 저희 카페에서는 아메리카노는 무료로 리필을 해주는데, 아이스 아메리카노는 무료로 리필이 불가능합니다. 남자 손님들이 있던 시간에 단골 남학생 둘이 왔습니다. 지난번에 카페에 창고를 짓는 데 도와준 친구들이어서 고마운 마음에 아이스 아메리카노를 리필해주었습니다. 그걸 본 남자 손님이 "여기도 아이스로 리필이요"라고 말했습니다. 안 해드릴 수 없어 아이스 아메리카노를 만들어주면서 "이번에는 해드리는데, 저 친구들은 고마운 일이 있어서 특별히 해드린 겁니다. 죄송하지만 다음부터는 해드리기 어려울 것 같습니다" 하고 정중하게 말씀을 드렸습니다.

체격이 있는 손님이 "그래요……?" 하고 불편한 기색을 보였습니다. 그 이후로 그분은 저희 카페에 오지 않았습니다. 가끔 저희 카페의 맞은편 카페에 앉아 있는 모습이 보였습니다. 헌데 저희 카페에서 원두를 사가는 겁니다.

'이건 무슨 상황일까?'

별의별 상상을 다하게 되었습니다. 맞은편 카페에서 암행을 보내는 걸까? 아니면 주인은 마음에 들지 않지만, 커피는 괜찮다는 건가? 참으로 오랫동안 마음이 불편했습니다.

저는 체격이 좋은 손님을 불편하고 무서운 첫인상으로 기억하게 되었습니다. 그리고 한동안 그분은 보이지 않더니 서서히 잊혔습니다.

그러던 어느 날, 늘 조용하던 안경을 쓰고 마른 분이 다시 저희 카페를 찾아오기 시작했습니다. 그분을 보면서 저는 그분들을 떠올리며 그분들의 입장에서 생각하게 되었습니다.

몇 번 와보지 못한 카페라 내부가 궁금해서 여기저기를 살펴보게 되었습니다. 보통 카페에 작업을 하러 오기 때문에 콘센트 찾는 것은 당연하고, 옆 테이블에서 리필을 해주기에 우리도 달라고 했을 뿐인데, 이러쿵저러쿵 설명을 듣자니 불편했을 겁니다. 제가 퉁명스럽게 느낀 말투 또한 이 카페의 주인이 마음에 안 든 것이 아니라 원래 그러했던 겁니다.

자신의 말투를 불편하게 받아들인 주인의 속마음을 알 리 없는 그분은 딱딱하고 업무적인 태도로 대응하는 제가 불편해서 카페에 오기가 꺼려졌을 수도 있습니다. 저에게 그분의 첫 인상이 좋지 않았듯 그분들 또한 저희 카페의 첫 인상이 좋지 않았던 것입니다. 그분이 다시 찾아주기까지 한 달이 조금 더 걸렸습니다. 얼마 후부터는 친구를 따라 체격이 좋은 분이 다시 카페를 찾기 시작했습니다.

이제는 웃으며 인사를 나누는 사이가 됐습니다. 휴대폰을 충전해달라고 맡겨놓고 카페를 나섰다가 되돌아오는 일이 빈번한데 제가 웃으면서 "자꾸 놓고 가시네요" 하면서 말을 걸기도 합니다. 안경을 쓰고 마른 분은 제가 속으로 '학구파'라는 별명을 지었는데, 이제 별명 대신 용관씨라는 이름으로 부르게 되었고, 3D디자이너로 일하는 것도 알게 되었습니다. 저희 카페를 홍보하는 영상물도 만들 때 도움을 받기도 했습니다. 체격이 좋은 분은 인테리어 업체를 운영하는 것도 알게 되었습니다. 개인 텀블러를 가져오면 그분의 입맛에 맞는 아메리카노를 만들어줄 수 있을 정도로 저희 카페의 단골손님이 되었습니다.

'가는 말이 고와야 오는 말이 곱다', '역지사지' 같은 옛말을 곱씹어 보게 됩니다. 남의 허물을 보려고 하지 말고 저 자신부터 살펴봐야 할 것 같습니다. 체격이 좋은 분이 카페에 같이 오는, 마른 체격의 친구분에게 "내가 여기 주인을 잘못 생각했나봐" 하고 말했답니다. 첫인상은 참 무섭습니다. 쉽게 지워지지 않고, 바꾸려고 해도 오랜 시간이 필요하네요. 다른 사람에게 보내는 눈빛과 말 한 마디 항상 조심해야겠습니다.

두 손님에게 과테말라 안티구아를 대접하며 첫인상에 대해 이야기를 나누고 싶습니다. 과테말라 안티구아는 아프리카 계열 커피처럼 잘 알려지지 않은 커피입니다. 처음에 제가 잘 몰라 봤던 두 분처럼 말입니다. 이 커피는 튀는 신맛이나 화사한 꽃 향은 없는 대신 묵직한 스모크 향이 속에 부드럽고 오래 남는, 질리지 않는 맛과 여운이 있습니다.

처음에는 어렵고 힘들었지만, 서로를 알게 되면서 오래오래 여운을 남기는 사이가 되고 싶은 메시지를 전달하고 싶은데, 가능할까요? 험상궂고 무서운 줄 알았던 당신이 부드러운 분이란 걸 알았다는 메시지도 전하고 싶습니다. 커피 한 잔 마시며 향기로운 대화를 나누다 보면 따스한 마음이 오가겠지요.

주위에 첫인상이 조금 불편했거나 쉽게 마음을 열기 어려운 사람이 있나요? 그 사람과 친해지고 싶다면 함께 카페를 찾아가 핸드드립으로 과테말라 안티구아를 드셔보세요. 아마 그분이 세상에서 가장 따뜻한 미소 짓는 모습을 처음으로 보게 될 거예요.

"마음을 열고, 마음을 읽는 커피"

● **과테말라 안티구아:** 스모키 향과 견과류 향은 풍부하고, 단맛이 오래오래 여운을 남깁니다.

● **에스프레소 마키아토:** 에스프레소에 우유거품이 살짝 올라갑니다. 진한 커피 맛에 부드러운 감촉을 더한 새로운 에스프레소를 맛볼 수 있습니다.

● **더치라떼:** 깔끔하면서도 부드러운 더치라떼. 더치의 강한 맛을 라떼가 부드럽게 잡아줍니다. 평소 더치를 부담스러워하는 분께도 추천해드릴 만합니다.

에스프레소 마키아토 더치라떼

"카페를 하면 어떤 점이 좋은가요?"

누군가에게 질문을 받는다면 수많은 장점 중에 무엇부터 꼽아야 할지 망설일 것 같습니다. 그중에 남자의 마음을 조금이나마 알게 되었다는 점도 있습니다.

얼마 전 단골손님이 한숨을 푹 쉬며 하소연합니다.

"에효. 오늘 기분 좋게 데이트 하러 나갔는데, 여자친구가 그냥 가버렸어요. 사귄 지 800일을 잊었다고 삐쳤어요. 자기는 나 주려고 선물 챙겨 왔는데, 나더러 기억도 못 했다고 얼마나 화를 내는지 몰라요. 100일, 200일도 챙기고 500일, 2년 다 챙겼는데, 이제 3년 되는 날만 챙기면 됐지, 800일을 꼭 챙겨야 하는 거예요?"

난감한 표정을 지으며 제발 자기편이 되어달라는 애절한 눈빛을 보내며 묻습니다. 저야 이제 아줌마이고, 지금 연애하는 세대가 아니어서 잘 모르겠습니다. 저는 그런 기념일에 민감하지 않아서 100일, 1년 정도 챙기면 됩니다. 여자친구가 좀 심하다는 생각이 들긴 하지만 덮어놓고 편을 들어줄 수는 없습니다. 남녀 문제는 당사자, 둘밖에는 모르는 일이니까요.

저는 잘 몰랐는데, 남자들 생각보다 고민을 참 많이 하네요. 여자친구가 만족하지 않을 수도 있지만 나름대로 남자들은 기념일 이벤트를 준비하고, 선물을 준비하려고 인터넷으로 검색도 하고, 여기저기 물어보기도 합니다. 커플링, 커플티, 커플 슈즈, 시계, 향수, 꽃 등 안 해준 게 없고, 영화, 뮤지컬, 야구 관람, 여행, 테마파크, 제주도 등 안 가본 데가 없는데 더 이상 뭘 준비해야 할지 모르겠다고 합니다. 무엇을 해줘도 만족하지 않는 여자친구의 마음을 알다가도 모르겠다고 합니다.

생각해보니 챙겨야 할 날이 참 많습니다. 1년을 기준으로 보면 생일, 첫 만남 이후의 기념일 그리고 매월 14일은 도대체 무슨 '데이'가 그렇게도 많은지. 1월은 '다이어리 데이', 2월은 '밸런타인 데이', 3월은 '화이트 데이'……. 11월 11일은 과자 브랜드 데이까지 생겼다지요? 선물만 주고받다가 1년이 지나갈 만큼 많습니다. 그것뿐인가요? 축하해야 할 날도 굉장히 많습니다. 학생들이라면 장학금 수여받은 날, 졸업식, 취업 합격을 통지받은 날…….

선물은 기념일에만 주고받는 것이 아닙니다. 고마운 마음에서, 미안해서, 필요한 게 있어서 할 수도 있습니다. 용돈이 부족할 만큼 선물할 일이 많네요. 그럴 때마다 값비싼 명품이나 커플 용품을 선물해야 할까요? 이런 걸 생각하면 여자들이 좀 심한 것 아닌가 하는 생각이 들면서 남자들의 마음이 충분히 이해가 됩니다. 하지만 여자친구나 아내들의 속마음을 들어보면 섭섭하고 화가 나는 이유는 따로 있더군요. 자신은 남자친구혹은 남편를 사랑해서 매일매일이 특별한데, 남자친구혹은 남편는 전혀 기억도 하지 않고 아무렇지도 않게 지낸다는 겁니다. 먼저 기억해주고 축하하고 고마워하는 마음, 미안한 마음을 표현하지 않는 남자친구혹은 남편의 태도에 화가 납니다. 중요한 것은 '먼저 기억하고 표현하기'입니다.

이런 이야기를 전하면 남자들은 자기는 기억을 잘 못하는데, 미리 이야기해주면 안 되냐고 항변합니다. 그러면 싸울 일도 없고, 섭섭할 일도 없지 않냐고 말이죠. 이 말을 들으면 여자들은 이렇게 대답할 겁니다. 사랑하는 사이에서 한 사람만 기억하고, 한 사람은 마음 편하게 있다가 이야기를 해줘서 선물을 받고 축하는 받는 건 사람을 너무 치사하게 만드는 거 아니냐고. 큰 걸 바라는 것도 아니고 서로의 기념일을 챙겨주는 것이 그렇게 어려운 일이냐고요. 이쪽 말을 들으면 이 말이 옳고, 저쪽 말을 들으면 저 말도 옳습니다. 중간에서 들으면 참 어렵습니다.

저희 남편도 그러겠지요. 분명 자기 마음은 사랑으로 가득 찼는데, 기념일 좀 잊었다고 사랑까지 의심받아야 하느냐고. 굉장히 억울하고 속상할 것 같습니다.

문제는 여자한테 '기념일쯤'이 아니라는 거죠. 여자에게는 중요하고 어렵지 않은 일이 남자에게는 어려울 일이 될 수도 있습니다. 여자들이 마음을 잘 들여다 보는 반면 주차는 남자들보다 약합니다. 대신 남자들은 공간 능력이 뛰어나지만 배려심은 부족합니다. 이렇듯 남녀 서로가 잘하는 일이 따로 있습니다. 이해하려고 하지 말고 인정해버리는 게 마음 편해요. 서로 행복하려고 사랑하는데 서로 다른 점 때문에 계속 가슴앓이를 한다면 사랑의 의미가 변해버린 것 아닌가 싶기도 합니다.

여자친구와의 기념일을 깜빡 잊은 남자분들께 응급처방 한 가지를 가르쳐드릴게요. 카페에 들어가서 특별한 커피를 주문해보세요.

코스타리카 타라주는 초콜릿 맛과 꽃 향을 느낄 수 있습니다. 맛이 묵직하고, 여운까지 길지요. 초콜릿과 꽃 대신 커피를 준비했다면서 코스타리카 타라주를 권하는 거예요. 그리고 커피가 준비될 동안 문구점에 가서 편지지나 카드를 사서 손글씨로 편지를 써주세요. 여자들이 원하는 건 반짝반짝 빛나는 보석이 아니라 자신을 향해 끊임없이 반짝이고 있는 당신의 마음입니다.

사랑하는 여자친구의 마음을 확인하면 당신은 날아갈 것처럼 행복할 겁니다. 여자친구도 마찬가지입니다. 당신의 마음을 보여주세요. 코스타리카 타라주가 없으면 에티오피아 시다모도 좋고, 케냐AA도 괜찮습니다. 사이폰으로 추출한 커피도 좋습니다. 여자친구에게 특별한 커피 이벤트를 보여주세요. 가능하다면 남자친구가 핸드드립을 해서 커피를 만들어주는 것도 잊을 수 없는 선물이 될 수 있습니다. 맛이 없을까 봐 걱정하지 마세요. 커피도 분위기를 엄청 탑니다. 실력이 없어도 사랑으로 극복할 수 있습니다. 용기를 내세요.

선물, 너무 어렵게 생각하지 마세요. 길을 가다 당신이 생각나서 산 귀고리 하나, 책 한 권, 노래 한 곡이 한 사람에게는 특별한 선물입니다. 그리고 "사랑한다", "고맙다", "미안해" 하는 감정은 꼭 말이나 글로 남겨주세요. 당신의 진심이 담긴 한 마디 말이 여자친구가 가장 받고 싶은 선물입니다. 선물도 당신 마음의 표현이기에 받는 것이지 가격이 중요하

지 않습니다. 특별한 사랑의 마음을 상대를 위해 보여주는 것에 집중하세요.

"마음을 전하는 커피 선물"

- **코스타리카 타라주:** 타라주는 코스타리카 커피 중 단맛, 신맛, 감칠맛은 물론 풍미까지 깊은 최고의 커피입니다. 레몬향과 초콜릿, 꽃 향기까지 느낄 수 있어 완벽한 '커피 선물'이 될 수 있습니다.
- **사이폰커피:** 영화 「버킷리스트」에도 등장하는 추출도구로 알코올램프로 끓여서 커피와 물을 혼합합니다. 화사하고 가벼운 맛을 느낄 수 있습니다. 커피가 만들어지는 동안 화려한 볼거리도 제공합니다.
- **원두:** 커피를 좋아하는 여자친구를 둔 남자라면 신선한 원두를 원산지별로 준비하는 것도 센스 있는 선물이 될 겁니다. 단 건강을 생각해서 너무 많이 마시지 말고, 당신을 생각해달라는 메시지가 담긴 카드는 필수!

사이폰커피 원두

대학 졸업반인 여학생이 카페 안으로 급하게 뛰어들어 왔습니다. 평소보다 더 화장에 신경 쓴 얼굴, 예쁜 원피스까지 차려 입은 걸 보고 데이트 약속이 있구나 생각이 듭니다.

"제가 제일 존경하는 교수님을 모시고 올 건데, 커피는 뭐가 좋을까요?"

전 두 번 생각할 것도 없이 자신 있게 케냐AA를 추천했습니다. 이 원두는 유럽 사람들이 제일 좋아한다고 하는데 우리 입맛에도 잘 맞습니다. 향기도 진하고 신맛과 단맛, 감칠맛까지 밸런스가 잘 맞아서 커피를 좋아하는 분에게 권해드리면 대부분 만족스러워합니다. 분명 여학생 손님의 은사님께도 잘 어울릴 것 같습니다.

저는 제 은사님을 모시지 못한 죄송한 마음까지 담아 집중해서 한 줄기 한 줄기 물길을 잡아 핸드드립 커피를 내렸습니다. 그 때문일까요?

교수님이 카페를 나서기 전에 환하게 웃으며 맛있게 잘 마시다가 간다며 인사를 합니다. 교수님을 대접한 제자 손님도 엄지손가락을 치켜 들어주고 카페를 나섭니다.

저희 카페가 자리 잡은 이곳은 초등학교 근처이다 보니 선생님을 찾아오는 20대 친구들을 자주 볼 수 있습니다. 대학에 입학했다고 찾아오고, 첫 월급을 타서 맛있는 걸 사드리러 왔다는 손님도 있습니다. 어머니가 돌아가셨는데 선생님이 보고 싶어 왔다는, 제 마음을 아프게 하는 손님도 있었네요.

선생님은 좋을 때만 생각나는 존재가 아닌가 봅니다. 위로받고 가르침을 받고 싶을 때도 어릴 적 내 모습을 기억해주는 선생님이 떠오르나 봅니다. 신기하게도 선생님은 잘되어 찾아온 제자들보다 마음 아픈 제자들을 더 따뜻하게 맞아줍니다. 포근한 눈빛을 띠고 오래오래 시간을 함께 보냅니다.

저도 케냐AA를 내려 드리고 싶은 선생님들의 얼굴 한 분 한 분이 떠오릅니다. 초등학교 1학년 때 전교에서 제일 어린 나이로 학교에 들어간 저를 엄마처럼 따뜻하게 챙겨준 박경화 선생님부터 6학년 때 영어 연극과 탈춤 공연을 보여주기 위해 제자들을 챙기신 멋쟁이 이상돈 선생님, 중학교 때는 몸치인 제가 체육시간을 기다릴 만큼 몹시 좋아했던 윤경 체육선생님, 고등학교 때는 "넌 참 글을 잘 쓰는구나" 칭찬을 해준 국어과목의 선생님들……. 돌이켜보면 몸은 부모님이 낳아주시고 키워주셨지만, 머리와 마음은 선생님들이 키워주셨네요. 대학 시절에도 신호창 교수님, 김훈순 교수님 등 전공 과목 이외의 인생의 가르침을 주신, 말로 다하지 못한 고마운 교수님들이 많습니다.

'더 잘되고 나서 찾아뵈어야지' 하는 생각도 했습니다. 선생님들은 제자의 사회적 지위나 명예를 보고 반기는 것이 아니란 걸 알면서도, 제자 입장에서는 조금 더 성공해서 돈도 잘 버는 당당한 모습을 보여드리고 싶습니다.

저희 카페에서도 30대, 40대 제자들이 찾아오는 모습은 잘 보지 못했습니다. 살아가기 바빠서, 사는 게 어렵고 답답해서 찾아뵙기 죄송한 것이겠지요. 좋은 차를 타고 가서 맛있는 음식을 사드리고, 감사인사를 드리고 흐뭇하게 웃는 선생님의 모습을 보고 싶은 것이지요.

그러다 결국 저는 박영숙 선생님을 영영 못 뵙게 되었습니다. 고등학교 1학년 때 '국어2' 과목을 가르쳐주셨던 분인데, 졸업 후 10년쯤 지났을 때 학교를 찾아갔습니다. 그런데 암 때문에 투병을 하시다가 돌아가신 지 오래되었다는 이야기를 듣게 되었습니다.

얼마나 충격을 받았는지 눈물조차 나오지 않더군요. 절 너무 예뻐해주고, 아껴주셔서 나중에 글로 성공하면 민옥희 선생님과 박영숙 선생님께 공을 돌리려고 했습니다. 둘째 언니와 엄마의 도움도 컸지만, 제가 글쓰기에 가능성이 있다는 걸 알게 된 건 두 분 덕이었습니다. 학교신문에 글을 쓰라고 추천해주셨고, 제 글에 칭찬을 아끼지 않으셨습니다. 글쓰기의 재미도 알려주셨습니다. 그때 깨달았습니다. 보고 싶은 사람이나 고마운 사람은 마음을 묻지 말고 지금 당장 만나자고. 조금만 때를 기다리며 미루게 되면 그 사람과의 만남은 영영 이루어지지 않을 수 있다는 것을 말입니다. 그때부터 선생님들을 찾아 학교에도 연락을 하고, 교육청에도 전화를 해서 한 분 한 분 찾아뵈었습니다. 하지만 사는 게

Thank
you!

바쁘다 보니 이렇게 만남을 미루고 있네요.

요즘 TV에서 뉴스를 보면 제자들에게 고통을 주는 선생님도 있고, 학생들의 어리석은 행동 때문에 고통을 겪고 있는 선생님도 있습니다. 하지만 제 눈에 선생님들은 위대한 분들입니다. 때문에 아무나 교사가 되어서도 안 되고, 제자들을 가르치는 선생님은 큰 자부심을 느끼셔야 하는 분들입니다.

가르침을 주는 분들이 비단 학교 선생님뿐이겠습니까? 초등학교 1학년 때 저는 엄격하고 무서운 선생님께 피아노를 배우다가 피아노에 흥미를 잃고 학원 가기를 거부했습니다. 결국 어머니가 학원을 옮겨주었는데, 그 후 5년 동안 자상한 선생님 덕에 피아노를 배우며 세상의 모든 소리가 음악이고, 아름다운 소리가 참 많다는 것을 배웠습니다. 미술학원 선생님은 단순히 그림을 가르쳐주지 않고 물감뿐 아니라 숯이나 나뭇잎으로도 그림을 그릴 수 있다는 걸 일깨워주셨습니다. 비싼 지갑을 잃어버려 머릿속이 새하얬는데 누가 놓고 갔다며 찾으러 오라는 경찰서의 연락을 받은 걸 보면 세상은 아직 살 만한 곳이라고 느끼기도 했습니다. 밤늦은 시간, 나이 지긋한 엄마는 전화를 받지 않고, 문도 열 수 없는 상황에서 막연한 불안을 느끼고 있는데, 달려와서 문을 열어준 119 소방대원들도 있습니다. 세상은 혼자 살 수 없는 곳이란 사실을 깊이깊이 새깁니다.

TV에서 뉴스를 보면 온갖 사건이 벌어지는 세상에서 길을 다닐 때도 조심스럽게 걸어야겠다는 생각이 듭니다. 하지만 막상 현실을 돌아보면 세상은 좋은 사람들이 가득하고, 저를 가르쳐주는 존경받아 마땅한 분들이 가득하다는 사실을 깨닫습니다.

더 이상 늦기 전에 글 쓰는 사람으로 자라길 바라셨던 선생님과 인생의 큰 가르침을 주신 선생님들께 편지를 보내드려야겠습니다. 바리스타가 된 제 모습이 어떻게 비춰질지 모르겠지만, 뒤늦게라도 저의 길을 찾아 도전한 용기를 크게 칭찬해주시리라 믿습니다. 정장 대신 바리스타 앞치마를 맨 모습을 보여드리고 싶습니다. 그분들에게 세상에서 가장 맛있는 커피가 아니더라도, 가장 정성껏 내린 커피를 대접해야겠습니다.

"당신이 계셔서 참 감사합니다"

- **케냐AA:** 우리가 커피에 기대하는 거의 모든 것을 갖고 있다고 해도 될 만큼 깊고 풍부한 맛과 향을 지닌 커피. 존경과 감사를 표현하는 데 더할 나위 없이 좋은 커피입니다.
- **자메이카 블루마운틴:** '커피의 황제'라 불립니다. 신맛과 단맛의 조화가 부드러우며, 진한 여운을 품고 있습니다. 가격이 비싸고 쉽게 구하기 어렵다는 단점이 있습니다.
- **더치커피:** 오랜 기다림 끝에 얻을 수 있는 커피. 존경하는 선생님께 감사의 마음을 전할 수 있습니다. 카페인이 드립 커피보다 낮아서 저녁 시간에도 부담 없이 마실 수 있습니다.

자메이카 블루마운틴

더치커피

당신에게 보내는 프로포즈, 이제 당신의 대답을 기다립니다

저는 당신께 제가 가장 좋아하는 커피 한 잔 함께하자고 고백했습니다. 당신이 제가 만든 커피를 맛있게 마셔줄지 온몸이 떨립니다. 감히 쳐다보지 못하고 멀리 떨어져 뒤돌아 서 있는 기분입니다.

말씀드렸다시피 이 책으로 당신께 드리고 싶은 메시지는 딱 하나뿐입니다. 커피를 그냥 드시지 말고, 바리스타와 마음을 나누며 마시면 당신이 원하는 커피를 마실 수 있다는 것입니다.

저도 마찬가지입니다. 당신과 이야기를 나누며 당신이 원하는 것과 기분을 생각하며 커피를 내리면 정말 신통하게 당신만을 위한 맞춤 커피가 만들어집니다. 커피도 음식이기에 언제나 똑같은 맛을 낼 수는 없습니다. 하지만 당신을 위한 더 맛있는 커피는 내려드릴 수 있습니다. 그러니 바리스타와 눈을 마주치고, 잠깐 동안 당신의 이야기를 들려주세요.

이렇게 당신을 만나게 해준 것도, 이 책을 쓸 수 있었던 것도 언제나 함께한 제 반쪽 최은후 씨가 있었기에 가능했습니다. 저에게 '카페 사장'이 아닌 '작가'란 명함을 파준 사람, 제가 글쟁이라는 것을 끊임없이 알려준 고마운 사람입니다. 커피 맛을 잘 모르면서도 막내딸이 내린 커피가 제일 맛있다고 해주는 우리 엄마, 온 동네의 커피를 모두 마시고 나에게 모니터링을 해주는 세상에서 제일 예쁜 우리 아가씨 내외, 시내 한복판에다 카페를 차려주지 못해서 미안해하시는 천사 같은 시어머니(올 김장도 책 쓰기와 카페 운영을 핑계로 어머니 혼자 해주셨네요. 죄송합니다).

미국에 있는 언니와 오빠도 고맙습니다. 늘 어린아이 같은 막내가 카페를 차린다고 했을 때 걱정이 많았을 텐데 응원을 아끼지 않았습니다. 우리 서방님도 저와 함께 더치커피, 핸드드립 커피를 좋아해줘서 더욱 커피의 세계로 빠져들 수 있었습니다. 가족이 참 큰 힘이란 걸 다시금 깨닫습니다.

이래저래 원고가 부족한 게 많아 다시 쓰고 또 쓰고, 그 시간 기다려주시고 함께 책 만들어주신 박성규 주간님, 부족한 부분 채워주시느라 애쓰신 김상진 차장님, 예쁘게 디자인해준 김세린 님과 디자인팀, 멋진 사진 찍어주신 최영희 기자님, 그리고 들녘이란 울타리 안에 이 책을 품어주신 이정원 대표님께 무한 감사드립니다. 그 이름 부끄럽지 않도록 노력하겠습니다.

이 글을 쓰는 데 도움을 주신 분이 굉장히 많네요. 우리 카페가 유일한 단골이라고 말씀하신 아동문학가 송미경 선생님께 큰 자극을 받았습니다. 아이 셋을 키우면서도 카페에 들러 열심히 글을 쓰는 모습에 감동을 받아 저도 글을 쓰고 싶은 생각을 많이 하게 되었습니다. 시를 쓰는 김승배 시인, 희곡을 쓰는 나정호 작가님은 저보다 연배도 높으면서 왕성하게 활동하시는 것만으로 저에게 가르침을 주셨습니다.

우리 카페에서 열심히 취업을 준비하다가 첫 테이프를 끊어준 소희 씨, 민영 씨, 축하합니다. 지금도 열심히 준비하는 용규 씨, 현욱 씨, 윤지 씨, 민희 씨 등 모두를 응원합니다. 우리 카페에서 데이트하다가 결혼에 골인한 1호 커플 샛별 씨와 준우 씨도 축하합니다. 곧 2호 커플이 될 혜미와 동욱의 결혼도 축복합니다. 다른 손님들도 실연도 겪고, 시련도 겪고, 치열하게 열심히 사랑하고, 공부하고, 회사를 다니며 하루하루 살아갑니다. 어디 청춘들뿐이겠습니까? 우리시대 어른들도 열심히 살아가고 있다는 걸 압니다. 머리 복잡한 가운데 여유를 찾기 위해 카페를 찾아오는 회계사님부터 요즘 경기가 어렵다며 이리저리 뛰어다니는 인테리어 사장님까지 제가 해드릴 수 있는 게 커피 한 잔인 것이 부끄럽습니다. 이 커피 한 잔으로라도 위안을 드릴 수 있어 다행이라고 생각합니다. 이 외에도 매일매일 만나는 손님 한 분 한 분께 러브레터 쓰는 마음으로 이 글을 썼습니다.

가장 감사한 선생님이 계시네요. 커피를 대하는 마음 자세부터 원두를 사랑하는 법을 가르쳐주신 김상현 선생님, 핸드드립 커피를 처음 맛보여주신 전광수 선생님, 로스터와 커핑을 가르쳐주신 최성일 선생님, 카페 창업에 도움말 많이 해주신 전인호 선생님. 그분들의 제자라는 것이 자랑스럽고, 가르쳐주신 은혜를 실력으로 꼭 보답하겠습니다.

카페란 공간은 주인이 만들지만 손님이 채워주지 않으면 아무 의미가 없고, 숨 쉴 수 없는 공간이란 걸 알게 되었습니다.

오늘도 당신이 오셔서 참 감사합니다. 바리스타가 아무 말 없이 커피를 내려도 커피 한 잔에 '고맙습니다', '행복하세요', '건강하세요'라는 마음 담아 건넨다는 것도 잊지 말아주세요.

그 커피 속 진한 향에 담긴 바리스타의 마음도 느껴주시면 저는 세상에서 가장 행복한 바리스타가 될 것입니다. 언제나 카페 사장 말고 현역 바리스타로 살겠다는 약속을 드리며 부족한 글을 읽어주셔서 다시 한 번 감사드립니다.

이 책을 다 읽으셨으면 진한 커피 한 잔이 간절하시죠?

얼른 가까운 카페에 가서 바리스타와 함께 커피 한 잔 하셔야죠.